村人転生

最強のスローライフ

タカハシあん Takahashi An

illustration
のちた紳 Nochita Sin

ベー
（ヴィベルファクフィニー）
15歳・村人

サプル
13歳・べーの妹
フェリエ
16歳・
べーの幼馴染み

サリバリ
16歳・
べーの幼馴染み

アリテラ
冒険者パーティー
『闇夜の光』の
メンバー
バジバドル
66歳・
バジバドル商会
の会頭

「……この髪、気持ち悪い……？」
「いや、素直にキレイだと思うぜ。やっぱ黒髪ってイイよな」
「……アリテラって、漆黒の闇って意味なの……」
「エルフの言葉でか？」

「うん。父親が名付けたの。
父親は人族で
吟遊詩人だったの」

「いらっしゃい。また依頼？」
「そうであります！」
「クスクス。相変わらず変なことする子ね。
それで、今日はどんな依頼を出すの？」
ネラフィラ
？歳・
冒険者ギルドの
受付嬢

村人転生
最強のスローライフ

タカハシあん Takahashi An
illustration
のちた紳 Nochita Sin

Contents

1✴オレ転生

まあなんだ。アレだ。

神様失敗オレ死亡。お詫《わ》びに転生させましょう、ってことらしい。

ならそれでイイよ。好きにしてくれ。

……あっさりしてるね。

死んじまったもんはしょうがないだろう。それとも生き返れんのか？

……無理だね。

じゃあやっぱりしょうがないだろうが。

……理不尽《りふじん》だと怒らないの？

四〇も半ば、数日前に無職となった独身男。多少の蓄えはあるが、明日の展望などまるでなし。

ついでに就職先もないときたもんだ。

あったところで病気で孤独死決定なそんな未来。死ぬのが早まったくらいで理不尽《りふじん》だなんていわねーよ。

　事故で死んだんなら葬式出してもらえるしな、ありがたいくらいだ。

　心残りといえば両親くらいだが、両親は元気だし、面倒は一番上の兄貴がみている。二番目の兄貴夫婦も近くにいる。孫にひ孫と大勢いる。ダメな三男坊が死んだところで支障はないさ。

……子は子。まっとうな親なら悲しむもんだよ。

そういわれちまったらなんにもいえないが、まあ、あのまま生きても親不孝な子供だったんだ、変わりないよ。

いいこともあった。わるいこともあった。大きな波乱もなく並みの人生を送れたんだ、オレはそれで充分さ。

……そうかい。君がそれでいいのならこれ以上はなにもいわないよ。

まあ、そーゆーこった。

……君が充分な人生だったといってるとはいえ、君の死はこちらの過失。お詫《わ》びをしなくちゃね。

律儀《りちぎ》な神様だな。バスが横転して乗客が死亡、なんてありそうな事故で片付けられるだろうに。

若いヤツらにしたら気の毒なことだが、人間、死ぬときは死ぬ。非業《ひごう》の死なんて珍しくもない。諦《あきら》めて来世を謳歌《おうか》しろだ。

……輪廻転生《りんねてんせい》は誰にでも適応するわけじゃないけどね。

そーなんか？

……まあ、それはそれとして、君には輪廻転生《りんねてんせい》が可能であり来世は違う世界に生まれることになる。

オレに決定権はないんだ、勝手にしてくれ。

……君には、いや、君らにはお詫《わ》びとして三つの力を与えよう。なにがいいかな？

三つの力、ね。なんか魔神みてーだな。いいのか、そんなえこひいきして？

……構わないよ。この世界の真理はこちらの神が決めること。魂《たましい》に能力を与えても誰に処罰《しょばつ》されることもない。まあ、あまりにも強い力だとあちらの神に介入《かいにゅう》されるかもしれないから、過ぎたる能力を期待するのはやめておいた方が無難だよ。

ちなみに転生される世界ってどんな世界なんだ？

……よくは知らないけど、地球よりは文明が遅れてて、魔法が浸透《しんとう》している世界らしいね。

剣と魔法の世界ってか。ゲームかよ。

……君らにはそう見えるかも知れないけど、現実世界なのは理解してた方がいいよ。

まあ、どんな世界だろうと生きるってのは危難苦闘《きなんくとう》がつきもんだからな、過度な期待はしてねーよ。

……それで、どんな能力が欲しいかな？

そうだな。五トンのものを持っても平気な体と自由自在に操れる結界使用能力。あと土魔法も自由自在に操れる才能、がいいな。

……随分《ずいぶん》と早い決断だね。

四〇年以上も生きてりゃーこんな力があったらなーって思うことなんて一度や二度じゃない。それに、過ぎた力は災いを呼ぶという。平々凡々に、悠々自適に、前よりはいい人生にしたいからな、そんなもんだろう。

勇者になって世界を救うとか、自由気ままに生きるとか、四〇年以上生きてたらそんな心意気も萎《な》えるってもんだ。

……まあ、人それぞれさ。

そりゃそうだ。

他人の生きかたにどうこういえるほど立派な人間でもなけりゃあ、立派な人生でもなかった。

生きたいように生きてくれ、だ。

……じゃあ、そろそろ転生させるよ。

ああ、頼むわ。

……では、よき来世を。

2 ✴ 五体満足無事転生

まあなんだ。アレだ。

オレ、爆誕！　五体満足無事転生。なぜか前世の記憶があるのはご愛嬌《あいきょう》。ヴィベルファクフィニー十五歳、今日も元気に生きてます！　ってなことを軽くいえるくらいには充実した日々を送ってるよ。

そんなオレが生まれたところは、半農半漁の村だ。

アーベリアン王国のシャンリアル伯爵《はくしゃく》領にある可もなければ不可もない、中規模的な村だ。

もちろんのこと、電気もなければガスもない。水も井戸か湧水利用だ。トイレなんて野ざらしかボットンイイ香りが漂ってますだ。

まあ、うちは水洗（自慢）でフローラルな香りをさせてるがな。

風光明媚《ふうこうめいび》といやあ聞こえはイイが、田舎《いなか》も田舎《いなか》、ドがつくほどの田舎《いなか》なのは間違いない。だが、オレ的には満足である。

前世のオレの実家は農家。山や田畑に囲まれた田舎《いなか》だった。小学校は徒歩一キロ、バス三キロの距離だし、中学は山一つ迂回《うかい》して自転車で七キロの距離だ。高校なんて駅まで五キロ、電車で二〇キロの距離である。嫌でも根性が鍛《きた》えられるってもんだわ。

まあ、社会人になってからは都会暮らしだったが、四〇も半ばになれば老後は田舎《いなか》でスローライフもイイかなと想像することも度々。それを思えば夢が叶ったのだから文句など出るはずもない。

だからといって田舎《いなか》の暮らしには苦労と不満は付きもの。理不尽《りふじん》なんて日常茶飯事だ。だが、それはあって当たり前のこと。苦労するのが人生である——といえんのはオレに三つの能力があるから。これがなきゃ苦労死してるところだわ。

まあ、それはそれ。これはこれだ。バカとハサミは使いよう。創意工夫。って言葉があるように、苦労や不満、理不尽《りふじん》は消せないが、不便は消せる。前世より快適な生活を送りましょうだ。

力は使いよう、気の持ちようってな、生まれた頃は戸惑いも失敗もあったが、焦るような人生ではない。必死に、でも、やりたいように生きてたら五才になり、なんやかんやで十歳となり、気付けば十五歳となっていた。

不満などない。まさに理想のような子供時代であり、理想のようなスローライフといってもイイだろう。

素晴らしきかな今世である。

「あんちゃん、朝だよ」

妹の声で微睡《まどろ》みの世界から覚醒《かくせい》する。

いつもより早く起きて天井を見てたらいつの間にか昔（前世）を思い出していたようだ。

この世界に生まれて早十五年。生きることが楽しくて昔（前世）を思い出すこともなかったが、生活に慣れてきたからなのか、それとも前世に未練でもあるのか、前世の記憶が未だに色あせないでいた。

まあ、どっちにしろ今さら戻れるわけじゃないし、今日も元気に生きるとするか。

黒狼の毛皮の毛布から出て大きく伸びをする。

「あんちゃんが寝坊するなんて珍しいね。具合悪いの？」

もう陽が昇ったようで窓から朝日が漏れていた。

「いや、いつもより早く目覚めてな、ぼーっとしてたら二度寝しちまったようだ。具合は悪くないから心配すんな」

二つ下の妹、サプルを安心させるためにニカッと笑って見せた。

オカンに似て美人（カワイイ系です！）ではないが、よくできた妹であり、よく働く妹である。このまま育てばイイ嫁さんになることだろう。まあ、よすぎて夫は大変だろうがな。

「オカンは？」

「もう畑に出たよ」

田舎《いなか》の朝は早い。陽が昇ると同時に目覚め、畑や家畜の世話や朝食の準備と忙しい――のは他所様の家のこと。うちは自分ちで食う分の畑と家畜しかいないし、うちの主生産物は果樹。山に自生していたラムノという柿っぽいものを結界で十本運んできて畑に植え替えし、実ったラムノを干して出荷して利益を得ているのだ。

今は春先なのでそれほど仕事はない。というか、肥料を与えたり剪定《せんてい》するくらい。自然のまま

に実らしているに過ぎない。

なのに早起きして働くのは、由緒正しき農家の娘だったので早起きが習慣であり、また世間体のためでもある。

我が家は村の外れにあるとはいえ、近くには街道があり、集落から丸見えの山の中腹にあるので、なにもしてないとなにをいわれるかわかったもんじゃない。妬《ねた》みで村八分にされたらたまらんからな。

「トータは？」

「とっくに起きて山にいっちゃったよ」

トータとは一番下の弟で十歳。ヤンチャですばしっこくて、冒険者に憧れる我が家の肉捕獲《ほかく》担当だ。

「もういったのか？」

十歳とはいえ、動けるなら働くのがこの世界、いや、この時代の常識だ。三歳で畑の草むしりなんてよくある光景だし、奴隷《どれい》ともなれば朝から晩まで川から水を汲《く》んでくることも珍しくないそうだ。が、うちのトータは寝坊助くん。起きるのは一番最後なんだがな。

「あんちゃんが新しいナイフなんて渡すからだよ。トータ、ナイフ抱いて寝てるなんて」

裏山掘ってたら銀みたいなものが出てきたから、試しにナイフを創ってみたら思いの外《ほか》上手くできたのでトータに渡したのだ。なんか魔力の伝わりがよかったのでな。

「まあ、十歳とはいえトータも男だしな、そーゆーもんさ」

オレも昔（前世）は親に買ってもらった変身ベルトをして寝たもんだ。

「さてと。今日も元気に働くとするか」


さて。オレには毎朝やる二つの習慣がある。

一つは朝日に向かって二拍一礼することだ。別に昔（前世）が信心深かったってわけじゃない。これはこの世界に生まれ、六歳の頃からやり始めたものだ。

この世界は弱けりゃ死ぬし、死がすぐ横にある。まさに弱肉強食だ。

警察機構もなければ医療が発達しているわけでもない。剣と魔法の世界らしく魔物は当たり前のように出没するし、盗賊《とうぞく》など珍しくもない存在だ。天候が悪くなれば簡単に食料危機。なのに税は一定ときてやがる。オレが生まれてからはないが、ちょっと昔までなら普通に娘を売るってこともあったと聞く。

オレには三つの能力があるとはいえ、順風満帆《じゅんぷうまんぱん》に生きてこれたわけじゃない。死にそうになったのも一度や二度じゃないし、人が簡単に、理不尽《りふじん》に死ぬところなど六回は見たものだ。

ここは生きるには厳しいところだ。

そんな世界（時代）だから、昔（前世）を覚えているから、わかるんだ。生きている幸せ、生かされているありがたみが。

そう思うたびに感謝したくなる。形にしたくなる。昔（前世）を忘れぬために、昔（前世）のようにならないために、今を生きている証しが欲しいのだ。

「生きていることに感謝を。そして今日も生きられますように」

パンパンと二拍し、深々と一礼する。

そして、二つ目の習慣は、オトンの墓にお参りすることだ。

オトンの墓は家を正面から見て右側、大きなレニの木（柳の木っぽいもの）の下にある。

かまぼこ型の石板に、オトンが愛用していた剣を力のままに突き刺しただけの墓である。

前世の墓と比べたら質素なものだが、オトンのことを思い出し、感謝するためのもの。死者を奉《まつ》るにはこんくらいで充分だ。

オレのオトンはこの村で唯一の専属冒険者であり、剣も魔法も使え、オーガとも互角に戦えるほどの腕を持っていた。階級はBに近いCといってたから高位の冒険者だったのだろう。

だが、そんなオトンでもオークの大群には勝てず死んでしまった。

昔（前世）のオレより若く、父親として頑張っていた。こんなオレを愛してくれ、最後まで家族のために生きた人だった。

ほんと、マジスゲーよ。カッコよすぎだ。同じ男として憧れるわ。

オレもオトンのような男になる。その誓いを証明するためなら雨も嵐も苦にはならない。

「オトン。オトンの息子に生まれて本当によかったよ」

二拍も一礼もしない。ただ、笑顔を見せた。

3 田舎の朝

清々《すがすが》しい習慣を終えたら畑と家畜の見回りだ。

我が家の主生産物はラムノだが、それだけでは生活はできない。世間的体裁という意味で。

田舎《いなか》とはいえ、貨幣《かへい》はそれなりに流通はしている。しかし、田舎《いなか》は自給自足と物々交換である。

我が家の畑だけを纏《まと》めるとだいたい十アールくらいで、ラムノが半分。さらにその半分が牧草地であり、もう半分は根菜類（芋にカブ）に季節ものを植えている。

この世界（時代《か》）に輪作という言葉はないが、経験則で同じものを植えていると実のできが悪く土地が枯れるということはわかっている。

そのため、毎年違うものを植えたり休息地にしたりしているが、肥料という知識がないために土地が回復する前に植えるから実は小さく、数もそれほど実らないという悪循環《あくじゅんかん》を繰り返しているのだ。

しかし、我には反則に近い能力があり、前世の記憶があり、周りには山に海がある。

ましてや昔（前世）では農家の息子。肥料作りは熟知している。なので我が家の畑はいつも大豊作……なもんだから角猪やら青鹿が襲撃《しゅうげき》してくるんだよ。

もちろん、柵や土壁で囲んであるし、罠《わな》もしかけてはいるが、きゃつらも生きるのに必死。幾多の障害を乗り越えて侵略してくるのだよ。

さらに困ったことに、罠《わな》に嵌《は》まった角猪や青鹿を狙った灰色狼がきて、柵や罠《わな》をメチャクチャにしやがるのだ。

まぁ、何匹かは罠《わな》に嵌まって毛皮とかゲットできるから損はしないのだが、柵って、作るとなると意外とたくさんの工程があるんだからな。

あと、害虫も厄介《やっかい》だ。農薬なんてない世界（時代）で、虫を見つけたら潰すしかないのだ。

本当なら結界で害獣《がいじゅう》も害虫も簡単に排除はできるのだが、世間の目というものがあるし、楽過ぎるのも生きている感謝を忘れてしまいそうになるので、極力は使わないようにしてるよ。

まずラムノを見る。枝葉に不審なものは見て取れないし、虫もいない。うん。順調順調。

畑にいくと、オカンが雑草をむしっていた。

「オカン。畑はどうだ？」

「栄養ありすぎて雑草がいっぱいだよ」

草むしりなんて手間でしかないのに、まるで豊作のように喜んでいる。ほんと、農作業が好きなオカンだぜ。

「アハハ。そりゃ山羊《やぎ》どもが喜ぶな」

なんていつものやりとりをして、家畜小屋へと向かう。

だいたいこの村の農家は家畜も飼っている。

村の中心に住む麦農家は畑を耕すための農耕馬やチャボに似た鶏を飼い、山側の農家は乳を搾《しぼ》るための山羊《やぎ》（牛くらいデカい）や木材を運ぶための馬（農耕馬とは違う種で短足だが馬力は元の世界の馬以上だ）を飼っている。

我が家も同じく馬と鶏、山羊《やぎ》を飼っているが、もう一種、毛長山羊《やぎ》というものを飼っている。

二年前、北方からくる行商人から買った毛長山羊《やぎ》は、寒い地域に生息する山羊《やぎ》だ。

この毛長山羊《やぎ》種は、毛が丈夫で糸にしたり弓の弦にしたりと使い勝手があり、乳も出せば肉も旨《うま》い。繁殖力《はんしょくりょく》も強いし雑草だけで育ってくれる優れもの。

番《つが》いが二組で金貨三枚（元の世界の金額にしたらだいたい五、六〇万円くらいかな？）と高額だったが、買って本当によかった。こんな役に立つ家畜、他にはいねーぞ。

家畜小屋の扉を開き、十七匹の毛長山羊《やぎ》、乳取り用の山羊《やぎ》が六頭。馬一頭に三十数匹の鶏を出した。

牧場（隣んちのな）に出した家畜の具合を一頭一頭、確認する。

「うん。皆元気そうでなによりだ」

満足して家畜小屋へと入る。

小屋とはいってるが、山を掘って広げてあるのでちょっとした体育館並みの広さがあり、設備も前世にも負けない充実ぶりだ。まあ、もはや小屋ではないが。そこは形式美。田舎《いなか》じゃあ家畜小屋がしっくりくんだよ。

家畜用に区切ってはあるが、柵で閉じ込めたりはしていない。快適、清潔《せいけつ》、水も餌も豊富にある。わざわざ争う理由もないと理解してるのか、平和的に暮らしているよ。

「おっ、今日も元気に卵を産んでるな。結構結構コケコッコー」

籠《かご》にある卵を集め、扉の近くの棚に置き、山羊《やぎ》や馬の寝床を掃除する。

五トンのものを持っても平気な体のお陰で家畜小屋の掃除は一時間くらいで終了。

マジ、元気な体に感謝です。


「おはよう、ベー」

と、隣んちのフェリエがやってきた。

フェリエはオレの一個上の十六歳。亜麻《あま》色や茶色の髪がほとんどの村で、金髪碧眼《へきがん》という超絶的（かどうかはあなたの主観次第）な美少女だ。

しかも、フェリエがこの村に来たのは六歳のとき。オトンの知り合いが連れてきたのだが、その説明が雑過ぎた。

隣のおじぃもおばぁも灰色の髪に灰色の瞳《ひとみ》。明らかに遺伝子が違うのに両親が死んだから祖父母の元にとか、もうちょっとマシないい訳があっただろう。

さらに、金髪碧眼《へきがん》なんて帝国の天帝領近辺、つーか、もう天帝関係だよね。その胸に光るペンダント、トパーズだよね。それ、この国どころかこの大陸では採れないよと、突っ込みたいわ。

まあ、いろいろ理由があるんだろうが、それはオレに関係ない。フェリエは幼なじみ。将来有望なスタ――殺気！　あ、いえ、なんでもございませんです、ハイ。

おほん。まあなんだ。つまりだ。お隣さん同士仲よくしましょうってことだ。うん。

「おう。おはよーさん。帰ってきてたんだな」

フェリエは冬が終わると同時に冒険者として登録し、十日前くらいからオレの依頼でバリアルの街にいってもらってたのだ。たった一人でな。

「うん。昨日の夜にね」

「ふふ。バリアルの街は遠かっただろう?」

小さい頃から鍛《きた》えてきたとはいえ、女の足でいく距離ではないし、平坦な道でもない。ましてや魔物が当たり前のようにいる世界だ。苦労の一つや二つは嫌でも経験するさ。

「ええ。ナメてたわ。旅があんなにも大変だなんて。ベーにもらった道具がなければ、初日の野営で挫折《ざせつ》していたわ」

オレとしてはフェリエには村人として生きて欲しいし、ここで幸せを求めて欲しいから、冒険者として支援などしたくなかった。だが、やりたいようにやれを主義主張している者としては反対もできんし、夢(目標)を持っているヤツは応援したくなっちまう。まったく、甘い男だぜ、オレはよ……。

「まあ、それだけ成長したってことさ」

田舎《いなか》とはいえ、なに不自由なく育った小娘。辛いことを辛いと知り、受け止められたのは立派なことさ。

「まったく、そうやって子供扱いするんだから。年下のクセに」

頬を膨《ふく》らませるフェリエに笑みが溢れる。

どんなに美少女でも、前世の記憶と経験があるから女としては見れないが、手間のかかる妹として見ればカワイイもの。微笑《ほほえ》ましくてたまんないよ。

「ハハ。そりゃわるかった。フェリエも立派な淑女《しゆくじよ》。からかったらワリーか」

女の成長は早いもの。いつまでも泣き虫ではないか。

ぷんぷん怒るフェリエを宥《なだ》め、冒険に出る前と同じく産み立ての卵を渡してやった。

この娘には、こんな日常がなにより大切だと知ってもらいたいが、幸せの中にいる間は気付かないもの。気付いたときには、ちゃんと自分が納得できる選択をしてもらいたいものだぜ。

帰っていくフェリエの背を見ながら、そう願った。


今日の朝メシは、肉まんに具だくさんのシチュー。ゆで卵。漬け物。魚の練り物を焼いたもの。統一感はまったくないが、この村では、領主の食卓以上の豪華さだろう。

一日の元気は朝食から。よく食べてよく働くが我が家の家訓である。

「では、いただきます」

食事の音頭は家長たるオレが取る。

「いただきます」

「いただきま～す」

あ、そーいや、弟が帰ってきてねーや。

「……ただいま……」

と、いってるそばから弟が帰ってきた。

左手には、オレが作ってやった弓を持ち、右手には一羽の灰色兎を持っていた。

「獲れた」

うちの弟は無口なので必要最低限のことしかいわないが、表情は人並みなので獲れたことが嬉しいことがわかった。

「デカいの獲ってきたな。一発か？」

そうだ、とばかりに嬉しそうに頷いた。

「あとでサプルに捌《さば》いてもらうから手洗ったら、朝食だ」

うん、と頷き外にある流し場へと駆けてった。

「毎日仕止めてくるんだから、トータも立派な狩人だね〜」

オカンらしいセリフだ。

だが、一般的にいって十歳で灰色兎を狩ってくるのは異常である。

灰色兎は前世の兎サイズだが、凶悪な爪を持ち、猫並みにすばしっこい。こいつを狩るのは一流の狩人でもなかなかできないのだ。

五歳のとき、そろそろ弟に狩りでも教えてやるかなと弓を持たせたら、あっという間に才能開花。僅《わず》か五日で百発百中。

投げナイフも教えたらこれまた才能開花。今度はたったの三日で右でも左でも百発百中。さすがのオレも唖然《あぜん》としたが、オトンも弓の腕は天才だったので、血だろうと無理矢理自分を納得させた。

「狩ってくるのはイイけど、毎日狩ってこられても食いきれないよ。保存庫だって一杯なのに」

朝の狩りで一匹。昼の狩りで二、三匹。うん、そりゃ嫌でも貯まるよね。

「オババのところに持ってってやるか」

そろそろ食材も切れる頃だし、薪《まき》も溢れてる。今日は集落にいってみるか。

なんて考えていると、手を洗ってきたトータが席へと着き、朝食に食らいついた。

朝食が終わり、薬茶で一服していると、トータが巾着袋を突き出してきた。

なんぞやと受け取り、中を見ると、ゴブリンの耳が入っていた。

食後に見て気持ちのイイものではないが、それほど忌避感《きひかん》はない。剣と魔法の世界に十年も生きてれば、ゴブリンなど日常茶飯事。たまには土竜（モグラじゃないよ、サイみたいな恐竜だよ）でも出て欲しいものだ。

「春だしな」

「いや、ゴブリンに春とか関係ないから」

無口な弟からの鋭い突っ込み。ほんと、やればなんでもできる弟である。

「何匹いたんだ？」

「三匹いた」

ってことは斥候《せっこう》か。こりゃ、大軍勢が渡ってきた可能性がありそうだな。

基本、ゴブリンの群れは十匹前後で、単独で狩りをする。聞いた話（とある冒険者談）だと三〇匹前後でも、単独で狩りをするとのこと。それを三匹も見たとなれば一〇〇匹、下手したら二〇〇匹以上の群れになってても不思議ではないな。

「……大暴走になるな……」

ゴブリンなどの魔物（知恵を持つものは魔獣と呼ばれている）の大発生は自然災害扱いであり、わかれば逃げるし、わからなければ滅ぶだけだ。

領主に報告？　そんなことをしたところで見捨てられるのがオチである。領主軍つっても一〇〇人もいない。ゴブリンとはいえ、バーサーカ状態の二〇〇匹もの大群を相手にすれば被害は甚《じん》大《だい》。下手すりゃ全滅である。なら、村一つ壊滅《かいめつ》して油断しているところを狙うのが領主軍のやり方（某奴隷《どれい》談）である。

冒険者という手もあるが、領主軍ですら匙《さじ》を投げる自然災害に我が身大事の冒険者が依頼を受けるわけもない。まあ、A級の冒険者パーティーなら受けてくれるかもしれないが、そんな、国に十組もいない高ランクパーティーに払える金などこの村にはない。

わかってラッキー。即逃げろってのが一般的で常識ある対応だが、この村に関しては、いや、オレにしたら暖かくなって変態が出たくらいの感覚。取り立てて騒ぐようなことではない。

「なんにせよ、イイタイミングではあるか」

最近、毒見役が欲しいと思ってたところだ。まあ、悪食なゴブリンなのはちょいと不満だが、毒のあるなしくらいはわかるから我慢だ。山賊《さんぞく》も出てくる季節だし、運がよければ捕まえられるだろうよ。

「トータ。明日にでも見にいってみるから、だいたいの場所と数を調べてきてくれ」

「今日、魔法教えてくれる約束」

あれ、そうだっけ？

「も～！　あんちゃん、すぐ忘れるんだから」

最近、魔法に興味を持ち始めた妹と弟。そして、才能開花。うちの血筋、ほんとどーなってんの？

ちなみに、サプルもトータもゴブリンの大暴走など気にもしない。なんせ、オレがオーガの群れを棍棒《こんぼう》一つで殺戮《さつりく》するのを見ていれば、大岩を割っているのも何度も見ている。もはや非常識に慣れた妹と弟は、今では立派な非常識。大暴走程度ではもはや驚かないのだ。

「んじゃ、昼からでイイから見てきてくれ。魔法は午前中に教えるから。それでイイだろう？」

「わかった」

「サプルもイイな？」

「うん。わかった」

素直な妹と弟であんちゃんは嬉しいよ。

4 ✴ 考えるな、感じるんだ！

魔法を教えるといったが、オレ自身誰かに付いて教わったこともなければ、魔道書を読んで覚えたわけでもない。

あればできる。やればできる。考えるな、感じろの精神でやったら、あらできた。手を地面に向けて、動けと命じたら、動いてしまったのだ。

我ながらメチャクチャなとは思うが、できてしまったのだから仕方がない。ならば使うしかないじゃない。

まあ、その当時、三歳くらいで今世の状況もわからず、感じるままに、前世のアニメやマンガを思い出して魔法を使っていたが、六歳になる頃には魔法と魔術の違いを知った（旅の魔道師からの情報）。

魔法は世に満ちる魔素を用いて、イメージで現象を起こす万物の法。

魔術はおのが魔力を用いて理を解いて現象を具現化する法。

あん、わからないって？

それはな、考えるな、感じるんだ！

いやだって、こんな田舎《いなか》に学のあるヤツなんていないし、猿でもわかる魔道書なんて売ってないんだもん。自己流になって仕方がないじゃんかよ。

ただ、経験則からいって、人間種（獣人種《じゅうじん》やドワーフ種といった人間に近い種な）なら、そのどちらも使えるはずだ。

三つの願いで、土魔法の才能を得たオレではあるが、ちゃんと魔術を使うことができた。妹や弟もどちらも使えた（ただし、弱い魔法しか使えない）しな。

ただ、魔術はおのが魔力を使うので限界はある。というか、理を解くのに限界があると見ている。

火はイメージできても、なぜ燃えるかなんてこっちのヤツらにわかるわけもない。だからイメージした火を、魔力という薪《まき》で燃やして強くするぐらいがやっとなんだろう。

オレだってそんなに燃焼原理を理解しているわけじゃないが、酸素を加えるイメージで大木を炭にできたほどだ。

……どうやら魔力は人並みなようで失神してしまったがな……。

ちなみに結界のほうは魔法や魔術とは違うようで、なんか知らん不思議パワーで生まれているようーだ。

とにかく、だ。あればできる。やればできる。考えるな、感じろの理論でやるしかない。特に問題があるわけじゃないし、世間に認めさせたいわけでもないしな。

「じゃあ、まず復習だ。サプル、右手に火。左手に氷だ」

「火と氷、出ろっ！」

焚《た》き火するのにちょうどイイサイズの火と、スイカ大の氷の塊《かたまり》が生まれた。

「よし。次はトータ。右手に風。左手に雷を出せ」

「んー！」

右手には扇風機の中くらいの風が。左手の親指と人差し指の間にスタンガン並みの電気が生まれる。純真無垢《じゅんしんむく》だからこそできる方法だ。多分……。


いやもう、君たちそれで充分じゃん！

そういってしまいたいくらい、うちの子たちが無駄に天才過ぎます。

こんな田舎《いなか》で暮らすだけなら、充分どころか十二分すぎて使い道がないわ！

サプルの火も氷も、料理したり冷蔵に使ったりするならそれで事足りる。それ、その両手のものをゴブリンにぶつけたらあっという間に黒焦げだし、一瞬で氷の彫像ができちゃうからね。

トータの風も雷も同じだ。なます切りで血が沸騰《ふっとう》するよ。オークだって瞬殺だよ。

しかもこいつらの魔力の量ときたら、オレの一〇〇倍はあるんじゃないかというくらい桁《けた》外れときてやがる。

ほんと、なんなの君たち？　子供は可能性の塊《かたまり》？　いやもう才能の塊《かたまり》だよ！　あんちゃんの威厳《いげん》とか面子《めんつ》とか、いろいろ危機すぎて泣きたくなるよ！　三つの能力がなかったら旅に出てるところだよ！

「あんちゃん？」

おっといかん。落ち着けオレ。クールだ、クールになれ。オレはやればできるの体現者。二人の師匠。毅然《きぜん》と、余裕を持って構えろ、だ。

「ふむ。ギリギリ合格だな」

嫉妬《しっと》じゃないよ。調子に乗らせないことも、兄として師匠としての思いやりだからねっ。勘違いしないでよねっ。

「さて。今日教えるのはイメージコントロールだ」

「……イメージコ……？　なんなの、それって？」

「？」

首を傾げる二人。クソ！　また今世にない言葉が出てきやがったか。

学校もなければテレビもない世界で、十三歳と十歳児にわかりやすい言葉で教える難しさも参るが、今世の言葉の少なさには、ほとほと参ってしまう。

代用する言葉がなく、どうしても前世の言葉を使ってしまうので、村の者と会話するのもひと苦労である。『ほんと、この世はマジつらたん』とかいったら、変な目で見られたよ。いや、前世でも同じか。

「んーと、あれだ。頭の中で思い浮かべて思い通りに動かせるようになる訓練だ」

いまいちわかってない顔をする二人。教育、マジつらたん。

「まあ、やって見せるのが一番か」

人差し指を上に向け、指先に魔力を集中させ、火を生み出した。

「お前らは魔力を火や風に変換できるようになったが、そんなものは初歩の初歩。生まれたばかりの山羊《やぎ》がやっと立てたようなもの。魔術道を一歩、歩んだに過ぎない」

威厳《いげん》の道も一歩から。積み重ねがあんちゃんをあんちゃんと知らしめるのだ。突っ込みはノーサンキューです。

「まずはサプルからな」

いって、人差し指を左から右に移動させると、火の線ができた。それを下に移動。今度は右から左に。そして上に移動させた。火で正方形ができあがる。

「以前、水袋で体から魔力を出すやり方を教えたな。それの応用……やり方を変えるとこんなこともできる。トータ。お前、旋風を飛ばしてみろ」

右手に旋風を起こしてはみたものの、どう飛ばしてイイかわからず右腕を振り回している。

「トータ、見てろ」

火の正方形を消し、今度は取り皿サイズで、紙くらいの薄さにした魔風斬《まふうじん》(某ツルツル頭のアニメキャラからいただきました)を生み出した。

それをスライダーで投げると、青空の彼方に消えていった。

「と、まあ、訓練すれば火で空中に絵を描いたり、風を飛ばすこともできるってわけだが、それをするために頭の中で火や風をどうしたいのか考え、どう魔力を操るかを考えるんだ。まずは自分たちで考えてやってみろ」

「え、教えてくれないの?」

「バカたれ。できないことを知るのも訓練。失敗するのも訓練。ゴブリンじゃないんだ、まずは自分の頭で考えろ」

お前らに教えたら簡単にでき――ゴホン。妹よ弟よ。千里の道も一歩からであるぞよ。

二人が練習している間に薪《まき》を荷車に積み込んだ。

一息つき、二人に目を向けた。

まだやってるよ。

トータはまだしも、サプルも魔法（魔術）に夢中になっている。

血がそうさせるのか、それともオレが悪いのか、サプルは普通の女の子のようにオシャレや人形にはまったく興味を示さず、魔法や料理に物語を求めている。

まあ、サプルの人生はサプルのもの。好きにすればイイさ。サプルもトータもいずれはこの家を出るんだからな。

もちろん、残りたいというのなら残ればイイ。家なんてそうそう建てるもんじゃないから、三世代同居なんてよくあることだ。

まあ、オレには力と土魔法があるから、サプルが結婚するときは家を造ってやるがな。

なんて遠い将来のことは、そのとき考えるとしてだ。ついでにオババんとこに持っていく食糧も積んでおくか。

家の裏へと回り、山を掘って（土魔法で）造った保存庫へと入る。

保存庫とはいっているが、ここはシェルターも兼ねているので出入り口は結界で隠してあるし、万が一見つかったとしても家族以外の者が入ることはできないようにしてある。

入ってすぐは資材置き場だ。物置小屋もあるが、そこには柵や農機具、盗まれても構わないものを入れてあり、ここにあるものは、知られるとまずいものや内職関係のものである。

その奥に通路があり、四メートルくらい進むと階段の踊り場に出る。

下に下りると住居区で、上に上がれば保存庫だ。ちなみに灯りは光を封じた結界を使用している。いや、まさか光まで閉じ込められる結界を生み出せるとは、不思議パワー超便利。

「確かに塵《ちり》も積もれば山となる、だな」

一年前から保存庫はサプルに任せていたから、最近はあまり顔を出してなかったが、なるほどこりゃ一杯だわ。

オレは時間を止める結界も生み出せるので、捌《さば》いた肉だろうが熱々の料理だろうが関係ないのだが、さすがに貯め過ぎだな、こりゃあ～。

「オババのところに持っていくだけでは、どうしようもないな」

十日分の食糧を持ってったところで棚の一枠が空くくらい。全体から見れば一パーセントも減っちゃいないよ。

「どーすっかな～？」

もう一つ保存庫を造ったところで、二年後に一杯になってるのは目に見える。売るっていっても結界は秘密事項だ。オババらには魔術とはいっているが、見るものが見たら魔術じゃないことはわかる。

バレたらバレたでしょーがないとは腹をくくってはいるが、わざわざバラすほどアホじゃない。

利用されるならまだしも、拐《かどわ》かされて奴隷《どれい》に、なんてことになったらシャレにならんからな。

「行商のあんちゃんに捌《さば》いてもらうか」

こーゆーときのためにいろいろと便宜《べんぎ》をはかってんだ、遠慮なく役に立ってもらおうではないか。

「オババんとこに持ってくのは、いつものでいっか」

缶詰めならぬ結界詰めを、結界で生み出した籠《かご》に入れ、外へと出た。

5＊魔法超便利

そんなわけでマン○ムタイム。

はぁ？　なにいってるの？　との突っ込みはノーサンキュー。

まったりしたい気分だったので、我が故郷を眺めながらコーヒー（モドキ）を堪能《たんのう》しているだけだ。

就労時間もなければ嫌な上司もいない。好きなときに好きなだけ働く。スローライフバンザイである。

春の陽気と暖かな風。充分寝たのに眠気が襲ってくる。

このまま寝てしまおうかと意識を手放そうとしたとき、サプルが声をあげた。

「あんちゃん、渡り竜だ！」

あん？　と寝ぼけ眼で空を見ると、七匹の竜がV型編隊を組んでこちらに向かってくるのが見えた。

大自然の中で育ったからなのか、それともこの体のせいか、視力がマサイ族並みにイイのだよ。

「……そーいやぁそんな時期だったたっけなぁ～……」

南の大陸から春になると渡ってくる竜は、見た目は肉食型のカッコいい姿なのに水草や木の葉を主食とする草食竜で、暑いのが苦手という謎の生き物だ。

　ここから北に二〇〇キロくらい行った場所にある、向こう側が見えないくらいデカい湖で夏場（ここら辺は最高に暑くなっても三〇度ぐらいだ）を過ごし、秋の半ばくらいに南の大陸に帰っていくのだ。

　渡り竜の編隊が徐々にこちらに近づいてくる。

　もう少しでこの上を通過しようとしたとき、一匹だけ編隊から抜け、こちらへと向けて降下してきた。

　トータはまだ口を開けて見ているが、見慣れた光景なのか、サプルは久しぶりの友人が訪ねてきたかのような感じで降りてくるのを見ていた。

　翼を広げ風を受けながらゆっくりと、なんとも器用に着地した。

「クルルルッ」

　ちょっとした戦闘機並みの体から出るとは思えないくらい、可愛《かわい》く鳴く渡り竜である。

「久しぶりだな、ルクク」

　命名はオレではない。こいつの半飼い主が付けたのだ。

　イルカより頭がイイのでオレのいっていることを理解しているのであろう。久しぶりぃ～元気してたぁ？　って感じで首を上下に振った。

「ああ、元気だよ。ラーシュも元気にしてるか？」

　その質問に、ルククが背を見せた。

　そこには大きな、人二人は余裕で入りそうな革の鞄《かばん》を背負っていた。

「元気なようだな。……にしても、年々増えてくな」

背負っている革の鞄《かばん》を下ろしてやる。

「力強いとはいえ、よくこんな重いもの運んできたな。大丈夫なのか?」

五トンのものをもてるからって、重さを感じないわけではない。卵だろうと岩だろうと、持っている感覚はあるんだよ。

「クル～！　クル～！」

大丈夫なようだ。なら、帰るときは同じくらいの量を持たしてやろう。

「ありがとな。嬉しいよ」

ルククは、大人を丸飲みできそうな口を開き、オレを甘噛みしてじゃれてくる。

「ほら、いつまでも遊んでたら仲間たちにおいていかれるぞ。ゆっくり休んだら遊びにこい」

クル～クル～と寂しそうに鳴くが、群れで行動する生き物。集団行動ができない個体は群れからハブられる。可哀想《かわいそう》だが、群れに帰らせる。

ほらと、体を押してやり、結界で無理矢理空へと誘ってやった。

「またな、ルクク！」

二度、上空を旋回し、仲間たちと湖の方へ飛んでいくルククに手を振った。

視界から消えるまで見送り、ため息一つ吐いて、革の鞄《かばん》に目を向けた。

ルククより革の鞄《かばん》のほうに興味がある二人が、一生懸命鞄《かばん》を開けようとしていた。

「お前らがっつきすぎだ」

長い空の旅をする渡り竜の背に背負わせるくらいの鞄《かばん》だ、ちょっとやそっとの力では開けることができない。二人を退かし、大人でもひと苦労しそうな止め金を外していく。

「今回もいろいろ贈ってきたもんだな」

出てくるものに苦笑してしまう。

ラーシュは南の大陸の王子様。そして、文通友達だ。

なぜそんな王子様と文通をしているかというと、瓶に手紙を詰めて海に流すというロマンチックを渡り竜でやった王子様。なんの奇跡かその瓶がオレの手に届いたのだ。

文字はよくわからんから木板に届いたことを絵で描き、友好の印にこちらに生息する魔物や獣《けもの》のフィギュアをルククに取り付けて（結界で）返してやった。

それから半年に一度、手紙（大国らしく、こちらの言葉を知る人がいるんだと）をやりとりしているわけだ。まあ、お土産《みやげ》のほうが圧倒的の量を占めているがな。

「あ、香辛料がいっぱいある～！」

「この黄色いの、果物かな？」

鞄《かばん》から出てくる南国のものに、驚いたり首を捻ったりするガキんちょども。

オレも、家に届いたお歳暮をあんなふうに開けていたっけなぁ～と思い出しながら、手紙の入った木箱を取り上げ、中を開いた。

あちらでは紙が普及（質はよくないがな）しているようで、木箱の中は手紙で溢れていた。まあ、それは毎年のことなので気にもしないが、今回は中に布に包まれたものが入っていた。

包みを外すと、黒ぶち眼鏡が出てきた。

「……この世界、眼鏡なんてあったんだ……」

驚きながらも眼鏡をかける。なんなのかは想像できたので心配はない。

これといって変化はない。辺りを見回し、手紙へと目を向けると、インクで書かれた文字が読めた。

いや、当たり前だろう、と怒らないで欲しい。書かれている文字はあちらの国の文字。それが読めたということである。

正式名称は知らんが、自動翻訳《ほんやく》眼鏡ってことだ。

人魚族の大魔法師から自動翻訳《ほんやく》首輪をもらったことがあるから驚きはないが、まあ、ファンタジーに感謝だな。

「魔法超便利」


「お〜い、あんたたち、お昼にするよ〜！」

おっと、手紙に集中し過ぎたぜ。

テレビもないこの世界（時代）で、情報を得るには手紙か本、またはいったことがある人から聞くしかない。

周辺国なら、冒険者や行商人から情報を得ることが可能だが、さすがに大陸を離れると未知の世界になる。

大陸間を渡る船――飛空船があるのでラーシュのいる大陸と国交はあるものの、こんな田舎《いなか》にまで届く恩恵はない。それどころか、飛空船があることも、この海の向こうに大陸があることも知らないヤツがほとんどだ。

幸か不幸か、オレには昔（前世）の記憶がある。いろいろ役立ってはくれるが、下手に知識があるだけに、なにも情報を得られないことが不安になってくるのだ。

それに、昔（前世）のオレはテレビっ子（二〇代後半からだが）。テレビが親友だった。生まれて五歳までは生きることに忙しく、生活に慣れてからは三つの能力や魔術を使えるようにするのでやっぱり忙しかった。

三、四年前辺りから余裕が出てきたせいか、やけに情報を求めるようになったのだ。

行商人のあんちゃんから本を買ったり、話を聞いたりはしているが、本は希少な上に高く、一月に五冊買うのがやっと。話も一晩聞けるだけの内容しか得られないのだ。

だから、ラーシュからの手紙（半年分なので文庫本三冊ぐらいの量になる）は、なによりの情報源であり娯楽なので、つい時間を忘れて読み耽《ふけ》ってしまうのだ。

「サプルはオカンを手伝え。トータは荷物をそこに纏《まと》めろ」

辺り一面にラーシュからのお土産《みやげ》を広げた二人に命令する。

あんちゃん命令は絶対（日頃の威厳《いげん》がものをいうのだ）。二人はぶーぶー文句をいいながらも命令に従った。

よくこれだけの量をあの中に入れたなと感心しながらトータと二人で荷物を一ヶ所に纏《まと》め、取っ手付き結界で包み込んだ。

「さて、どうするかな?」

量が量だけに家の中に運ぶのも邪魔だし、保存庫に置くと先延ばしにしそうだし……まあ、しゃーない。家の前においといて帰ってきてからやるか。

ラーシュの国には大魔導師がいて、このお土産《みやげ》――なまものには、魔術結界を施している。封印を解かなければ、腐ることはないのだ。

一応、結界で包んだまま家の前におき、中へと入る。

昼飯は朝の残りなので、用意に時間はかからない。シチューをサプルの魔術で温め、冷えたゆで卵に漬け物。魚の練り物は朝でなくなったので、川魚の串焼き。

我が家の食卓は昼も豪華である。

「いただきます」

6 ✳ 午後もしっかり働きますか

昼食が終わり、まったりした時間が流れる。

昼休憩一時間、なんて規則があるわけじゃないが、うちはだいたい一時間は休むことにしている。

うちは不穏もなければ不満もない、村一番の仲の良い家族と自負するが、いつでもどこでも笑いやおしゃべりに満ちている訳じゃない。

狭い世界（村）で生きてたら、話題にあがるのは、天気や仕事といった身近なことだ。んなもんを一時間もしゃべれるわけがないし、聞かされても嫌だわ。

まあ、まったく話題がないねぇ――ってどころか、いろいろ話題には事欠かないくらい頭に詰まっているが、それを話すとサプルもトータも食い付いてきて、仕事にならなくなっちまう。だから昼食後はゆっくり休む。まぁ、用があるならいえ、くらいの我が家のルールだ。

「あんちゃん、午後からヤップんちに手伝いにいってきていい？」

サプルが皿を片付けながら聞いてきた。

「別に構わんが、ヤップんち、なんかあったっけか？」

三軒隣（二〇〇メートルは離れているが、田舎《いなか》感覚ではすぐ近所である）のヤップは、サプルと同じ年の男の子だ。

うちと同じく、オトンは山で木を伐り、オカンは畑と家畜の世話。おじぃは枝籠作り名人。ヤップを先頭に三男二女は家の手伝いと、まあ、平均的な山に住む一家である。

「おばちゃん、そろそろ子供が生まれるからニーのおばぁが手伝ってやれって」

まぁ、娯楽のない田舎《いなか》の夜は長い。毎日──か、どうかは知らんが、流れてくるガールズトークから推測するに、夫婦は結構、熱く盛り上がっているよーだ。

「おっちゃんもおばちゃんもおさ──いでっ！」

途中でオカンに殴られた。しかも、薪《まき》で。

「なにすんだよ！」

丈夫な体とはいえ、薪《まき》で殴られて喜ぶ趣味はないぞ。

「二人に変なこと吹き込むんじゃないの。まったく、どこで知恵をつけてくるのやら」

おっと。自分が成人前なのを忘れてた。

学校があるわけじゃないから性教育なんてもんはないが、経験したヤツが下に教えるっつー伝統はある。これは男女関係なくある、村社会の伝統だ。

まぁ、伝統ではあるが、やはり成人前にそーゆー話はタブーである。あんだけガールズトークで盛り上がってるクセにな。

「はいはい、申し訳ございませんね」

親にはさぞマセたガキんちょに見えるだろうが、中身は酸《す》いも甘いも知る大人だ。こんな田舎《いなか》の性事情など思春期にも劣るものだ──が、新しい人生はなるべく新しい感覚で生きるのが、正しい今世である。

「さてと。出かける準備でもしますかね。あ、トータ。ゴブリンの確認頼むな。サプル。ないとは思うが、万が一、村に入ってきたら、しっかりトドメは刺すんだからな」

小さい頃から狼やら猪を捌《さば》いてきたサプルに、魔物を殺す忌避感《きひかん》はないものの、戦いに関する経験はトータより浅い。だから殺《や》るときは二度殺す勢いで殺れ、と教育しているのだ。

あ、オーバーキルは止めてね。また山火事になったら村八分どころじゃないんだからさ。

「わかった」

多少の不安があるが、妹の尻拭《しりぬぐ》いをするのも兄の役目。まあ、なるようになれだ。

んじゃ、午後もしっかり働きますか。

我が愛馬、リファエルのケツを見ながら山を下る。

オレらが住む山の標高は八百メートルと高いが、傾斜は結構なだらかで陽がよく当たる。

高い木はなく、牧草地を住居としているので高原と呼べなくもない。

木を伐りにいくには山を下りて向かいの山に入らなくてはならず、木を伐るときは三日間泊まりがけだ。

もちろん、木を伐る山には数人が寝泊まりできる小屋があり、ちゃんと馬車が通れる道ができている。

住みかとしている山（集落）を便宜《べんぎ》上、集落山、または陽当たり山と呼び、木を伐る山は伐り場と呼んでいる。

ネーミングへの突っ込みはノーサンキュー。一〇〇年以上前に付けられた名称である。わかりやすいと納得すれば、気にもならんよ。

オトンは違う村生まれの四男（真偽はわからぬ）。オカンはこの村の生まれで開拓時代から続く農家の次女。余所者と次女が結婚するのは珍しく、家を持つなど奇跡に近いが、オトンは十歳から冒険者として働き、その才能とたゆまぬ努力で一攫千金《いっかくせんきん》を実現させた。

なんやかんやでオカンと出会い、聞くに堪えない恋愛を経て、集落山の中腹（下にいくほど旧家となる）に土地と家を手に入れたそーな。

中腹といっても、村の集落から直線距離にして一キロ。ショートカットすればすぐに下りられるが、馬車でとなると三キロ近くなる。

集落山には十四軒の家があり、ほとんどが家畜を飼育しているので牧草地を持っている。そのためS字の道となっており、距離が延びてしまうのだ。

まあ、そんな通りなれた道をパッカラパッカラ下っていると、一人の少女が立っていた。

山集落の纏《まと》め役で村の長老衆の一人、オンじぃのひ孫、サリバリ十六歳。フェリエに次ぐ美少女だ。

オンじぃの家は四家族二十六人と大家族なので日々の仕事には余裕がある。村では二番目に裕福な家だ。お嬢さま、ってほどではないが、まあ、こんな田舎《いなか》では垢抜《あかぬ》けた存在で、村一番のオシャレさんである。

サリバリは小さい頃からオシャレに貪欲で、村のファッションリーダーだった。オレも知らぬ間に理容師となっていた。

ならと、とクシや髪飾りをあげたらどうなるんだろうと、試しにあげたらレボリューション。オ

まあ、ハサミやら鏡やらを要求してきた時点でわかれよって話だが、そうちょくちょく会って……るな。じゃなくて、そーゆー話にならねーからわからんかったのだ。

「……やれやれ。メンドクセーのに会っちまったぜ……」

幼なじみといえば聞こえはイイが、思春期の女の子と一緒にいるなど拷問《ごうもん》でしかない。ストレスで胃に穴あくわ。

しかも、サリバリはやたらと口が回るし、口が上手い。一歳とはいえ年上だからやたらと姉ぶる。こっちは子守りの心境だっつーの。

だいたいオレは昔（前世）から巨乳好きだ。ツルペタなど女——どこからか殺気が——おほん！　まあなんだ。アレだ。

「よっ、サリバリ。元気にしてたか」

村ではコミュニケーションが大事。見て見ぬフリはできねーんだよ。

「相変わらず年下のクセに生意気ね、あんたは」

お前には負けるがな、とはいわない。いったら最後、心が折れそうなくらいの罵《ば》詈《り》雑《ぞう》言《ごん》を浴びせられるからな。

……アレは軽いトラウマになる……。

「生まれつきだ、気にすんな」

最近、軽くあしらうのが最良だとわかったよ。オレの心を守るためには、だが……。

「あ、そういやフェリエが帰ってきてたぞ」

と教えてやったら「ふ～ん」と興味なさげだった。あれ？

フェリエ、サリバリ、そしてもう一人、トアラの十六歳トリオは、山の三大美少女として村では有名で、幼なじみの間柄である。

よく三人＋オレとサプルで遊んだりもしたし、女三人でいるところも何百回と見ている。オレの中では、仲良し三人組だったのだが……違ってた？

「んじゃな」

こーゆーときは逃げるのが一番と、ゆるめたリファエルの足を速めようとしたら、サリバリが荷車に手をかけた。

「一人じゃあ可哀想《かわいそう》だから、一緒にいってあげるわ！」

世話がやけるったらありゃしないわ～とかなんとか言いながら、荷車に上がってきやがった。

軽く殺意が湧いたが、オレはクールな男。体は少年。中身は大人。ガキんちょの戯《ざ》れ言《ごと》ごとき軽く流せと、暴れそうになる自分に必死にいい聞かせた。

「仕事か？」

「ま、まーね。人気者は辛いわ～」

村で唯一の理容師（オレ命名）。独占市場。まあ、テキトーなんで深くは問うまい。

「仕事はイイが、勉強はどうした？　渡した本に載ってた文字は、ちゃんと書けるようになったんだろうな？」

「も、もちろんよ！　あんなの簡単だわ！」

まったく全然できてないようだ。

ったく。字を教えろと騒いだクセに、まったくやっていないとは。バカで許されるのはきょ──また殺気が──いや、なんでもありませんです。ハイ。

「そうだよな。十六歳には簡単すぎるよな。サプルと一緒にしたら悪いか」

いや、スーパーガールのサプルちゃんと、アホ子ちゃんとを比べるのが間違いか。ごめんよ、サリバリ。

「……今なんか、失礼なこと考えてなかった……？」

「いや、全然。なんで？」

アホ子ちゃんとはいえ、さすが女。勘が鋭いわぁ～。

「まあ、いいわよ。それで、今日はなにしにいくの？」

なんか、なにして遊ぶの的な口調だが、君の目に、後ろの薪《まき》は見えてないのか？　薪《まき》の納品は山に住む者の義務なんだよ。君んちでも出してるでしょ。

まぁ、クールなオレは突っ込んだりはしないがな。

「薪《まき》を下ろして冒険者ギルドに寄って、オババんちにいってガキんちょどもの様子を見て漁港にいくよ」

「なーんだ。つまんな～い。いつもと同じか」

っ たく。これだから思春期ガールには参る。仕事があることがどれだけ大切でどんなにありがたいことかわからんのだからな。

「つまらな――」

「ねぇねぇ、知っている？　昨日、港にどっかの商船が来たんだって。珍しいよね。どこからきたのかな？　そーいえば、そろそろ隊商がくる頃だよね。どのくらいくるかな？」

って、聞いちゃいねーし。

まあ、返答を求めていた訳じゃないが、ちょっとは人の話を聞けよ。オレの心を労《いたわ》れよ。

「そこでラウが転んじゃってさ～。ほんと、ドジよね～」

話が二転三転するので、なにを話しているかさっぱりわからん。

これ、なんて苦行？

7 ✷ ボブラ村カラヤ集落

なんか今さらな感じがするのが不思議でたまらないが、オレが住む村の名前は、ボブラ村という。

なんでも、開拓時代のリーダーがボブラさんという人だったから、そうなったらしい。

まあ、なんの謂《いわ》れもない村の名前なんてそんなもんだろう。オトンのようなキラキラネームじゃないだけマシだわ。

そんなボブラ村の中心地——正式名は、カラヤ集落だが、村人からはただ集落と呼ばれている。

田舎《いなか》で街といったら、駅前みたいな感覚だ。都会の感覚はよー知らん。

そんな村の中心地には、雑貨屋や鍛冶《かじ》屋、多目的宿屋、パン屋、冒険者ギルド（支部）、役場兼村長宅、集会場、薬所、日替わり露店、広場、あとは開拓時代から続く農家が十四軒が集まっている。

可もなく不可もない村ではあるが、近隣の村々と比べたら発展しているほうだし、豊かな土地だろうよ。

山集落の税（薪《まき》）は、生活で重要な燃料ではあるが、火事の因になるから集落の中に置くことはできない。

なので集落から一〇〇メートル離れた場所で、四ヶ所に分けて置くのだ。

「バルじぃ、薪《まき》を運んできたぞ、おきろー！」

小屋で寝てた薪《まき》の管理人のじいちゃんに、声をかける。

木は各々家で切り、山で薪《まき》として割り、各々の家へと運ぶ。そこで乾燥させてから集落に運ぶようにしている。

本当なら集落に持ってくるのが楽なんだが、薪《まき》置場（掘っ立て小屋）にも収納力というものがあり、管理する者を増やすことにもなる。

薪《まき》の管理人は、このバルじぃとガーバルじぃの二人だけ。夜の火番は村の青年団がやっている。

「……んはぁ？　……ああ、お前か……」

「お前かじゃないよ。春とはいえ、そんなとこで寝てたら風邪引くぞ」

昼だから陽気はイイが、風はまだ冷たい。齢《よわい》七〇の体にはよくないぞ。

「なに、こんな年じゃ、いつ死んでも構わんさ」

確かに、七〇まで生きてこられたのは幸運といえよう。今も五体満足で薪《まき》の管理人をしている。なんともあやかりたい人生である。

「枯《か》れたこといってんじゃないよ。そこまで生きたら一〇〇までしぶとく生きろや」

「アハハ！　ほんに、相変わらずだな、お前は」

「なにが相変わらずだか知らんが、薪《まき》はどこに置くんだ？」

ジジイの話は長くなるからな、とっとと話を進めるほうが無難だ。

「遠くてすまんが、東の置場に頼むよ」

「別に遠くはないさ。運ぶのはこいつだし、下ろす手間はどこだろうと変わらんしな。それに今日は、サリバリがいるから問題ないさ」

「そーそー、べーに任せておけばイイのよ」

お前は何百倍もオレに遠慮しろ。

「ホッホッ。サリバリも相変わらずじゃな。頼むよ」

税（薪《まき》）を払ったことを証明する、割り府板を受け取る。

この時代のこんな田舎《いなか》。人の監視と割り府板が精一杯の不正防止。まあ、こんな狭い世界で不正なんてしたらすぐに村八分。飢饉《ききん》とか余程のことでもなけりゃあ起こらないことだがな。

「ん？　そういやあ、東ってロンダのおっちゃんが運んでなかった？」

他の家はだいたい午前中に運んでくるが、オレは混雑するのが嫌だから午後にきている。四日前も午後にきたのが、そのときロンダのおっちゃんも家の用事で午後からきていて、ガーバルじいに東へ頼む、といわれてたよーな記憶があるぞ。

「ああ、二日前に商船が入ってきてな、そいつらにわけてんだよ」

ん？　なんかどっかで聞いたな。どこだっけ？

「んで、商船がなんでうちの村に？」

岩海岸で深水が深いから商船クラスの船でも接岸させることは可能だが、これといった名産品もなければ買う客もいないだろうに。

「なんでも海竜に横っ腹をやられたらしくてな、修理のために寄ったそうだ」

「それはまた運がないな」

基本、海竜は小魚狙いで臆病な生き物だ。自分よりデカイ生き物には近づかないし、泳ぎが上手い。それがぶつかるんだから、不運としかいい様がない。

「まぁ、そいつらには悪いが、村のヤツらにしたらイイ余興だな」

「ガキどもは毎日、見にいっとるよ」

ならオレもガキらしく見にいくか。商船など滅多に見られるもんじゃないからな。


薪《まき》を下ろして集落にくると、冒険者ギルド（支部）へと向かう冒険者パーティーが目についた。

開拓中の村や小さい村は別として、だいたいの村には冒険者ギルド（支部）がある。

剣と魔法の世界の例に漏れず、この世界には魔物や魔獣がばっこし、魔境や秘境がいたるところにある。この村だって常に魔物の危機に晒《さら》され、人の侵入を拒む山や森がある。

大きな街ならゴミ拾いといった雑用から薬草摘み、隊商の護衛《ごえい》など、多岐《たき》にわたり仕事があるが、こんな田舎《いなか》ではほとんどが魔物（害獣《がいじゅう》）退治の依頼で、たまに畑や漁の手伝いがあるくらいだ。

そんなんだから冒険者がこの村にくることは滅多にない。きたとしても、通過点として物資の補給をするくらいだ。

とはいえ、村に軍隊や警備隊があるわけでもない。まあ、青年団はあるが、基本、火番だ。魔物と戦える術は持ち合わせていない。ならばどうやって村を守るか？　次男や三男、たまに男勝りな次女や三女を冒険者とし、村専属にすれば良いじゃないと、狡猾《こうかつ》な大人たちは考えたわけだ。

まあ、次男や三男も家を継げるわけではないし、魔物退治で名を上げて出世をしたほうが希望が持てる、となるヤツは結構多いのだ。

現在、この村の専属冒険者は九人（フェリエは別）。二つのパーティーに分かれて活動している。どちらのパーティーも、メンバーは十三から十八歳までの若者だ。

それ以上の年になると実力がつき、この周辺の魔物では手応えがなくなり村を出ていくので、だいたいその年代になるのだ。

今、オレの目の前にいるパーティーは、十五から十八歳で結成された副戦力パーティーだ。

リーダーは十八歳のバン。冒険者歴九年で剣士。同じく十八歳で斥候職兼短剣使いのガバ。紅一点で十七歳のタシアは弓使い。最年少のアルマは荷物持ち兼見習いだ。

「お〜い、バン兄〜！」

ちなみにバンは、サリバリの兄貴（次男）だ。

「ん？　サリバリお前、今日は家の手伝いがあっただろう。お袋に怒られても知らんぞ」

「大丈夫。べーと一緒だから」

オレをだしにすんじゃないよ。ちゃんと家の仕事をしろ。

「今日はなんの依頼だい？」

「ゴブリン退治さ！」

バンが、ゴブリンの耳が入っているだろう袋を掲げて見せた。

「へー。よく許可をもらえたな」

　弱いゴブリンといえども、経験のない新米に退治させたりはしない。黒鼠（四〇センチくらいで山の掃除屋と呼ばれている雑魚《ざこ》の魔物だ）や角鹿を余裕で狩れるようにならなければ、許可を出さないとかいってたのにな。

「まーな。最近、ゴブリンの目撃情報が多くてな、ダッカルさんたちのパーティーだけでは手に負えないから、オレたちにも討伐《とうばつ》許可が出たんだよ」

　やはり、ゴブリンの大群が近くにいるようだ。明日には山に入ってみる必要があるな。

「何匹仕留めたんだ？」

「三匹だ！」

「こっちからきたということは、ザッカラ山でか？」

　トータが見た山だ。

「ああ。なかなか手強かったぜ」

　まあ、トータのような能力を新米に求めるのが間違いで、この年代でゴブリン三匹を倒したのは結構凄《すご》いことなのだ。

「ほ～。無傷で倒してくるとは凄《すご》いじゃないか。どうやったんだ？」

　本当に凄《すご》いことなので素直に賞賛する。

「ガバが先制攻撃して、慌てたところにタシアの一撃。乱れたところをオレが一殺さ！」

　まあ、基本だな。

「ゴブリン三匹なら銅貨六枚か。あまり儲《もう》けにはならんが、初討伐《とうばつ》の勲章《くんしょう》と思えば一生の宝だな」

最初の討伐《とうばつ》で死ぬことも珍しくない冒険者稼業《かぎょう》で、初討伐《とうばつ》を勝利で飾ることができたのだから幸先がイイってことだ。

「ったく、年下のクセに生意気なこというよな、お前は」

しゃーないだろう。人生経験がお前の三倍はあるんだからよ、とはいえないので苦笑いで誤魔《ごま》化《か》した。

「でもまあ、お前には感謝してるぜ。お前が作ってくれた弓矢や投げナイフのお陰で、一殺できたんだからな」

「それは日頃の訓練の賜物《たまもの》さ。どんなに優れた武器も、持ち手次第。下手なヤツにどんな優れた剣を渡しても、当たらなければナマクラ包丁以下。その勝利は、努力したお前らが勝ち取ったものだ」

冒険者になる気はないが、こういう熱い生き方しているヤツを見るのは大好きだぜ。

「ガキんちょども」

「あんただってガキんちょじゃない」

サリバリの突っ込みは全力全開で無視して、オレは冒険者ギルド（支部）の横の広場で訓練している次世代の冒険者に声をかけた。

冒険者ギルド登録は十歳からだが、見習いとしてなら八歳から仮登録ができる。

もちろん、危険な討伐《とうばつ》は不可だし、村の外での薬草摘みも不可だ。その期間では家の手伝いレベルのことしかできない。

まあ、いってしまえば子供の小遣い稼ぎではあるが、将来冒険者となる者としたら、大事な準備期間。初歩の薬草摘みでも最低限の装備は必要だし、冒険者となったらたとえ十歳でも一人前と見なされる。

そうなれば家を出なくてはならないし、パーティーを組むなら報酬《ほうしゅう》はパーティー財産となり、一人前に稼げるようになるまでは無賃金状態になる。

もちろん、村の専属なのだから住む家は支給（救済措置）され、雑貨屋や市（露店）では割引（雑貨屋は二割引。市や露店は売主次第）される。

なので、見習い期間といえど、甘いことはいってられない。稼げるならなんでもするし、訓練も怠《おこた》らない。なんせ、努力した結果がすぐそこにあるのだからな。

「あ、兄貴。ちぃーすっ！」

この中で最年長でリーダー格のシバダが、真っ先に反応した。

シバダは十二歳。同じ山集落の出身だから幼なじみといってもイイのだが、こいつが物心つくころから面倒見てたので完全に弟――いや、舎弟のようになっていた。

だからといって『おい、パン買ってこいや』ってな関係ではない。サプルやトータ並みではないが、魔力があり、風の魔術に適正があったから教えていたのだ。なので、舎弟というよりは弟子といったほうが正しいかもしれないな。

「調子はどうだ？」

「はい。風手裏剣は的に当たるようになりました」

やっぱり弟子にするなら凡人がイイよね。できないながらもがんばる姿は、見ていても気持ちがイイし、教え甲斐《がい》があるってものだ。

……サプルやトータにしっかり教えたら、三年で抜かれる自信があるね……！

「ああ。お前はやればできるヤツだからな。驕《おご》らず、怠《おこた》らず、日々努力したら一流の冒険者になれるよ」

基本、オレは褒《ほ》めて育てるタイプなのだ。

「はい、兄貴！」

「皆も日々の努力を忘れるなよ」

「「はいっ！」」

ほんと、素直でええ子たちだよ。

「あ、そうだ、兄貴。兄貴に依頼されてた花壇《かだん》、できたよ」

「もうできたのか、早かったな」

冒険者ギルド登録は年齢制限があるが、依頼料を払えるなら依頼者に年齢制限はないのだ。

「報酬《ほうしゅう》がクッキーだから嫌でも集まるよ」

そーいやぁ、前も子守りのガキんちょ（四歳）まできて大変だったとかいってたっけな。

「まあ、人を使うのも勉強だ。創意工夫しながらガンバレ」

馬車からクッキーの箱を二つ出して、シバダに渡した。これは別報酬《ほうしゅう》だ。

「じゃあ、今度は花を植える依頼を出しておくから受けとけよ」

「いつもありがとうな、兄貴！」

「別にオレのために依頼を出してんだ、感謝するのはこっちだよ。小銅貨五枚で働いてくれんのはお前らだけだしな」

街道沿いの三〇メートルくらいの花壇《かだん》の作製を五〇〇円くらいで依頼し、さらに年下のガキんちょどもにはクッキー四枚でやらせているのだ。前世なら児童虐待《ぎゃくたい》で訴えられているところだ。

「家の手伝いを一日したって、小銅貨一枚ももらえないよ。それに、兄貴には木剣や弓矢をタダでもらってるんだから、感謝してもしたりないくらいさ！」

「それも気にするな。ちゃんと計算があってあげてんだからな」

こいつらが冒険者となったとき、オレが作ったものを買ってくれるだろう。さらに木剣や弓矢の性能のよさをどこかで宣伝してくれれば、冒険者ギルド（支店）に卸しているものも売れるかもしれないからな。

まあ、損して得とれ〇ルネコ作戦だ。


「おっちゃん、いるか〜」

冒険者ギルド（支部）の扉を開けて声をかけた。

「いるに決まってんだろうが」

カウンターの向こうで、仏頂面したおっちゃんが不機嫌そうにいい放った。

「ったく、毎回毎回、同じセリフを吐きやがって。嫌味か」

「嫌味だ、つったら笑顔で迎えてくれんのか？」

「するか、ボケがっ！」

アハハ。ほんと、よく切れる三〇代だ。

「まあ、暇《ひま》そうでなによりだな」

冒険者ギルドが忙しかったら村の一大事。暇《ひま》でイイじゃないの。

「暇《ひま》すぎて死にそうだわっ！」

「やだね、人の不幸を喜ぶヤツは」

「テメーになにがわかる！」

「ガキじゃあるまいし、わかって欲しけりゃ口にしろ。知られたくないのなら黙ってろ。腐るのは勝手だが、それを他人に押し付けんな」

怒りで真っ赤になるが、別にオレは気にしない。思い通りにいかないからって、周りにわめき散らすようなアホに優しくしてやるほど、オレは人間できちゃいないよ。

「マスター、落ち着いてください」

冒険者ギルド（支部）の受付嬢で影のギルドマスター、姉御うん十歳（知ったらたぶん、殺される）。なんでこんな田舎《いなか》にいんだよと、突っ込みたくなるくらいの殺気を出せるおかたである。

「いらっしゃい。また依頼？」

「そうであります！」

お釣りが出るくらいの笑顔に、なぜかオレは敬礼で応えてしまった。

「クスクス。相変わらず変なことする子ね。それで、今日はどんな依頼を出すの？」

……いやもう、この人を相手するのは寿命が縮むぜ……。

「花壇《かだん》に花を植える依頼をお願いしやす、姉御。報酬《ほうしゅう》は小銅貨六枚でお願いしやす」

なぜかこの人の前では、負けた気がして下手になってしまう。

「も〜。お姉ちゃんでいいっていってるでしょう」

「と、とんでもないっす！　姉御にそんな無礼なことといえないっす！」

そんなの、凶悪なドラゴンにドラちゃんというようなもの。オレにそんな度胸はねーよ！

「まったく、君がそんな態度取るから、小さい子まで姉御扱いなんだからね」

いや、姉御に逆らうなは、村の掟《おきて》になってるくらい有名ですぜい。

「ふ〜う。まあ、いいわ。依頼を受理します。それにしても、前の道の手入れとか花壇《かだん》とか、君は不思議な依頼を出すわね？　しかも、報酬は自分の懐から出してるし。あの子たちの支援にしては金額が安いし、いったいなんなの？」

「ん〜まあ、郷土愛的なもんですよ」

別にどうしても成し遂げたいものはないが、まあ、村が綺麗《きれい》になったらイイな〜ってくらいのもの。完全なオレの道楽だな。

「それより、ゴブリンが出てるそうですが、目撃情報は結構あるんですか？」

　査定待ちしているバンたちを見ながら、姉御に尋ねた。

「そーね。出ているといえば出てるわね。昨日きた冒険者パーティーからも、ゴブリンの襲撃《しゅうげき》にあったって報告がきてたし」

　ゴブリンは珍しくもない魔物（害獣《がいじゅう》）だし、一年中どこにでも生息するから遭遇《そうぐう》率は高い。冒険者やってりゃあ、にわか雨に遭うくらい会っている、よくいる魔物（害獣《がいじゅう》）だ。

　……ん～。冒険者ギルドじゃあ当たり前すぎてはっきりわからんな……。

「なにか、あったの？」

　さて、どうしたものか。大暴走なら冒険者ギルドに報告するべきものだが、はっきりとしたわけじゃないし、毒味役に欲しいモルモットだ。オレの利益になるなら黙っているほうがイイんだが、寿命を大切にするなら姉御にいうべきだ。

　しゃーねーな。ここは、情報だけ渡しておくか。

「いえね、トータもバンたちが討伐《とうばつ》したところでゴブリンを三匹狩りやしてね、もしかして、と思いやして……」

　オレのいいたいことを理解したようで、真剣な顔になった。

「わかりました。ギルドで調べてみます」

　まあ、調べるといってもバンのパーティーともう一つのパーティーに依頼を出すということ。なら、何匹かは捕獲《ほかく》しても怪しまれないだろうよ。

……もっとも、姉御には怪しまれるが、もう今さらだ……。

「んじゃ、報酬《ほうしゅう》の金です。よろしくお願いいたしやす」

なにかいわれる前に、さっさと冒険者ギルド（支部）から逃げ出した。


「あ、べー。雑貨屋のおかみさんがきてくれってさ」

ベンたちとおしゃべりしていたサリバリが、そんなことをいった。

「おばちゃんが？　なんだって？」

「知らなぁ〜い」

うん。サリバリに聞いたオレがバカでした。

にしても雑貨屋、か〜。

完全、とはいえないが我が家の自給自足率はかなり高い。食料は完全に自給自足だし、道具類も完全自給自足だ。まぁ、衣服などはどうしても買うしかないが、月一でくる行商のあんちゃんに注文すればイイし、他に欲しいものも頼めば取りよせてくれる。

だからといって、雑貨屋のおばちゃんらとまったく繋がりがないわけじゃない。露店の管理は雑貨屋の仕事だし、換金所の役割もあるから、何日かに一回は必ず会う。

確か、前に里に下りてきたときも会ったような気がする。まあ、挨拶《あいさつ》するくらいだったが。

なんだろうなと思いながら雑貨屋へと向かった。

つっても、隣なので五秒もかからないがな。

「こんちは〜」

田舎《いなか》の村の雑貨屋なので店自体は十畳ほどしかなく、品数も豊富ではないが、村で生きていくために必要なものはだいたい揃っている。

……雑貨屋の仕入れも行商のあんちゃん頼みだから、雑貨屋にあるものはたいてい揃えられるんだよな……。

「悪いね、呼んだりして」

「構わんよ。急ぎの用があるでもないしな」

いかにも田舎《いなか》のおばちゃん、といったふくよかな雑貨屋のおばちゃんに笑顔を見せた。

それほど付き合いがあるわけじゃないが、狭い村でのこと。小さなことでもコミュニケーションがあるとないとでは、村での生活を左右されかねないのだ。

「んで、なんの用だい？」

コミュニケーションは大事だが、おばちゃんのおしゃべりに付き合うほどオレのコミュニケーション能力は高くはない。アレは一種の精神攻撃だぜ……。

「あんたのとこで肉は余ってないかい？」

「肉？　まあ、あるにはあるが、どうしたんだい、肉がいるなんて？」

雑貨屋はあくまで雑貨屋。食料品店ではない。まぁ、冒険者もくるので保存食は売っているだろうが、村の食卓に上がるようなものは売ってないし、取り扱ってもいない。それは、市（露店）の領分——とまではいわないが、村内での流通なので市（露店）で充分。あとは個人同士での取引（物々交換）だ。

「港に商船が入ってきたのは聞いてるかい？」

「ああ。海竜に横っ腹をやられたとかなんとか」

「その商船のヤツらが毎日食料を買い占めてね、野菜なんかは大丈夫なんだが肉が間に合わないんだよ」

まあ、どれだけ航海するか知らないが、交易範囲からして船で五日から七日がせいぜいだろう。そうなれば多少のなまものは積んでるだろうが、ほとんどは根菜類と干し肉のスープや石のように硬いパンくらいなものだろう。

この時代の保存食技術はそんなに、どころか低いとしかいいようがない。ビン詰め技術はかろうじてあるものの、ビンは高価な上に小さなものしかない。しかも割れやすいときてる。家で使うならともかく、航海に持っていくには不便でしかない。樽《たる》に詰められるもののほうがはるかに積み込めるってもんだ。

「商船って、いつからいんだ？」

「三日前くらいだよ」

「それならまだ問題はないな」

「問題って、なにが問題なんだい？」

首を傾げるおばちゃん。まあ、こんな田舎《いなか》の雑貨屋ではわかれというほうが酷《こく》だな。

「その商船がどんなもんかは知らねぇが、商船ってくらいだから二、三〇人は乗ってんだろう。

それだけの人数なら村の食料事情でもしばらくは持つが、長引けば村の食料は減る一方だ。うちは漁があるから食うに困ることにはならないとは思うが、それでも確実に食料は減る。野菜だってそれぞれの家で消費し切れない程度のものを市に出す程度だ。

人を割けば山から山菜を採ってくることも可能だが、これから麦の種蒔《ま》きだっていうのに、誰をいかせる？　子守りのガキか？　冒険者か？　その人数で商船のヤツらを賄《まかな》い切れるのか？　家々の食料事情は知らないが、余裕のある家なんかないよ。明日どうなるかわかんないご時世に、自分の食料出すとか、どこの救世主様だよ」

ギリギリでやってる村に、ただ消費するだけの人数を賄《まかな》えるだけの食料なんてある訳がない。

これは蝗《イナゴ》の群れがきたと同じことだ。

「……だ、大問題じゃないか……」

「そうなるかどうかは村長の腕次第だな」

オレにはなんの権限もないし、子供の領分でもない。まあ、頼まれたら考えないでもないが、わざわざ関わるほど酔狂《すいきょう》ではない。

この村は好きだ。愛着もある。そこに住む人々は好ましいヤツらばかりだ。だが、なにより大事なのは家族だ。他人と家族なら、オレはなんの躊躇《とまど》いもなく家族を選ぶね。

「——こうしちゃいられないよ！」

おばちゃんは、スカートの裾をつかんで闘牛のように店を出ていってしまった。

まあ、村長もバカじゃないんだし、これだけいやぁなんとか対処するだろうよ。

8✴オババは恩師

——薬師。

開拓村のような人類最前線でなければ、だいたいの村に一人か二人は薬師がいる。

前世のように資格があるわけでも、学ぶ機関があるわけでもない。医者なんて、王都でもなければ見ることもない希少な存在だ。

医学つっても前世のような人体学を学んだもんじゃなく、外科的な、切ったり折れたりを治す魔術による医学が主だ。

薬も熱を下げるとか毒を解するとか、長年の知恵でなんとかできるものがほとんどだろう。

まあ、医者はともかく、薬師の場合は、親から子に、または師から弟子に受け継がれ、村に残ったり新たな村に移ったりするそーな。

我が村の薬師は、親から子に受け継がれた口で、もう六〇年以上も薬師として活躍しているばーちゃんだ。

前世の医療技術と比べたら、おばあちゃんの知恵袋くらいのようなもんだが、この時代では、交通が不便な田舎《いなか》町に診療所があるかないかくらいに生存率に関わってくる。

この世界のこの時代では、薬師は総合職。出産から墓場まで、人の生き死にに必ず関わってくる、村で重要な、それこそ村長より発言権がある職なのだ。

なので、薬師の家――薬所は、村の中心（集落のね）にあり、頑丈《がんじょう》な石で造られている。

これは、なにをおいても薬師の存在は村にとっての生命線だからで、薬草を保存するには一定の温度管理が必要だからだ。

薬所のドアを開けると、幾十もの薬草の臭いが流れてきた。

慣れないと青臭い臭いやら苦い臭いに気分が悪くなるが、田舎《いなか》に生まれ、家畜の糞《ふん》やら魔物の臓物《ぞうぶつ》の臭いを日常的に嗅《か》いでいたら少々の臭いなど気にもならない。ましてや、五歳の頃には毎日きてたので、まったく気にもならなくなっている。

「オババ、生きてるか～」

誰もいない空間に声をかけた。

基本、薬師の仕事は薬作り。奥の工房で作業しているのだ。

「生きてるわよ～」

奥から若い娘の声が返ってきた。

別に姉御のようにわ――殺気――いえ、なんでもございませんです。はい。若い娘は、現薬師の十番目の弟子で、現在修業中の薬師見習い、十四歳だ。

見習いの腕にもよるが、だいたい十年に一人は弟子入りさせ、ひと通り学ばせたら薬草採取や生態を実地で学ばせ、薬所支所で経験を積ませる。

この時代、生存率は低く、薬師といえども病気には勝てない。さらに、冒険に出た魔物との戦闘もあるので、なおさら生存率は低くなるのだ。

まぁ、幸いにしてうちの村にはオトンがいて姉御がいたから、魔物の被害は軽微《けいび》で済んでる。自然災害も水不足が一回あったくらいで、飢饉《ききん》になるようなことはなかった。うちの村では薬師になる人の率は高いが、近隣の村では一人か二人ぐらいしか輩出してないのが普通だ。

「よっ、ニーブ。しっかり勉強してるか」

ちなみにオレはオババの九番目の弟子で、薬師を名乗ることを許されている。なのでニーブは妹弟子にあたるのだよ。

「してるわよ！」

オレがいなければ神童と呼ばれていただろう、天才少女である。

「ハッハッハー！　悔しかったら早く一人前になって、オレ以上の薬師になるんだな、ニーブくん！」

別に驕《おご》っているわけじゃないよ。薬師を名乗れるようになったが、どんな職業も日々勉強で日進月歩。そこがゴールなんてありはしない。

これは、ニーブに発破をかけて、腕のイイ薬師にさせるための兄弟子の優しさであるぞよ。

「いらっしゃい。よくきたね」

オババが、しわくちゃな顔をさらにしわくちゃにして歓迎してくれた。

いつもの席で薬草を磨《す》り潰していた豆粒のようなオババは、御年八十うん歳（本人も長く生きすぎてわからなくなったらしい）。村で最高年齢だ。

これだけ年を取れば偏屈《へんくつ》になりそうだが、物静かで柔らかい性格。この時代では珍しいほどの人格者。昔からまったく変わっていない（村長談）とのことだ。

オレにも、薬学だけではなく自分の知っていることすべて教えてくれた。

この人はオレの恩師で、家族と同じくらい大切な存在だ。

「ニーブ、食料持ってきたから馬車から下ろしてくれ」

薬師は税を免除（村からな）され、食料は村（村長宅）から支給される。が、この時代のこんなド田舎《いなか》。硬いもんしかありゃしない。歯の欠けたオババには辛すぎるので、オババ（と住み込みのニーブ用も一緒に）のためにトロットロに煮込んだ料理を差し入れているのだ。

「ニーブ。頼むよ」

「はぁ～い！」

まあ、いつものことなのでニーブに任せておく。

「いつもすまないねぇ」

「気にすんな。オカンが採って、トータが狩ってきたもんをサプルが作る。それを薪《まき》を運ぶついでに持ってきただけだ。なんの労力もないさ」

「ほっほ。まあ、ありがたくもらっておくよ」

オレの能力を知りながらなにも聞かず、普通に接してくれる。七〇歳若かったら求婚してるところだ。

「一応、十日分は持ってきたが、足りないときはいってくれ。まあ、大丈夫だろうとは思うが、状況次第では食料不足になるかもしれん。万が一のときのためにオレが持ってきたやつは地下においとけ。あと、傷薬も多目に作っておいたほうがイイかもな。無駄になったらオレが保存しておくからよ」

しわくちゃなのでオババの表情はわかんないが、恩師と仰ぐ人である。雰囲気を読む力なら弟子の誰にも負けないぜ。

「そう心配すんな。悪いようにはしないよ」

「すまんな、いつもいつも……」

「それこそ気にすんな。オレが勝手にやってることなんだからよ」

わかってるヤツが、わかっててくれればそれでイイ。それだけでこの世界に生まれてきた甲斐《かい》があるってもんさ。


「サリバリ、港にいくが、どうする？」

まだシバダたちとおしゃべりをしているサリバリに、声をかけた。

フェリエと違い、アホ子ちゃんは親しみのある美少女。オレの琴線《きんせん》にはまったく触れないが、同年代からは結構人気があり、大人たちからも愛されているのだ。

まあ、バカな子ほど可愛《かわい》いのと、同じ理屈なんだろうよ。そう思うと、愛らしいと感じなくもないがな。

「ここにいる〜」

「んじゃ、シバダ。サリバリのお守り頼むな〜」

「子供扱いするなっ！」

練習用の石礫《いしつぶて》が飛んでくるが、鍛《きた》え抜かれたオレには止まっているのと同じこと。パシッと受け止め、三〇メートル先にある的を撃ち抜いてやった。

「兄貴、すげぇぇぇぇっ‼」

「ふっ。そんなに驚くなよ。こんなもん超余裕だぜ」

……ヤベー！　ついやっちまったが、外してたら面目丸潰れだったぜ……。

明日からサボっていた投擲《とうてき》術の練習を再開することを心に決めて、御者席に上がった。

「おーい、べー！」

いざ発進と鞭《むち》を振り上げたとき、誰かがオレを呼んだ。

声がしたほうへと目を向けると、つる禿《は》げの村長がこちらへと向かってきた。

我が村の村長様は、まだまだ働き盛りの六十二歳。この村から出たことはないが、オババの一番弟子だけあって頭の回転は悪くはないし、話のわかる人だ。

まあ、人としてはイイんだが、悪意には弱い善人なのが悩ましいところだな。

「どうしたい、村長？」

「お前、港にいくんだろう。すまんが乗せてってくれんか？」

「ああ、構わんよ」

田舎《いなか》ゆえに無駄に広い。集落から海まで一キロはあり、途中、小高い山がある。田舎《いなか》感覚では遠くはないが、歩くとなれば結構時間がかかるし、疲れもする。

ましてや雑貨屋のおばちゃんに責め立てられたら、じっとはしてられんだろうよ。

村長が荷台に乗るのを確認して、馬車を発車させた。

「なあ、べーよ。サマバのいってたことは本当か？」

サマバ？　ああ、雑貨屋のおばちゃんな。

「おばちゃんがなにいったか知らんが、オレにはなんの事情も入ってこないんだ、もしもの話しかできないよ」

「そ、そうじゃったな。すまん」

「世間話の一つだ、謝ることはないさ」

ガキ相手でも自分が間違ってたらちゃんと謝る。ほんと、こーゆーところがあるから無下にできないんだよな。

「で、商船ってのはでかいのかい？」

「ああ。こんなところに住んでりゃあ商船の一隻《せき》や二隻《せき》、珍しくもないが、あんなでかい船は初めてじゃよ。まるで島じゃな」

オレも商船は何回か見たことはあるが、せいぜいデカくて長さ二〇メートル。村長が驚くんだから少なくとも五〇メートルはありそうだな。

「何人乗ってたんだ？　護衛《ごえい》らしきヤツはいたか？」

「剣を持ったヤツは十人くらいはいたな。船員ははっきりとはわからんが、四〇人以上はおったかな？」

「となれば結構でかい商船のようだな。名前とか聞いたか？」

「確か、バーボンド……バ、なんだかのぉ……？」

「バジバドル、じゃなかったか？」

「お、おう！　そんな名じゃったよ。有名なんか？」

「このアーベリアンじゃあ、一番の商人だな。財力でいえば侯爵《こうしゃく》にも負けてないとか。国王ですらバーボンドの人脈と財力の前に逆らえない、つー話があるそーだ」

まあ、行商人のあんちゃんからの受け売りだがな。

「……そ、そんな、偉い人じゃったのか……」

バーボンドなら、暴力に走ることはないだろうが、厄介《やっかい》の度合いは三段階くらい跳ね上がったぜ……。

「そんな偉い人じゃあ、無下にもできんな。どうしたらよいもんかのぉ？」

オレに聞くなよ、とは今さらか。

この村でオレは神童扱い。オババにも勝る小賢者と認定されている。

まあ、大人でも知らんことを知っていて、四歳で読み書きや計算をこなし、十歳で薬師になるばかりか、魔術まで独学で使えるようになった。

普通なら異端扱いをされそうだが、転生したと自覚したときから対策はしてある。

まず知識の押し付けはしない。教えてくれという者だけに教え、近所付き合いは欠かさず、村の誰ともコミュニケーションをしてきた。

弱い者を助け、子供を大切にする。傲慢《ごうまん》にならず尊大にならない。生意気ではあるが、悪口はいわない。他にもいろいろあるが、まあ、ちょっとしたツンデレになれば、異端が変人くらいには落ち着くものだ。

「まあ、取りあえずいってからだな」

この村に選択肢はそうはないが、有益なカードはこちらが握っている。バカなことをしなければ損はしないさ。

9＊不運な商人

小高い山の頂上（二〇メートルもない山だがな）にくると港が一望できた。

基本、この国の海岸は、リアス式海岸のように断崖《だんがい》や岩が多く、船が接岸するのには適してない。ところどころ砂浜があり、漁をするのに適した場所もある。

うちの村もその偶然により、漁を始めたそうだ。

十六軒の家が密集して建てられ、砂浜には四隻《せき》の小舟が上がっていた。

漁は朝なので、今は引き揚げた（底引き網）魚を浜辺にある協同作業場で捌《さば》いていることだろう。

その浜辺から左に五〇メートル。岩場に巨大な船が接岸していた。

「確かに島のようだな」

ここから二〇〇メートルは離れているが、この時代からは想像できないくらいのサイズなのは理解できた。

前世の西洋船に似てなくはないが、形がなにやらタンカーっぽい（勝手に想像して）。

接岸するならそこしかないとは思ってたが、よく接岸できたな。よっぽど腕のイイ船員が揃ってるか、それとも船の性能がイイのか、どちらにしても見事だ。

岩場には急場の荷置き場が作られ、たくさんの箱が積まれていた。

その周りには見張りなのか、剣を持った男たちが巡回している。そのうちの一人がこちらに気がついたのか、仲間たちに知らせ、その四人のうちの一人が船内に入っていった。

「警戒厳重だが、なにを運んでんだ？」

「なにかは聞いとらん。ナガの話では夜も篝火《かがりび》を焚いて見張っとるらしいぞ」

ご禁制、なんてもんはないから、多分、金属系か輸入品かだろうよ。

山を下ると、ちょっとした畑と干し場、そして、薪《まき》小屋がある。

干し場では海の女衆が働いており、オレらに気が付いて近づいてきた。

「村長、どうかしたのかい？」

その中で一番のおしゃべりさんが、声をかけてきた。

「船にちょっとな。なにか変わったことはあったか？」

「いや、なんもない――あ、そーいやぁ、なんか船長と若いのが揉めてたね。食料がどうとか」

「おばちゃん、漁の調子はどうだい？」

オレは、村長が口を開く前に、おばちゃんに尋ねた。

「あん？　最近は海神様の機嫌がいいからね、大漁続きだよ」

「船のヤツら、魚を譲ってくれっていってきてるのか？」

「いや、こないね。いつも集落にいって調達してるよ」

船乗りなら、航海中に魚を釣って（まあ、銛《もり》で突いてだが）食べることはあるし、塩漬けの魚も立派な保存食。積んでないってことはない。積んでるのに食わないのは食い飽きてるか、それとも海竜がぶつかったときになくしたか、または万が一のときのために残してるからか。

まあ、真実はわからんが魚はいらないということ。なんにしても村の事情なんか知らんってことだな。ったく。迷惑なヤツらだぜ！

「ベー」

「おばちゃん。大漁ならまた魚を譲ってくれよ。今度、角猪を一匹持ってくるからさ」

「角猪一匹かい！　そりゃまた豪勢だね。なら樽《たる》一杯詰めてやるよ！」

他の村に比べたら肉を食べる頻度《ひんど》は高いが、それでも肉は贅沢《ぜいたく》品だ。三日に一回（鶏肉が鍋に入ってたらな）口にできたら、子供も大人も大喜びだろうよ。

「ワリーな、おばちゃん」

「なにいってんだい。あんたのお陰で肉は食えるし、ガキどもが進んで働くようになったんだから、礼をいうのはこっちだよ」

これぞ日頃の行いの結果。損して得とれ○ルネコ作戦である。

「んじゃ、帰りによるよ」

「ああ、用意しておくよ」

おばちゃんらに礼をいって馬車を発進させる。

「村長。大人の話に進んで入ろうとは思わない。だが、こちらに振られたら口は出すよ」

「そうか。助かるよ」

別に交渉力が高いわけじゃないが、行商人のあんちゃんと駆け引きはしょっちゅうやってるし、隊商相手に店も出している。相手が余程のやり手じゃなければバカはしないよ。

　それを村長は知っているから、オレに同行してきたのだ。

「そんじゃ、様子を聞いてくる」

「ああ、商人相手に軽々しく約束すんなよ。わからんときは長老衆と相談するといって逃げてこいよ」

「ああ、そうするよ」

　商船へと向かう村長にアドバイスを送り、オレは商船が泊まっているのとは反対の砂浜と岩場の境に向かった。

　そこにはオレが所有する小屋（作業場）がある。

　税は村が一括で払うので、土地や建物には税はかかない。村長が許可し、その集落が許してくれれば、どこになにを建てようが構わないのだ。

　まあ、小屋というよりは工房、といったほうが正しいかもしれないな。

　そんな工房では岩場で獲れた貝類を焼いて、粉になるまで磨《す》り潰して肥料を作ったり、塩を作ったり、三年前くらいに試みた魚醤は、今ではイイ感じに仕上がっている。

　漁は体力勝負の仕事なので、子供や老人は、水揚げしてからの仕事しかできない。まあ、集落に手伝いにいくこともあるが、毎日ではない。子供なら遊ぶことができるが、老人は海を見てぼ～っとしてるしかない（それはちょっといいすぎだがな）。

そんな労働力を腐らすのはもったいないと、八歳のときに小屋（工房）を造り、海産物商（もぐりだけどな）を立ち上げたのだ。

うちの村沿いには街道があり、村外れには休憩地があるので、よく隊商が泊まるのだ。そこで海の幸や山の幸、護衛《ごえい》の冒険者や傭兵《ようへい》に革靴や投げナイフ、革バッグなどを売っているのだ。

まあ、本格的にやっているわけではなく、ガキどもや老人が暇《ひま》なときにきて、勝手にやってくれ、程度にやっているものだ。

今日は、というか、だいたいは八歳のリブと十二歳のダリ、六〇過ぎのじじばばが、四人いる。

「ご苦労さん。調子はどうだい？」

中に入り、挨拶《あいさつ》する。

「おう、順調だよ」

アマリアばーちゃんが代表して挨拶《あいさつ》を返してくれた。

「なにができてる？」

じじばば任せなので、ここでなにができてるかわからんのだ。

「今日は肥料ができてるよ」

「もう溜まったのかい？」

前は二〇日くらいかかったのに、今回は十五日でできてしまったとは。慣れてきたのかね？

「ああ、いい場所があったんでね、大漁だったんだよ」

「それはよかった。でもまあ、無理はすんなよな」

なんて世間話していると、村長がやってきた。

「すまん、べー。ちょっといいか？」

やれやれ。もうかよ。

小屋（工房）を出ると、村長と若いあんちゃんがいた。

見た感じ、三〇前のやり手の若番頭って感じだ。まあ、オレの勝手な感想だがな。

「どうしたい、村長？」

「いや、こちらの方がお前に用があるそうだ」

「オレに？」

首を傾げてあんちゃんを見る。

「初めまして。わたしは、ラージエル。バジバドル商会の者です」

村長にどんな説明をされたか知らないが、ガキ相手に丁寧なこった。

「そりゃどうも。オレの名前は、ちょっといいづらいからべーでもイイよ」

「あ、気にせんでくだされ。わしらも、べーの本当の名を何度聞いても、覚えられませんので」

「は、はぁ……」

オレも、もう本名がべーでイイんじゃないかって思うくらいになってるよ。

「そんで、オレになんの用で？」

戸惑うあんちゃんに先を促《うなが》した。

「そ、そうでした。単刀直入に申します。馬と荷車を譲っていただけませんか？」

「はぁ？」

なにいっちゃてんの、この人は？


馬と荷車。

それは田舎《いなか》では欠かせない足であり、生活の糧《かて》でもある。

それを売れなど、お前の脚を売ってくれといっているようなもの。はぁ？　となって当然ではないか。

「あんちゃん、マジでいってんのか？」

「はい。真面目にいっております。もちろん、それに応じた金額をお支払いいたします」

つーか、本当に商人なのか、このあんちゃん？　バカなのか？

「……応じた、ね。なら、金貨一〇〇枚だな」

「なっ⁉」

まあ、そりゃ当然の反応だ。オレでもそうなるわ。

「──ふざけるなっ！　金貨一〇〇枚など吹っかけるにもほどがあるだろうがっ！」

意外と沸点の低いあんちゃんだこと。そこは、気のきいたジョークで返せよ。

「じゃあ、聞くが、あんちゃんはいくら払うつもりだったんだ？」

「馬と荷車なら、銀貨五〇枚もあれば事足りるだろうが！」

銀貨五〇枚。まあ、前世でいうなら中古で普通自動車が買える金額だ。そう考えたら常識内の値段といえよう。ここが田舎《いなか》じゃなければ、だがな。

「だったら他から買えばイイだろうが。他ならもっと安く買えるだろうに。なんでオレなんだよ？」

「お前の馬と荷車が、この村で一番力があって丈夫と聞いたからだ！」

オイオイ、あんちゃんよ。そんな簡単に引っかかんなよ。自分で内情バラすとか、商人失格だよ。でもまあ、なんとなく考えは読めた。

「なあ、村長。オレがもしこのあんちゃんに馬と荷車を売ったら税は免除してくれんのか？」

はぁ？　となる村長どの。まったくもって話が見えてないようだな。

「あ、いや、なぜ免除しなくちゃならんのだ？」

まあ、田舎《いなか》の村長にわかれというほうがワリーか。

「だって、オレんちには馬も荷車もないんだぜ、薪《まき》なんて運べないよ。他に頼むとしても自分の仕事をほっぽり出して頼むとなりゃあ、いくばくかの金を払わなくちゃならんし、今の倍の薪《まき》を運ばなくちゃならん。街ならともかく馬なんてそうそう売ってないし、荷車を作るのって、この村でいったい何日かかんだよ。背負って薪《まき》を運べって？　一日かかっても運べんわ！」

いや、運べるけど、このあんちゃんにやってやる義理はない。

「なあ、あんちゃん。あんたはオレにそれを要求してんだよ。銀貨五〇枚で、その苦労を買えってな。ふざけてんのはオレか？　あんちゃんか？　田舎《いなか》もんだからって足元見てたら身を滅ぼすぞ」

まあ、このあんちゃんの上司はわかっててやらせてんだろうが、やられるこっちはおもしろくないわ。胸くそわりー。

「それとな、あんちゃん。あんちゃんとこの護衛《ごえい》がどれほど強いか知らないが、船の技師がいるバルダリンの港街までいくには、厳しいぞ。これから春になるからオークやオーガが活発になる。まあ、ここら辺は比較的安全だが、バルダリンまでいくには、山がいくつもある。隊商でも二割は失う道だ、単独の馬車など、エサを与えにいくようなもんだ」

こんなこと、オレにいわれなくてもわかっていることだろうし、そのための海運なんだろうが、わざわざ失うために大事な馬と荷車を売ってられっかよ。

「あんたの上司に伝えな。そっちが誠実に対応するなら、こちらも誠意をもって対応するってな」

オレが尊敬する商人は○ルネコだ。損を得に変えられる商人なら、こっちはさらに損してやんよ。

まあ、そんなこんなでおしゃべり再開。コーヒー（モドキ）を飲みつつクッキーやら貝を焼いたのを食いながらの、優雅な休息時間である。

あん？　商人のあんちゃんなら納得いかない顔で帰っていったよ。ほんと、まだまだ修行不足だな。

「そーいやぁ、あの商船、海竜にやられたって聞いたが、村の船には被害は出てんのか？」

海竜っていってもいろんな種類がいる。この海域に生息する海竜は、〇メラのような亀タイプで、基本外洋で小魚を食っている。

まあ、小魚の回遊について岸近くまでくることもあるが、船を襲ったりするような気性ではない。どちらかといえば臆病で、船を見たら逃げるくらいだ。

「いや、うちの船には被害はないな」

「だよな。出てりゃあ、大騒ぎだ」

他の大型の魚も、船なんて襲ったりはしない。

「そーいやぁ、わしらが子供の頃、商船が沈没して残骸《ざんがい》やら人が流れてきたことなかったか？」

「あーあーあったね、そんなこと」

「確か、あのときもこんな時期だったね」

「あんときも大漁で、海神様のお恵みだとかなんとか、大人たちが騒いでおったわい」

ちなみにしゃべっているのは村長な。暇《ひま》なの？　とか、聞いたらダメだからね。

「海神様、ね。ほんとにいんのか？」

まあ、転生する前に神（？）に会っている（正確には感じだがな）し、この海にはいろんな種族が暮らしている。なにがいても否定できないのが、イッツファンタジー。

「そりゃおるともさ」

あっさり肯定する村長殿。マジか！

「まぁ、わしも見たことはないが、わしのじい様は見たといってたし、人魚族では信仰されておる」

「……それは知らなんだ……」

人魚族とは長い付き合いだが、そんな話、一度も出なかったぞ。

「わしのじい様も見たといってたな。なんでも海神様の通り道があるとかで、運がよければ岬からも背鰭《せびれ》が見えたとか」

背鰭《せびれ》って、魚かよ？　ポセイドンみたいなおっちゃんの姿した巨人じゃないのかよ。なんかがっかりだよ……。

「ま、まあ、姿はともかく、あの商船も海神様の通り道でぶつけられた口だな」

昔の商船の残骸《ざんがい》が流れ着いたってことは、海神様の大きさは軽くその十倍はあるんだろう。でなけりゃ船を粉々にできるわけがないものな。

「しかし、丈夫な船だね。海神様がぶつかって沈まないんだから」

「たぶん、あの船は魔道船だな」

「魔道船？　なんじゃいそれは？」

「オレも詳しくは知らんが、魔力で動かす船を魔道船っていうんだよ。あの図体で帆がやけに少ないだろう。風の魔石で船体を浮かして、風を生んで走らせる。まあ、あれだけの図体となると並みの魔石じゃないな。風竜の魔石を使ってんじゃないか？」

魔物には魔石があり、それを加工（魔術的に）して魔道具を作る技術は五〇〇年前からある。魔道船も一〇〇年の歴史（普及しているかは別だが）がある。

飛空船も魔石は使っているが、軽くするために浮遊石を使用している。ちなみに飛空船は三〇〇年前からあるってさ。まったく、変なところで前世より飛び抜けた技術を持ってんだよ。

「風竜ね～。あ、そーいやぁ、渡り竜がきたな。いつもくるやつか？」

「ああ。南国はこれから夏だからな」

ラーシュの手紙では、どうやら住んでるのは亜熱帯地方の国らしいよ。

「南の国か。一度はいってみたいもんじゃゃな」

「わたしはもう一度バナナを食べたいわ～」

「おれは、パオを食いてなぁ～」

リブとダリがうらめしそうにこちらを見る。

「わかったよ。次くるとき持ってきてやるよ」

「やったー！」

「悪いな、催促したみたいで」

「構わんよ。どうせうちだけじゃ食い切れんしな」

食が充実した我が家では、南国の果物だろうが海の珍味だろうが、一つの素材でしかない。だから季節もの感覚で、一年に一回食べたら満足なのだ。

「相変わらず気前がいいな、べーは」

「なに、幸せのお裾分けは更なる幸せを呼び込むからな、気にすんな」

あまりにも幸せ過ぎて怖いくらいの今世だぜ。

10 ✴ バーボンド・バジバドル

おしゃべりという名の歴史探検も終わり、貝を粉々にした樽《たる》を荷車に積んでいると、先程のあんちゃんとガタイのイイじいさんがやってきた。

「腰の軽いじいさんだ」

いや、さすがというべきか。一代で大商人になっただけはある。なんとも行動力がある。

「この軽さで稼いできたからな」

フフ。耳がよろしいことで。

「先程はうちの若いもんが無理をいってすまんかった。わしは、バーボンド・バジバドル。バジバドル商会の会長だ」

「それはご丁寧に。隣のあんちゃんに聞いてはいるだろうが、オレの名は呼びづらいからベーでイイ。村じゃそれで通ってるからよ」

「さすが村の者から神童と呼ばれるだけはある。堂々としておる」

じいさんのセリフにオレは肩を竦《すく》める。

神童、ね。まあ、年齢とこの環境ならそうなんだろうが、中身は、ただ、長く生きてるだけの凡人だよ。

「十で神童、十五で天才、二〇過ぎたらただの人ってな。オレなんか普通の代表みたいなもんさ」

「クックックッ。おもしろいことをいう。坊主が――いや、べーが普通なら、わしは凡人だな」

あんたが凡人なら世間のヤツらは愚者《ぐしゃ》だよ。

「まっ、他人の評価なんてどーでもイイさ。オレはオレ。会長さんは会長さんだ」

比べたところで意味はない。人それぞれ。自分の道は自分しか歩めないっていうしな。

「確かにな」

クックックックッと笑うじいさん。一代で財を築いた奴は気難しいのが多いというが、なんともフレンドリーな会長様だ。

「ところで、それはなんだ？」

「粉々になった貝だよ」

「貝？　貝をどうするんだ？」

「さて。どうするんだろうな？」

あいにく、オレはひねくれててな、そう簡単にはしゃべれないんだよ。

じいさんもそう簡単に口を割るとは思ってなかったようで、それ以上の追求はしてこなかった。

「そんで、オレになんか用なのかい？　それともたんなる散歩かい？」

「いや、べーに会いにきた。助けてもらおうと思ってな」

「こんな生意気で口のワリーガキにかい？」

「ああ。そうだ。笑いたかったら笑ってくれても構わない。頼れるなら死神でも頭を下げるさ」

「まぁ、頼むだけならタダだしな」

また、クックックッと笑う。

「もちろん、礼はする。なんでも、とはいえんが、わしの力の範囲内で、最大限に礼はする」

「相当、切羽詰まってるようだ」

「ああ。これが失敗すれば商会は潰れ、王都は混乱に陥《おちい》る」

「……まあ、助けてくれっていうのなら助けてやっても構わんが、オレは罵倒《ばとう》されたり否定されてまで人を助けてやるほど、お人好しじゃないし、誠意のないヤツは大嫌いだ。まあ、だからって信用や信頼なんか求めちゃいない。ましてや、助けたことを吹聴《ふいちょう》する趣味もない。それでもオレに助けを求めるのかい？」

「頼む。助けてくれ」

頭を深々と下げるじいさん。ほんと、さすがだよ。

「会長さん。話は変わるが、うちに泊まりにくるかい？」

一瞬、訳がわからないという顔をしたが、経験豊富な会長様。すぐにニヤリと笑った。

「喜んでお邪魔させてもらおう」


「べー！　どこいってたのよっ！」

あ、そーいやぁ、子守りしてたの忘れてたよ。

「おーサリバリ。今日も元気に遊んだか？」

忘れていたことを微塵《みじん》も見せず、自然に手を挙げて笑顔を見せた。

「遊んだか、じゃないわよ！　あたしをほっといてなにしてるのよ！」

「スマンスマン。ほれ、帰るぞ～」

サリバリのそばまできたら馬車の速度を緩め、乗りやすくしてやる。

アホ子ちゃんとはいえ、田舎《いなか》生まれの田舎《いなか》育ち。走っている馬車に乗れるだけの運動神経がなければ生きていけないのだ。

「この子は？」

「うちの集落の子だよ。子守りも大事な仕事だからな」

「子守りしてんのはこっちよ！」

拳が飛んでくるが、五トンのものを持っても平気な体はすこぶる頑丈《がんじょう》（でも肉感はある）。サリバリに一〇〇〇回殴られても痛くはない。ま、うっとうしくはあるがな。

サリバリを家へと届ける。

どうやらオカンに黙って出ていったらしく、拳骨《げんこつ》をもらっていたが、田舎《いなか》の教育なんてそんなもん、男女関係なかった。気にせずサリバリの家を後にした。

「牧歌的だな」

会長さんが哀愁を込めて呟《つぶや》いた。

「会長さんも田舎《いなか》生まれかい？」

「フフ。人の感情にも敏感なのだな。ああ、田舎《いなか》生まれの四男坊だったよ」

「苦労が目に見えて、涙しか出てこないな」

田舎《いなか》の四男坊五男坊なんて、奴隷《どれい》よりちょっとマシなくらいの存在だ。家から出られず結婚もできない。家の手伝いだけで人生を終える。

まあ、普通は冒険者や傭兵《ようへい》、運がよければ商人か職人の弟子になれるが、学もなければ腕もない田舎《いなか》モンがのしあがるなんて、口で語れるほど容易ではない。

大半が死ぬか、下男下女の人生だ。この会長さんのように成功するなんて奇跡以外のなにものでもないぜ。それだって、一日二日で語られるような苦難苦闘ではなかっただろうよ。

「まあ、飽きない人生ではあったがな」

「オレには向いてない生き方だわ」

会長さんの生き方を否定はしないし、変化のない日々は願い下げだが、オレはゆっくりと、毎日を感じながら生きたいもんだ。

「若いのに枯《か》れてるな」

「イイ年してまだ突っ走ってるじいさんに、いわれたくないよ。死ぬまで現役なんて、後続を殺すだけだ」

ワンマン経営は、しているときはイイが、二代目になったとき勢いが落ち、下手したら潰れかねない。ましてやこんな世界（時代）だ。栄枯盛衰《えいこせいすい》なんて日単位。大商会だって一〇〇年持てば続いたほうだろうよ。

「耳が痛いな」

まあ、突っ走ってるヤツは後ろなんてなかなか見ないもの。躓《つまず》いて、転んだときにやっと周りが見えるもんだ（オレの経験則で語ってるに過ぎんがな）。

「いまだに突っ走っていられんだから、遅くはないだろうさ。魔力があるヤツは長生きするからな」

考えるな、感じろを信条にしてると、結構相手の魔力を感じ取れるし、魔物や魔獣を発見しやすくなるのだ。

「べーと話していると、長年の親友としゃべっているかのようだよ」

「大商人にそういわれるとは光栄の至りだ」

田舎《いなか》での生活は充実してはいるが、話の通じるヤツはいない。だから、こーゆー同年代（精神的にな）と話せるのは、結構、楽しいものである。

11 ✷ 我が家にようこそ

「……あれは……」

もうちょっとで家に着くというところで、商人のあんちゃんが訝《いぶか》しげな声を上げた。

「子供？」

会長さんも訝《いぶか》しげな声を上げる。

考えるな、感じろセンサーの有効範囲は最高で一〇〇メートル。慣れた魔力なら判別可能だが、人（魔力）が多かったり、阻害物《そがいぶつ》（魔力を帯びたもの）があるとわからなくなる。ないよりはあったほうが便利、といった感じのセンサーだ。

魔力が感じられる方向に目を向けると、トータがピョンピョン跳ねながらこちらに向かってくるところだった。

「ああ、あれはうちの弟だよ」

「弟？」

なぜに疑問形かは知らないが、そうだと答えた。

「……あ、あれは、いったい、なんなのだ……？」

「風の魔術だよ」

そう簡潔《かんけつ》に、真実を教えてやる。

「魔術？　いや、まだ、十歳くらいに見えるが……」

「ああ、見た通り十歳だよ」

「十歳で魔術っ！　あ、いや、目の前で起きてるのだから真実なんだろうが、素直には信じられん……」

まあ、そーだろうよ。

村の子も十二歳くらいから簡単な火の魔法を覚える。魔術なんてもんは学問と同じ。学校で覚えるものってのがこの時代の常識だしな。

「……ま、魔術は誰が教えたのだ？」

「オレだよ」

そう素直に答えるが、反応が返ってこない。どったの？

「……べ、べーは、誰から？」

「自己流だな」

また反応が返ってこない。

敷地内に入る頃、トータと合流する。

「ご苦労さん。怪我《けが》はないか？」

リファエルの背に軽やかに着地したトータに尋ねる。

「ない。超元気」

兄の口調を真似る弟に苦笑する。

　スーパーボーイとはいえ、十歳は十歳。まだまだ甘えたい年頃だし、真似たい時期でもある。まったく、可愛《かわい》い弟である。

「話はあとで聞くよ。サプルに客がきたことを伝えてくれ」

「うん」

　猿顔負けの身軽さでリファエルから飛び下り、またピョンピョンと家のほうへと跳ねていった。

「……な、なんというか、変わった魔術だな……」

「まぁ、こんな田舎《いなか》じゃあ魔術を教えてくれるヤツなんていないしな、どうしても自己流になっちまうんだよ」

「いや、自己流でどうにかなる魔術じゃないぞ、アレは！」

「オレは創意工夫の人。あればできる。やればできる。失敗を恐れるなだ」

「メチャクチャだな、お前は……」

　オレは凡人の中の凡人。理屈なんて後から考えたらイイ。こじつけたらイイ。あったからできた。やればできた。成功したんだからイイじゃない、だ。

　なんてやっているうちに家畜小屋の前に到着し、御者席から下りる。

「あんちゃん、お客さんだって？」

　家の中からサプルとオカンが出てきた。

「ああ。天下の大商人様だが、行商人のあんちゃんみたいに対応すればイイよ。あと、夕食の準備はもう始めたか？」

「うん。今日はギョーザにしようと思って」

「お、ギョーザか。そりゃ楽しみだ。なら、麦粥《むぎがゆ》にするか。保存庫から一番古いのを出してくれ。オカンは部屋の用意を頼むよ。トータは風呂の用意だ」

行商人のあんちゃんを泊めるのに皆も慣れている。すぐに仕事に取りかかった。

「会長さんたち、悪いが用意が整うまでそこら辺でも見ててくれるか」

「ああ、構わんとも。なにやら興味深いものばかりだしな、ゆっくり頼むよ」

まあ、そのために招待したんだ、心ゆくまで見てくれ。

「なんにせよ、我が家にようこそ」


「どうだい。おもしろいものはあったかい？」

家畜らを小屋に戻し終え、荷車の前にいた二人に声をかけた。

「ああ。おもしろいものばかりで飽きないな。特にこの荷車はおもしろい。今まで見たこともない造りだ。これもベーが造ったのか？」

「まーな。いろいろ造るのが好きで、たくさんのものを造ったよ」

前世ではそんな性格ではなかったのに、今世は造ることが楽しくてたまらないのだ。

「このクルクルした鉄もか？」

「ああ。荷車の揺れをなくそうと思ってな、いろいろ試行錯誤《しこうさくご》して完成させたよ」

土魔法でバネは造れるのだが、荷車のどこに付けたらいいのかわからなくて苦労したよ。

「これも自己流なのか？」

「まあ、自己流だな」

そうとしかいいようがないからな。

荷車に積んだままの肥料樽と魚樽を下ろし、肥料樽は家畜小屋の前に、魚樽は家の前、ラーシュからの土産《みやげ》の横に置いた。

「……な、なんというか、いろいろ突っ込みたいが、取りあえず、これはなんなのだ？」

ラーシュからの土産《みやげ》を指差す会長さん。

「うん？　文通友達からの土産《みやげ》だが」

「……わしの目が狂ってなければ、南の大陸のラージリアン帝国の紋章《もんしょう》に見えるのだが……」

「へー、さすが大商人。南の大陸のことまで知ってんだ」

南の大陸なんて存在すら知らない商人がほとんどなのに、国名どころか国の紋章《もんしょう》まで知っているとはさすがとしかいいようがないな。

「……やはり、ラージリアン帝国の紋章《もんしょう》なのか……」

「な、なぜ、それがここに……？」

「渡り竜で運んでんだよ。まあ、年に一回の文通だがな」

不便っちゃあ不便だが、このスローライフな生き方には充分。風情だと思えばまた楽しいだ。

「……な、なぜ、そんなところと文通を？　いや、なぜ文通できるのだ？　言葉どころか文字も違う国の者と。しかも、ラーシュといえば第四皇子ではないか……」

「ほんと、よく知ってるな。まぁ、説明すんのメンドーだから気が合ったたってことで納得してくれ」

そう面と向かってなんでだ、と聞かれても、答えられんよ。

「――あんちゃん、風呂の用意ができた」

と、トータが現れた。

「おう、ありがとな。会長さんら、風呂に入る文化があるとこの人か？」

「風呂なんて貴族か王族ぐらいしか入らんぞ」

「やっぱりか」

まあ、行商人のあんちゃんの話でそうではないか、と感じていたが、やはりこの世界の文化レベルはどこも同じなのか。

「まあ、この辺は水も薪《まき》も豊富だし、オレらには魔術があるからな、風呂なんて珍しくもねーし、それほど手間でもねーんだよ」

まったく、この世界には不条理なことは多いが、風呂のよさをわからんヤツがいることが最大の不条理だぜ。

「風呂は文化。風呂は娯楽。命の湯。風呂のよさをわかんないなんて、人生の半分は損してるぜ」

「湯加減はどうだい？」

前世の高級温泉旅館にも負けぬ我が家の露天風呂に、一緒に浸かる二人に尋ねた。

「ああ、気持ちいいよ」

「はい。風呂がこんなにいいものとは知りませんでした」

どうやら二人は風呂のよさがわかるようで、とろけそうな顔でいった。

「それは嬉しいね。ここら辺は風呂に浸かる文化がないから湯に浸かるという感覚がない。どんなに風呂のよさを語っても理解してくれないんだよな。体を清潔《せいけつ》にすることで病気を防いでくれるし、血行をよくしてくれ疲れを癒《いや》してもくれる。なにより、働いた後の風呂は気持ちがイイ。また明日がんばろうと、思わせてくれるよ」

前世じゃあ、風呂場が狭い上に節約で二日に一回だった。

それが今世では広い風呂に毎日入れる。薪《まき》風呂だから、体の芯どころか心の芯まで温めてくれる。まさに、風呂万歳である。

「これもベーが造ったのか？」

「ああ。風呂に入りたくてな、一番力を注いだよ」

露天風呂ではあるが、上には屋根があるので雨や雪でも構わず入れるし、嵐のときは結界を張るからやはり問題なし。村を一望できるし、夜には満天の星も観られる。

季節季節の風景を楽しみながら飲む、よく冷えたコーヒー（モドキ）の旨《うま》いこと。こんな幸せがあってイイのかと逆に怖くなるぜ。

「貴族にも負けけん豪華さだな」

「だろうな。こんな風呂を持ってるヤツはいないだろうさ」

まあ、貴族の風呂がどんなもんか知らないが、うちのように薪《まき》をふんだんに使い、溢れそうなほど湯は使えんだろうよ。

ましてやうちの湯は薬湯。臭いもきつくなく、ほのかに香る程度で気管に優しいものである。

「そうだろうな。ベーが人生の半分を損している、というのも頷ける。わしも風呂が欲しくなったよ」

「ふふ。理解者が増えてなによりだ。まあ、王都や大都市じゃあ、薪《まき》風呂は無理だが、魔術で湯を温めることは可能だ。イイ風呂を造ってくれや」

オレもすぐに入りたいときは魔術（サプルにお願い）で温めて入ってるしな。

ふぅはぁ～と吐息が漏れる。

「……なあ、ベーよ」

しばし無言で湯を楽しんでいると、会長さんが口を開いた。

「ん？　なんだい」

「お前はいったい何者なんだ？」

「クソ生意気な、タダの村人さ」

別になにかの使命を受けて生まれたわけじゃないし、なにかを成し遂げたいとも思わない。前世の記憶があるだけの、平々凡々に、悠々自適に、前世よりはよい人生を送りたいだけのタダの男さ。

「まあ、納得しろとはいわないさ。異質なのも異端なのもわかってるし、見る人が見たら恐怖の対象だってこともな。だから、会長さんが決めろ。オレのことを誰かにしゃべるのも、騙《だま》そうとするのも会長さんの勝手。オレの関知することじゃないよ」

「……ちなみに、べーを利用した者はいるのか？」

「いるよ」

「……その者はどうなったのだ？」

オレは答えずニヤリと笑った。

「………………」

「ふふ。冗談だよ。別になにもしてないさ。ただ、二度と口は利かないし、付き合いもしないだけさ。そもそもそんな口だけのクソ野郎は、見ただけでわかるさ」

伊達に何十年（前世を含めてな）と生きてない。騙《だま》し騙《だま》されてりゃ人を見る目は嫌でも鍛《きた》えられるってもんさ。

「では、わしは合格かな？」

「それを決めるのも会長さん次第さ」

どちらか片方だけが望んでも、友人にはなりえない。お互いが求め、対等でありたいと願わなければイイ友人関係は結べない。

自分でいったようにオレは生意気な、タダの村人だが、友達になろうというヤツを生まれや身分で態度を選ぶほど落ちぶれちゃいない。できないヤツを友達にするつもりもない。損得の関係なら得になるように動くまで。利用してくるなら逆に利用してやるまでさ。

「なあ、バーボンド・バジバドル。もう一度聞く。あんたはどうしたいんだ？」

「頼む、友よ。助けてくれ」

そういって頭を下げた。

「しゃーねーな。ダチの頼みだ、助けてやるよ」

甘いといわれようが、これが今世のオレだ。オレはオレのままに生きるまでさ。

12 ✳ 楽しみは計画的に

「旨《うま》いな、このギョーザとやらは‼」

　焼き立てのギョーザを一皿平らげた会長さんが歓喜の声をあげた。

「口に合ってなによりだ」

「これでエールがあったらさらに最高なんだがな！」

「ワリーな。うちじゃ飲まないから置いてないんだよ。まあ、あとで違うの出すから水で我慢してくれ」

「いや、構わんさ。水も旨《うま》いしな。にしても、いろいろな場所でいろんなものを食ってきたが、こんな旨《うま》いもんは初めてだ。こんな旨《うま》いもん、宮廷料理人でも作れんぞ」

「それはまた貧相な食事してんだな、王様ってのは」

「この家が異常なだけだ。こんな田舎《いなか》で暮らす少女がこんな旨《うま》いものを作るとか、ベーを見ていなかったら一笑しているところだわ！」

「ハハ。それはつまり毒されたってことだな」

「毒されもするわい！　カブラ蛇の毒より強力だ！」

「酷《ひど》いいわれようだな。こんな人畜無害の村人に向かって」

「普通の村人は、人畜無害などという難しい言葉は使わんわい！　ったく、どこで覚えるのだ」

「まあ、いろんな本を読んでるからな、いろいろ覚えるさ」

前世の言葉と比べたら確かに少ないが、似たような言葉はあんだよ。

「……よく本など読めるな。こんな田舎《いなか》まで流通してないだろうに……」

「月に一回くる行商人のあんちゃんに頼んでんだよ。まぁ、なかなか出回らないから、月五冊しか買えんがな」

「いや、月五冊とか買いすぎだ。お前はどこの学者だよ。しかも五冊も買える財力ってなんだ。それで村人とかふざけんなっ！」

「……なんか口悪くなってね？」

「ダチに遠慮なんかしてられるか！　それとも敬語でしゃべって欲しいのか？」

「いや、それでイイよ。そのほうがしゃべりやすいしな」

「はい、焼けたよ」

サプルが次のギョーザを運んできた。

「おっ、悪いな。作らせてばかりで」

「構わないよ。それより麦粥《むぎがゆ》はいつ出すの？」

「ああ、そうだったな。封は切ったか？」

「ううん、まだだよ」

「んじゃ、こっちに持ってきてくれ」

サプルは、うんと返事をして、厨房《ちゆうぼう》へと下がった。

「しかし、本当に腕がいいな、ベーの妹は。王都で店を出したいときはわしにいってくれ。一番いい場所に店を用意させるからよ」

「サプルがやりたいってときは頼むよ」

まあ、いわんと思うがな。

「サプルは料理人を目指しているんじゃないのか？」

「自分を基準に考えんなってーの。普通、田舎《いなか》の子供がそんな大それた夢なんか見ないよ。せいぜい好いた男の嫁になるくらいさ」

ただでさえ弱肉強食の世界（時代）で、女の地位は低い（家庭内では逆だがな）。外でバリバリ働くとかあり得ない。できる仕事など、せいぜい女中（メイド）ぐらいだろう。まぁ、聞いた話では、だが。

「確かに、そうだな」

「でもまあ、世界の半分は女だ。才能があるなら使ってやればイイさ。男だ女だなんて狭いこといってんのは、己の見る目を半分潰してるとの同じことだ」

「……なるほど。確かにベーのいう通りだな……」

「はいよ、あんちゃん」

サプルは、五リットルは入る瓶をオレの横に置いた。

「ありがとよ。会長さん、ちょっとコレ持ってみな」

瓶をアゴで指した。

疑問に思いながらも、素直に瓶を持つ会長さん。

「この瓶がどうしたんだ？」

「投げてみな」

「はぁ？　投げる？」

「ああ。割る勢いで投げてみな。どこでもイイからよ」

訳わからんといった顔をして周りを見るが、戸惑ってるのは会長さんとあんちゃんだけ。カラクリを知ってるうちの連中は、気にもせずメシを食っていた。

ホレと促《うなが》すと、意を決して瓶を暖炉《だんろ》のほうに投げ飛ばした。

投げ飛ばされた瓶は暖炉《だんろ》の端に当たる——と、居間に跳ね返ってきた。

その現象が信じられない二人は、口を開けて驚いていた。

うん。結界超便利。

しばらくして、ようやく事実を飲み込めた二人がオレを見た。

「まぁ、説明はメンドーなので省《はぶ》くが、あの瓶には結界が施してある。その意味がわかるか？」

「……あ、ああ。だが、可能なのか？」

「ああ。可能だ。ただ、時間はかかるがな」

友達になったとはいえ、しゃべれることとしゃべれないことがある。「オレ転生者、てへ☆」とは、さすがにいえねーよ。痛いわ。オレの心がっ。

それに、不思議パワーとか説明できんよ。使ってる本人もわかってないんだからよっ。

「魔力は人並みってことか？」

「まーな。で、だ。その瓶の蓋《ふた》を二度、指で突っついてみな」

「……まだしかけがあるのか……」

「やってみればわかるさ」

で、やってみたらまた口を開けて驚くお二人さん。

「どうやるかもメンドーだから省《はぶ》くが、それは二年前に作ったものだ。種類はともかくとして、数にすれば千はある」

その意味を飲み込めるまで、待ってやる。

「……わしは、ベーになにを返したらいいのだ……」

友達とはいえ、いや、友達だからこそ、施しは受けたくないのだろう。まぁ、そういうタイプと見たから友達になったんだがな。

オレも人間。心意気だけでは生きてはいませんがな。

「……会長さんは、この領地を治める伯爵《はくしゃく》のことは知ってるかい？」

「え？　ああ。以前、会ったことはあるが……」

「邪魔なんだよな、あの領主」

「はあ？」

さすがの大商人も、それだけではわからなかったようだ。

「オレはこの村が好きだ。この村で生きていきたい。だから、バカな領主にはどっかにいって欲しいと思うわけだ」

それでやっと理解してくれた会長さんは、なんとも複雑な顔を見せていた。

「まあ、できたらの話さ。ダメなら本の十冊でももらえたら、オレは満足さ」

もともと労力しかかかってない保存食。本と交換なら、得したといってもイイだろうよ。

「……そうだな。確かにバカな領主は目障りだな……」

「ああ、目障りだ」

まるで悪徳商人のように笑う会長さんに、オレは悪代官のように笑って応えた。


我が家には来客用の離れがある。

つっても平屋で、畳にして十六畳ほどしかないが、それでも造りはしっかりしてるし、内装も板張りにして綺麗《きれい》に仕上げてある。

ベッドもセミダブル大のが二つある。囲炉裏《いろり》付き土間には座椅子が完備してあり、結界で温度と空調を管理してあるから、いつでも快適だ。

まあ、トイレ（水洗です）はあるが、風呂や洗面台はさすがにない。一応、水差しと洗面器、タオル等は用意してあるがな。

「ちょっとばかり不便だが、今日はここに寝てくれや」

泊まる者が行商人のあんちゃんか知り合いの冒険者（四人パーティー）ぐらいなので、趣味全開ではないのだ。

「いや、不便どころか王都の一流宿屋にも負けてないからな。それどころか貴族の寝室より立派だわ！」

「ふ～ん。貴族ってのは質素なんだな。もっと金ぴかの部屋に住んでんのかと思ったよ」

「……お前の常識の線引きが、わからんよ……」

「まあ、田舎《いなか》暮らしの無知なガキだしな、常識なんてあってないようなもんさ」

「常識うんぬんというより、非常識なだけだ、お前の場合は……」

結構辛辣《しんらつ》な突っ込みをしてくれる。まあ、反論しようがないのは事実だが。

「それより腹は落ち着いたかい？」

サプルの料理がお気に召したようで、結構な量を食い倒して、一時間ほど動けなかったのだ。

「ああ、落ち着いたよ。しかし、あんな旨《うま》いもんを食ったのは久しぶりだわ」

「大商人なら、いつも旨《うま》いもん食ってんじゃないのか？」

「大商人だからといって、旨《うま》いもんが食えるとは限らんさ。わしは店で構えているより動いているほうが性に合ってるから、食事は煮込みに硬いパンがほとんど。泊まる宿屋だって簡素なところばかり。まぁ、腕のいい料理人もいることはいるが、材料が決まっておるから似たようなものしかできん。ベーの家のように、食材が豊富でサプルのような腕のよい料理人がいること自体が、奇跡だわ」

「ふ～ん。そりゃまたさらに人生を損してんな。旨《うま》いもんが食えないなんて」

スーパーの見切り品が主食だったからわかる。旨《うま》いもんを食えることが、どれだけ幸せなことか。それだけで人生が輝いて見えるぜ。

「毎日あんな旨《うま》いもんを食えるベーが羨《うやら》ましいよ」

「なら、引退してここに住むかい？　家ならオレが造ってやるぞ」

「魅力的な誘いだが、わしは商人であることに誇りを持ってる。そう簡単には引退できんよ」

「そりゃ残念。いろんな話を聞けると思ったのによ」

「わしとしては、ベーたちに一緒に来てもらいたいくらいなんだが、誘ったところでくるわけでもないしのぅ。またこちらからいくよ」

「来たら歓迎するよ」

娯楽のない田舎《いなか》では、遠くからの客はサーカスがくるくらいの大イベントである。紙吹雪を撒いて歓迎するよ。

「ところで、船のことだが、どうするつもりなのだ？」

「その前に会長さんらは酒はいける口かい？」

「あ、ああ。好きだが……それが？」

ちょっと待ってな、といい残し、オレは保存庫へと向かい、小樽を持って戻ってきた。

「それは？」

「蒸留酒って、知ってるか？」

「じょうりゅうしゅ？　酒、なのか？」

おや、結構酒の種類があるから蒸留酒くらい存在してるかと思ってたが、ないのかよ。よくわからん発展の仕方してんな、この世界は。

「まぁ、百聞は一見にしかずってな、飲んでみな」

ガラスコップに水差しから水を半分くらい注ぎ、風と熱の魔術で丸く凍らせ、小樽の封を切って注いだ。おっと、かき混ぜ棒がなかった。結界でイイか。

できたものを二人に差し出した。

「…………」

「…………」

無言でガラスコップを見詰める二人は、意を決して、口にした。

驚くお二人さん。初めての味にどうしてイイかわからず、二人で見詰め合っている。

「オレは酒が飲めねーから味はわからんが、飲めるものになってるかい？」

前世でもゲコだったので酒の味などわからんが、作り方は知ってはいたんで試しに作ってみたのだ。あと、毒見じゃないんだからね、試飲なんだからねっ。

「喉が焼かれるほど熱いが、風味がよくて実に旨《うま》い！」

「はい！　こんな度数の高い酒は初めてです！　これは売れますよ！」

ほ～。ちゃんとできてたか。結界で時間を進めたら（時間、止められんだから進ませることできんじゃね？　的発想で）あらできた、よーだ。ほんと、結界超便利。

「気に入ったのならやるし、作り方も教えるよ。その報酬《ほうしゅう》として会長さんのヒスト――じゃなくて、昔話でも聞かせてくれるかい。冒険するほどの気概《きがい》はないが、他人の冒険譚《たん》を聞きたがるくらいには、好奇心旺盛《おうせい》なもんでね」

普通のヤツなら、老人の昔話など拷問《ごうもん》でしかないだろう。が、オレにしたら映画を観るような
もの。金払ってでも聞きたいね。

「変なところで子供っぽいな、べーは」

「オレは正真正銘、ガキだよ」

「まったくもって説得力ないわい！」

都合のイイときは大人。悪くなったら子供。実にガキな証明ではないか。

「ふっ。男はいつまで経っても子供。永遠の少年なのさ」

なんてニヒルに笑ってみた。特に意味はなし。


「さて。船をなんとかする前に、まず、船の現状を教えてくれるか？」

そういって囲炉裏《いろり》（炭じゃなく魔術による火を使用してます）の砂で船を造って、風の魔術で
空中に浮かせた。

「……ほんと、いろんな魔術を使うよな……」

「量がないからな、小技に走ったまでさ」

「それでも異常だがな」

「で、船のどこをやられたんだ？」

「ここからここまでをやられたよ」

会長さんが指でなぞったところに、亀裂《きれつ》を入れる。

「喫水線《きっすいせん》より下か。よく沈まなかったな」

「喫水線《きっすいせん》とかよく知ってるな。べーは船にも詳しいのか？」

「いや、そんなに詳しくはないよ。基礎的な知識だけさ」

テレビの特集番組で観た程度の知識だよ。

「それでも凄《すご》いことだが……まあ、べーだからと納得しておくか。沈まなかったのは風の力で浮かせたからだ」

「魔力は大丈夫なのか？　魔道船の知識はさらにないが、魔石を使用してるのは間違いないんだろう」

魔物や発掘魔石がこの世界の石油。それを利用して魔道船や飛空船が生まれたのだ。

「魔石は充分あるが、目的地まで到達できる量ではない。ここから二〇〇バルもあるんだからな」

確か一バルはだいたい一・六キロだったよーな。まあ、三二〇キロくらいか。

前世なら大した距離ではないが、この世界では別世界にいくような距離だ。ましてや海は未知の世界。海竜どころか海神様までいる。

この世界、安全な輸送路などお伽噺《とぎばなし》の世界にしかないのだ。

「まあ、早ければ早いほどイイんだろうが、猶予《ゆうよ》はどのくらいあるんだ？　ここにいられる時間でいえば」

「正直言って五日がやっとだ」

「よくそれで馬車でいこうとしたな」

馬車で一日に進める距離は最大で約三〇キロ。バルダリンにしろ王都にしろ、とてもじゃないが五日でいける距離ではない。早馬でも八日はかかるぞ（夜は走れないし）。

「途中のバルサナの街にいけば、なんとか事情を伝える手段があったからな」

おや。この世界にも遠くと話せる魔道具があるんだ。それ欲しいな。いくらすんだ？

「とはいえ、船が王都に着かなければ意味はないがな」

そりゃそーだ。

「まあ、五日もあれば充分か。ただ、穴は木材で塞いでくれよ。まあ、魔術で塞げないこともないが、強度的に弱くなるし、時間もかかる。塞いでくれれば王都まで辿り着ける強度は保証するよ」

「塞ぐといっても木材がない」

「それなら大丈夫だ。樽《たる》を作る家があるから、金さえ払えば木材は手に入れられるよ。釘はうちにたくさんあるから問題はない。そうだな、木材は明日、いくときに運ぶとして、穴を塞ぐにはどのくらい時間がかかる？」

「塞ぐだけなら大して手間はかからんよ。夕方までには、できるだろう」

「じゃあ、ちょっとがんばって三日で終わらせるか。一日あれば出した荷物を入れられるだろう？」

「そうしてもらえるならありがたいが、三日で可能なのか？」

「朝に一回。昼に一回。夕方に一回。穴を覆《おお》う魔力の膜を貼る。膜自体は薄く、強度はないが、九枚も貼れば海竜に激突されても破られない強度になる。いわゆる多重膜結界だな」

「多重膜結界？」

「まあ、簡単にいうなら、薄い板でも枚数を重ねれば、木材のように硬くなるってことだ。魔力もそれと同じことができるんだよ。薄いから八割程度の魔力で済み、時間を空けることで魔力が回復される。なので、がんばれば三日で終わらせることができるってわけだ」

「…………」

驚き過ぎてなにもいえなくなる会長さん。

まあ、実際、結界を使うので労力がかからないどころか、一分もしないでできちゃうんだがな。

「そんで、それまでの食糧はオレが出すから、市での買い占めはやめてくれよ。市が立つだけの余裕のある村だが、四〇人も五〇人も養えるほど余裕があるわけじゃない。つーか、なんで魚を食わないんだよ？」

船乗りなら魚食えよ。航海中、たまに魚を釣って食ってるって聞くぞ。

「……それは、お前が食事に恵まれてるからだ。一般的な船乗りの食事は、質素どころか苦行だ。毎日毎日芋を蒸かしたものか豆を煮込んだもの。魚の干物に魚の塩漬け。陸に上がったときくらい、旨《うま》いもんを食いたいのが人間ってもんだ」

「……どこまでも救われないな、この世界の食事は……」

前世の記憶と三つの能力をくれた前世界の神（？）に、大感謝だぜ。

「……まあ、そんな事情ならしかたがないか」

オレもそんな生活してたら、肉やら野菜を買い占めるかもしれんしな。

「食糧はオレが用意するが、運搬《うんぱん》は冒険者ギルドに依頼してくれ。見習いたちに小遣い稼ぎをさせたいからよ」

「なぜ、そんなことをさせるんだ？　いくら同じ村の者でも面倒見すぎじゃろうが」

「わかんないかい？」

「わからん」

挑発していったら、あっさり返されてしまった。

「いったろ。オレは自分で冒険しようとは思わないが、他人の冒険譚《たん》を聞きたがるくらいには好奇心旺盛《おうせい》だ、ってな」

いつかあいつらがこの村を出ていって、いろんな冒険をしたあと、この村に帰ってきたときのための先行投資。

「つまり、老後の楽しみってことさ」


たぶん十時半くらいだろうか、いつもならベッドに入っている時間だが、今日はお客がきたからこんな時間となってしまった。

結界により光を集める手段はあるが、基本、田舎《いなか》は早寝早起きである。

オレも、いつもなら八時くらいにサプルやトータにお伽噺《とぎばなし》話を聞かせたら、九時過ぎくらいには寝ている。

十五歳の肉体とはいえ、田舎《いなか》の暮らしは肉体労働。十時にもなれば自然と眠くなるのだ。

このままベッドに飛び込みたいところだが、朝の習慣同様、夜には夜の習慣が三つあるのだ。

我が家は一応、三部屋あるが、まだトータが小さく、サプルも一人寝を嫌うので、オカンの部屋で一緒に（四人用のベッドで）寝ている。

まあ、寝室はあくまでも寝るだけの場所であり、夜のオレの居場所は暖炉《だんろ》の前。そこが一番落ち着くんだよ。

暖炉《だんろ》に火をくべ、暖まったところで棚から箱を取り、テーブルに置いて中から紙と羽ペン、そしてインクを出した。

この紙はラーシュからもらったもので、毎日の習慣――というか、日課としている日記を付けている。

これは今世からの習慣であり、ラーシュへと送るものである。

まあ、そんな大したことは書いてない。今日なにがあったかを書いているくらいだ。

なので、そんなには時間はかからない。かかったとしても、二〇分くらいだろう。

手紙を箱へと戻し、棚に置く。

冷蔵庫から羊乳が入ったビンを持ってきて、ポットに注いで火にくべる。

イイ感じで温まったらカップへと注いで口に付ける。

これは前世からの習慣だ。寝る前に羊乳（前世は牛乳だったが）を温めて飲むとよく眠れるのだ。

二杯飲み干し、胃に落ち着くまで今日のことを思い出しながらまったりする。

やがて眠気が襲ってきたら速やかに部屋へと行き、三人を起こさないようにベッドに潜り込む。

どこかのメガネ少年ではないが、オレはお休み三秒で眠りに就ける。なので、眠りに落ちる前に今日最後の習慣を実行する。

今日も生きられたことに感謝を込めて。

ありがとうございました。

これでオレの一日が終わり、また素晴らしい明日がやってくるのだ。

13✴転ばぬ先の杖（布石）

昨日、予定通り会長さんらが出港していった。

いつもの時間に起きて、いつもの習慣を済ませる。畑や家畜の見回りを終えて、豪勢で旨《うま》い朝食をいただいた。

「あんちゃん、ゴブリンはどうするんだ？」

船を修繕《しゅうぜん》するのに忙しく、ゴブリンの件は後回しにしていたのだ。

まあ、冒険者ギルド（支部）に報告した手前、ゴブリンの確認はしてもらわないとこちらの立つ瀬もねーし、ウソを報告したことになる。

冒険者ギルド（支部）を利用させてもらっている身としては、持ちつ持たれつの関係でいたい。面倒でも義理は果たさないとならんのよ。

「そうだな。冒険者ギルド（支部）でゴブリン情報があがっていたらいってみるか」

バンたちが討伐《とうばつ》してるとこに横槍《よこやり》入れるのもワリーしな、討伐《とうばつ》に出てなければいくとするか。

「じゃあ、それまで狩りしててイイ？」

「まあ、勝手にやってろ。ついでに投げナイフの練習してろ。額なら一〇点。心臓二〇点。腕五点。足二点。首五〇点な。一〇〇点取れたらニンジャ刀を作ってやるよ」

そのご褒美《ほうび》に、トータの目が輝いた。

寝る前に聞かせてやるお伽噺話《とぎばなし》には、ニンジャ話もあった。トータはその話が大好きで、将来、ニンジャになる！　って叫ぶくらい憧れているのだ。

「あんちゃん、トータばっかりずるい！　あたしも欲しー！」

「え？　ニンジャ刀をか？」

サプル、お前、いつの間に武闘派になったんだよ　あんちゃん気が付かなかったぞ！

「違う！　あたしが欲しいのは調理鞄《かばん》だよ！」

あー、中華〇番の話もしたな。

まあ、普通に包丁や調味料が入った鞄《かばん》ではなく、異空間結界を利用した、食材や携帯用コンロが入った鞄《かばん》である。

青色の猫型ロボットのポケットには遠く及ばないが、それでも六畳分の空間はあり、ちょっと出かけるくらいには充分な鞄《かばん》である。

「わかったよ。サプルにはいろいろやってもらっているしな、トータが一〇〇点取れたら一緒に創ってやるよ」

「トータ、必ず一〇〇点取ってきなさいよっ！」

優しい妹ではあるが、弟には厳しい姉であった。

弟よ。そんな目で兄を見るな。それが弟の悲しい運命なんだ……。

朝食を済ませたらすぐに山を下りた。

ただ山を下りるのもなんだし、冒険者ギルド（支部）にいくので、内職したものを持っていくことにした。

道を下るが誰にも会わない。

山に木を伐りにいくのは、だいたい九時過ぎぐらいだし、今は出かける準備をしている。年寄りや女衆も朝食が終わった頃なので、片付けや内職の準備をしているだろう。

ガキんちょどもも同じで、冒険者見習いじゃなければ家で落ち着いているか、手伝いをしている頃だ。

集落に着く頃には市は終わっており、畑仕事に出ているので集落に人影は――ないのが普通なのだが、今日はなにやら賑わっているな。

小規模の隊商（五隊）と護衛《ごえい》の冒険者パーティー（六人）が、宿屋の前やその脇の広場にいた。

「珍しいこと」

うちの村を通るルート（街道）は、道は険しいが比較的安全で、王都まで続いている。そして隣国のザンバレア帝国へと続いてる由緒正しいルート（街道）である。

だから隊商が通るのは珍しいことじゃないんだが、だいたいは連合を組んでの大隊商となり、集落に続くルートは入ってこない。村外れのルートを辿り、広場で野営するのだ。

まあ、小規模の隊商もいなくはないが、やはり広場で野営し、集落にはこない。きたとしても冒険者がギルド（支部）に報告するか、食糧の確保にくるくらいだ。

隊商や冒険者らを横目に通り過ぎ、冒険者ギルド（支部）の横の広場に馬車を停めた。

今日はシバダたちはいないようだ。

まあ、会長さんらに食糧を運ぶ（オレが造ってやったリヤカーで）依頼で小銭も稼げたし、疲れたんだろう。休むのも冒険者の仕事。なにごともメリハリは大切である。

「おっちゃん、いるかー」

今日も切れる三〇代は元気である。

「いるに決まってんだろうがっ、クソガキがっ！」

「今日も暇《ひま》そうでなによりだ」

切れる三〇代が元気なのは平和な証拠。実にイイバロメーターである。

「そうじゃないのよね、これが」

なにやら姉御のトーンが少々暗い。なにかあったんですかい？

「ゴブリンがね、結構出てるのよ。今日もバンくんたちがアサラニ山のほうに出てるわ」

アサラニ山は王都側――隣村との間にある山で、ここから七キロほど離れている。

「じゃあ、宿屋の前にいた隊商もその関係で？」

「まだ確証がある訳じゃないんだけど、広範囲でゴブリンの目撃情報が入っててね、昨日きた隊商もゴブリンの群れに襲われたのよ」

ほー群れに、ね。

繁殖能力に優れたゴブリンは、どんな種族（♀）とも交尾ができて子を産ませることができる。

群れ、となればどこかの村が襲われた率が高いが、ゴブリンにはちゃんとメスはいるし、メス

がいる限りは他の種族（♀）を襲ったりはしない。そもそも近隣（っても十キロは離れているがな）の村が襲われたって話は、聞いていない（行商人のあんちゃん談）。

「被害は多いんですかい？」

「いえ、目撃情報に比べて被害の数は少ないし、護衛《ごえい》を雇っていたら被害も出ないくらいの群れらしいわ」

まあ、それなりの冒険者なら素手でも勝てるのがゴブリンだからな。十匹以下の群れなら、退治するのに五分もかからんだろうて。

「まあ、ギルドとしては心配でしょうが、ゴブリンキングとか、オークキングに従っているってわけじゃないのなら、山に入る者としては安心っす」

「君だけよ、そんなのは。他の人は戦々恐々よ」

「まあ、オレには魔術がありますからね。群れじゃなければなんとでもなります」

神童と呼ばれるオレだが、一部の人間には魔術師とも小賢者とも呼ばれている。さらに一部（目の前の人）からは、守護者と呼ばれている。

「無茶しないでね」

その言葉にオレは素知らぬ顔をするだけであった。

「そーだ。売れゆきはどうですか？」

無理矢理話題を変えた。

「結構売れてるわよ」

さすが姉御。無理矢理変えた話題にも対応できる――目の前から殺気が――あ、うん、できる女性ってサイコーだぜっ☆

「サムリエの街やバリアルの街でクチコミで広まっているらしくてね、わざわざこちらの依頼を受けて買いにくるそうよ」

ほう。それは素晴らしい。やはり初心者冒険者に安く売って正解だぜ。

通常、冒険者ギルド（支部）は依頼を出したり受けたりするところ。薬草や魔物の部位（角とか爪とか毛皮とかな）は買い取るが、売ることはない。

だが、ギルド職員も冒険者であり、冒険者ギルド（支部）の名と存在（権力者から口出しされないように）を守るために、依頼達成率を上げなければならない。

まあ、なんでもかんでも、依頼を受けるってわけじゃないが、達成しやすい依頼はギルドとしても喜ばしいものだ。なので『欲しいというヤツにその値段で売ってくれ』という簡単な依頼は、達成率を上げるのに持ってこいなのさ。

とはいえ、こんな田舎《いなか》の冒険者ギルド（支部）。小屋自体が小さく、受付が六畳くらいなのでそんなにものは置けない。せいぜい、本棚くらいのスペースしかもらえなかったが、そこはもの造りはお任せあれの、オレである。

与えられたスペースに置ける棚を造り、そこに、矢に投げナイフ、革製のベルトやポーチ、靴や手袋、鞄《かばん》に背負子の見本を置いたのだ。

もちろん、型違いやサイズ違いもあるが、それは裏の倉庫（オレが造った）に置いてあり、客の要望に応じて姉御が持ってくるシステムになっているのだ。

「特に魔術が付与された投げナイフが売れてるわね。昨日きた冒険者パーティーなんて、箱買いしていったわ」

刃先に一定の負荷が加わると、結界に封じていた魔術（雷とか炎が出るとかな）が発動する投げナイフである。

サプルとトータの魔術で、当たればオークでもイチコロ。しかも十セットで銅貨十二枚。約一万円と安い。

普通、これだけの魔術付与武器は、最低でも一つ銀貨一枚はする。さらに、結界で包んであるので、普通の投げナイフとして再利用が可能だ（まあ、そんなに丈夫にはしてないんで硬いものに当たったら欠けると思うがな）。

「あとは、予備のナイフも人気よ。パーティーの標準装備にするとかいってたわ」

予備のナイフは、手頃な棒があれば槍にもできるし、幅があるので専用の腕甲を買えば盾としても使える。もちろん、結界仕様である。

「作り手としても商売としても上々でやんす。補充分を持ってきやしたんで、よろしくお願いいたしやす」

「うちとしても達成率を上げるのに助かるし、売上の三割も頂けるから文句はないんだけど、もうちょっと値上げしてもいいんじゃない？　魔術付与の武器が銅貨十二枚って、安いにもほどがあるわよ」

「冒険者がその値段できてくれるのなら安いもんですぜ。金で平和が買えるならね」

冒険者のおかげで、この近辺は平和になる。武器を試すために魔物と戦ったり、街道に出てきた魔物を退治してくれたりと、オレのスローライフな人生を安らかにしてくれる。そのくらいご褒美《ほうび》さ。

「ほんと、君の考えは先をいってるわね」

「転ばぬ先の杖《つえ》、ってね、よりよい人生を送りたいのなら先手を打っておかないと」

守りたい人生があり、守りたい家族がいる。小さくても毎日の積み重ねが、よりよい未来を創るのである。

前世を怠惰《たいだ》に、惰性《だせい》で生きた記憶があるからこそわかる。

精一杯生きた先にこそ、本当の幸せが待っているのだとな……。


冒険者ギルド（支部）を出て雑貨屋にやってきた。

「おばちゃん、いる～？」

基本、客の少ない田舎《いなか》の雑貨屋。いつも店番しているとは限らないし、雑貨屋だけでは食ってはいけないので、奥の作業場で内職（織物してるんだよ）してたりする。

「はいよー」

返事がして三分弱。おばちゃんが奥から出てきた。

遅い！　って叫ぶヤツには田舎《いなか》でのスローライフは無理だな。危機的状況でない限り田舎《いなか》時間は緩やかに流れてんだよ。

「おや、べー。いらっしゃい」

「おう。小麦粉買いにきた。入ってるかい？」

村にくる行商人は二人いる。雑貨屋にくる行商人は主に食料品や衣服を持ってくる。

ちなみにもう一人の行商人は、なんでも屋的行商人で、注文を聞いてから持ってくる。なので村で毎回利用するのはオレくらい。もはやオレ専属の商人といっても過言ではないだろう。なんたって毎回金貨五、六枚は使ってんだからな、行商人じゃありえない稼ぎになってるぜ。

「ああ、入ってるよ。あと、ゴジルが入ったよ」

「おお！　ゴジルが入ったのかよ。頼んでおいてなんだが、よく手に入ったな？」

帝国に味噌（ゴジル）があるとかで、もし手に入れられたら仕入れておいてくれと頼んでおいたのだ。入ればラッキーぐらいの感覚で。

「なんでも最近、王都で出回っているんだってさ。ジルさんもゴジルのことはあんたから聞いてたからね、大量に仕入れて持ってきたんだよ」

ジルさんとは行商人のおっちゃんだ。オレはゴジル（味噌）の旨《うま》さを力説し、入ればあるだけ買うといってたのだ。

「あるだけ買うかい？」

「もちろんさ！」

本物の味噌（ゴジル）である。たとえ金貨一〇〇枚でも買っちゃうぜっ！

つっても、大量に入ってきたらしく、一樽《たる》（五リットルくらい）銀貨一枚ときた。

まあ、田舎《いなか》にしたら超高級品だが、流通経路を考えたら良心的な値段であろう。

「随分《ずいぶん》とまけてくれたな。ほとんど儲《もう》けはないいんじゃないのか？」

「あんたね、ジルさんに荷車を銀貨六枚なんていうバカげた値段で売っておいてなにいってんだい。商人だって恩義に報いる生き物なんだよ」

ああ、そーいやぁ、売ったな、試作品を。壊すのもなんだからと、ちょうど行商にきてたジルのおっちゃんに売りつけたんだっけ。

「別に恩義を感じるような荷車じゃないんだがな」

確かにこの時代の荷車からしたら丈夫で性能はイイが、試作は試作。今使っている荷車に比べたら、駄作もイイとこだ。銀貨一枚でも申し訳ないくらいだわ。

「ほんと、あんたは欲がないね。そんだけなんでもできるのにさ」

「なんでもはできないさ。できることをやってるだけだよ」

こんなこと、前世の記憶があり、工作技術があれば誰にもできることだ。オレが特別ってわけじゃねぇよ。

「まあ、その謙虚《けんきょ》さがあんたのいいところなんだけどね」

知っているから、できるからと、そんだけで傲慢《ごうまん》になれるって、どんだけバカだよ。世間知らずにもほどがあるだろう。

「オレは得になればなんでもするし、バカ野郎相手に下手に出れるほど人間できちゃいないよ」

「はいはい、そうだね。あんたはへそ曲がりだったね」

なにか慈《いつく》しむ目で見られるが、ツンデレ作戦は生きてる。なら、オレは鼻を鳴らして不機嫌な顔を見せるまでだ。

「とにかく、全部もらってくからな」

六樽《たる》受け取り、銀貨六枚を払って雑貨屋を出た。

にしても、味噌（ゴジル）文化がない帝国で味噌（ゴジル）が出回るとか、いったいどーなってんだ？

なにかとってても引っかかるぜ。

14 ✴ お客さん、いらっしゃい

集落から帰ってくると、家の前に見知らぬねーちゃんたちがいた。

まあ、格好からして冒険者なんだろうが、女四人組のパーティーなんて珍しいこった。

今世に魔法魔術があるとはいえ、冒険者は男の仕事。女がいたとしても一パーティー一人ぐらいだ。

一攫千金《いっかくせんきん》を狙える職業だし、普通に生きてるよりは稼げるが、そんな幸運なのは一握り。キツい、汚い、危険なブラック職業である。だいたいの者は早々に見切って転職してるかあの世にいってるかだ。

どこの世界にも男勝りはいるし、よんどころない事情でなった者もいるだろうが、才能と丈夫な体と鋼のような神経がなければ、荒くれ者の男たちの中で女は大成しない。それどころか食い物にされて、末はどこぞの妓館に売られることだろう。

オレも冒険者相手に商売してるからケチなことはいえないが、いや、前世で底辺にいたからいえる。冒険者は派遣会社より悪辣で、人を人として見ていないブラックギルドである。どんなに落ちぶれようが、絶対になりたくはない職種だわ。

だからって、他人の人生を否定はしないよ。やりたいのならやればいいし、それぞれの才覚で高みを目指せばイイ。そんなヒストリーを語ってくれれば、オレはその人生を応援するよ。

「あ、あんちゃん、お帰り」

ねーちゃんたちを相手してたサプルがオレに気が付き、笑顔で迎えてくれた。

うん。兄で本当によかったと感じさせる笑顔だぜい。

……トータ、お前はオレがかわいがってやるから強く生きるんだぞ……。

「ただいま。客かい？」

ねーちゃんたちを見ながら尋ねた。

前世で枯《か》れ果てた上に色気のない姿なので、ねーちゃんたちにこれといって反応しない。だいたい、きょ――どこからか殺気が――あ、いや、うん。キレーなお姉さんってサイコーっ！

「君がべーくん？」

「まあ、愛称つーか、渾名《あだな》つーか、皆からはそー呼ばれてるよ。で、ねーちゃんたちはなんなんだい？」

年の頃は二十歳前半。フードを被っている一人を除いて三人は人族だ。オレに声をかけたねーちゃんは、戦士系というよりは騎士系といったほうがしっくりくるほどの、気品と優雅さを持っていた。

他の二人は魔術師系と斥候系。フードのねーちゃんは、なんか知らんが無に近い。辛《かろ》うじて、いるってわかるくらいの存在感しかなかった。

……前世と今世を生きたオレの勘がいっている。このねーちゃんはハンパなく強いと……。

「わたしたちは見ての通り、冒険者よ。パーティー名は、『闇夜の光』。C級パーティーよ。わたしがリーダーのトコラ。仲間のバーニス、サライラ、アリテラよ」

冒険者には階級があり、登録したてはEランク。C級は一流の一歩手前って感じだ。ざっくばらんにいえば、だが。

ちなみに、B級からは人間やめたようなヤツだったり、違う種族だったりだ。

「そりゃご丁寧に。そっちのは妹のサプル。一番下はトータで、今はゴブリン狩りにいってるよ。オカンは……って、オカンは？」

いつもなら畑仕事をしているオカンの姿がどこにもなかった。

「おかあちゃんならバルコさんちにいってるよ」

まあ、田舎《いなか》でもご近所付き合いは大切だし、息抜きも必要。ガールズトーク（？）しにいってるのだろうよ。

「そんで、うちになんか用か？」

「ええ。今日一泊させてもらえないかと思ってね」

「宿屋なら下にあるが？」

年中無休の家庭的宿屋で、一泊二食付きで銅貨四枚と激安。冒険者に優しい値段となってんぞ。まあ、オレは泊まりたいと思わないがな。

「ザンバリーさんからの紹介なの」

「ほぅ。ザンバリーのおっちゃんから、ね。他におっちゃんはなんかいってなかったか？」

ザンバリーのおっちゃんはA級の冒険者で、よくうちにくる友達でもある。

「命の湯の代金に、我々の冒険を披露しましょう」

恭《うやうや》しくお辞儀する騎士系ねーちゃんに、オレは満足気に笑った。

「フフ。ようこそ我が家に。歓迎するよ」

出会いもまた人生を楽しくしてくれるエッセンス。素晴らしきかな今世である。

「ねーちゃんたち、今ここにいるってことは、どこかで野営したのか？」

近隣の村からここまでくるには昼は過ぎる。どこかで野営でもしない限りは、今の時間に着くことはないのだ。

「ええ。本当なら昨日の夕方には着けるはずだったのだけれど、ゴブリンの襲撃《しゅうげき》に三度もあって、やむをえず野営することになったのよ」

またゴブリンか。本当に増えてんだな。

「それは大変だったな。じゃあ、汚れてんだろう。今、風呂を用意するよ」

風呂、という言葉に、ねーちゃんたち（フードのねーちゃんもな）が驚いた。

「ふ、風呂って、ここは温泉が湧くの？」

ほ～う。温泉を知ってるとは、結構広範囲にわたって活動してんだな。

この辺りに火山はなく、相当深く掘らなければ温泉は出ない（千メートル掘ったが、出ないので諦《あきら》めたよ）。北東に四〇〇キロ行った場所に温泉の街があるという話は聞いている（ザンバリーのおっちゃん談）。

「いや、うちは薪《まき》風呂か魔術風呂だよ。今から用意する風呂は薪《まき》風呂だな。まあ、なにが違うかというと、水を温める方法が違うだけなんだがな」

効能のある薬草を入れた薬湯つーのもあるが、初めてではキツイだろう。まあ、体の汚れを落とすくらいなら普通の沸かし湯でイイだろうさ。

「サプル。ねーちゃんたちを離れに案内してやんな。あ、離れは二人用だっけ」

最近、くるのは一人か二人だったから四人用から二人用にリフォームしたんだったわ。

「気にしないで。これでも冒険者よ。雨風凌《しの》げれば馬小屋だって平気だわ」

そりゃそーか。そんな軟弱なことといってたら冒険者は勤まらない。野営だってしてることだしな。それに、冷暖房完備で布団もある。地面に寝るよりは何百倍もマシだろう。

「わかった。まあ、ベッドはデカいから二人ずつ寝れないこともないしな、そっちで決めてくれ」

あとをサプルに任せて、オレは風呂場へと向かった。

毎日、風呂に入ったあとは湯を抜くので湯船は空になっている。

なので山から樋《とい》をかけ、湧き水を湯船に送る。

溜まるまでに客用のタオル（毛長山羊《やぎ》製）を脱衣室に備え付けの棚から出し、瓶詰めの羊乳を厨房《ちゅうぼう》の冷蔵庫から脱衣室にある冷蔵庫に移した。

そんなことをやっている間に、水は湯船の半分くらいまで溜まった。

風呂担当は七割トータ、二割サプル。一割はオレがやっている。

薪《まき》は三年使ってもまだ使い切れない量があるのだが、トータもサプルも魔術を覚えてからは薪《まき》など一切使わない。薪《まき》を使うのはオレだけなので、薪《まき》は減るどころか増えていく一方だ。

久しぶりに竈《かまど》に薪《まき》を放り投げ、火魔術で着火。イイ感じで燃えてきたら風呂場に戻った。

「あ、ワリーな。もうちょっと待ってくれや」

脱衣室でなにやら惚《ほう》けてるねーちゃんたち。安心して疲れが出てきたか？

「さっきの離れといい、この風呂といい、なんなのいったいっ!?」

叫ぶ斥候系ねーちゃん。

「……ザンバリーさんが薦《すす》めるのも頷けるわ。王都の高級宿屋以上の設備よ……」

とは、魔術師系ねーちゃんだ。

騎士系ねーちゃんはまだ唖然《あぜん》としている。

フードのねーちゃんも驚いてるのはなんとなくわかるが、オレの視線に気が付いてまた気配を無にした。

風呂場で湯船を見ると、イイ感じに溜まっていた。

「ねーちゃんたち。湯が熱かったらこの樋《とい》で水を入れて調整してくれ。そこにタオルがあるから、使ってくれて構わん。元の服を着たくなかったら、バスローブ——まあ、これだが、これに腕を通してくれ。で、湯上がりに喉が渇いたら、そこの冷蔵庫に冷えた羊乳が入ってるんで好きに飲んでくれや」

そう説明するが、反応がない。

まあ、こーゆー場面を何度も見ているので我を取り戻すまで待ってやる。

「……凄《すご》すぎるわ……」

ようやく我を取り戻した、騎士系ねーちゃんが呟《つぶや》いた。

「なんなのいったい！　なんなのっ！」

「わたしたち、どこかの貴族の館にでもきたの？」

我を取り戻したようだが、まだ混乱中のようだ。

まっ、風呂のない時代ではしょうがねーか……。


ねーちゃんたちは混乱も収まったのか、きゃいきゃいといいながら風呂に入った。

斥候系ねーちゃんに一緒に入る？　とかいわれたが、はい、入ります！　なんていえる性欲は持ち合わせてはないいし、ひ——風呂場から殺気が——なんでもないです。はい。いや、オレ、紳士だからそんなことはしないのだ。

湯加減もよろしいようなので、山に入る準備をするべく武器庫へと向かった。

武器庫、とはいっても保存庫にある一室であり、内職したものを保管しておくための部屋だ。

特に変わったギミックもないしな。

まあ、投げナイフを造る前は剣や槍、斧《おの》や特殊武器に熱中し、いろいろ造ったので武器庫と呼んでいるだけである。

「さて、なにを持っていくかな〜」

本来なら体一つあれば事足りるのだが、ゴブリンが発生したせいで冒険者がいるようなので、カモフラージュのために武装するのだ。

そもそも魔物がいる山に一人で入るとかあり得ないよ。との突っ込みはノーサンキュー。

布の服で山にいく異常より、まともな装備をして山にいく異常のほうがまだ人は飲み込めるものだ。実際、トータも何度か冒険者パーティーと遭遇《そうぐう》してるが、武装していたお陰でなんとか受け入れられてるようだしな。

「山刀に投げナイフでいっか」

武術をやってこなかったので、オレは剣も槍も素人《しろうと》以下。トータよりヘタクソだろう。まあ、特に悔しいと思うこともなければ上手くなりたいとも思わない。オレはただの村人。ただの人間だもの。

説得力ねーな。との突っ込みもノーサンキュー。オレは誰がなんといおうと村人。キング・オブ・村人とはオレのことだぜい。へい！　そこは突っ込みカモーンだぜ。

布の服から自作の革鎧《かわよろい》へと着替え、革の手袋に革の靴。時空間結界を使用した投げナイフ収納ポーチをベルトに装着。鉄製の山刀に食糧や薬、タオルを詰めたバッグを背負う。

「やっぱ、動き難いな」

普段、布の服に革のジャケットを着ているので、革鎧《かわよろい》を着ると、違和感がハンパないな。今度、ザンバリーのおっちゃんに黒竜か白竜の毛でも刈ってきてもらって、ローブでも作るか。

おっちゃんが着ているドラゴンの毛で編んだ闘衣、スゲー動きやすそうだったんだよな。しかも防御力もハンパない。火や氷、雷にも強いときたもんだ。竜の毛で甚平とかステキだぜ。

「こりゃ、頼むしかないな」

いつくるかわからんおっちゃんを思いながら武器庫を後にした。

ねーちゃんたちはまだ風呂に入ってるよーで、きゃぴきゃぴいいながらガールズトークに花を咲かせていた。

……冒険者とはいえ、女は女だね……。

まったく興味がないので右から左に流し、そのまま裏から家の中に入った。

「サプル、これから山にいってくるよ。昼は戻らんから、ねーちゃんたちを頼むな」

台所に立つサプルに声をかけた。

「うん、わかった。あ、あんちゃん。ねーちゃんたちに魔術教えてもらってもイイかな？」

「まあ、ねーちゃんたちがイイっていえば、構わんよ」

別にオレに流派があるわけでもないし、オレ以外の魔術を見ておくのもイイ勉強になるってもんだ。

「あ、ただ、どんな魔術でも否定はするな。オレが教えた魔術は普通とは違う。どちらかっていえば魔法に近い魔術だ。だから、ねーちゃんたちの魔術は一般的魔術として、取り入れるに値するなら取り入れろ。取り入れなくても、そーゆーもんがあると受け入れろ。それを活かすのも殺すのも、サプル次第だ」

なんでも学ぶという意識がなければ、なにも身にならない。勉強しなかった経験者が語るんだ、説得力はあるぜ。

「……んー、わかった」

興味のないことにはちょっとおバカになるサプルちゃん。んなところもカワイイよ。

んで、トータらがゴブリンを見たというザッカラ山に向かっているのだが、そのザッカラ山までは直線距離にして約五キロ。道なりにいけば七キロ弱。まあ、田舎《いなか》生まれにしたら大した距離ではないが、山というだけあってアップダウンが激しい。田舎《いなか》生まれでも、なかなかハードな道程といえよう。

オレも平坦な道なら十キロは平気だが、アップダウンの激しい道程は結構体力を使う。

五トンのものを持っても平気な体は打撃や重力には強いが、スピードはもちろんのこと、持久力も年相応《そうおう》のものなのだ。

たぶん、魂《たましい》に宿した能力が原因だろうとは思うのだが、正解など神のみぞ知る。鍛《きた》えれば速くもなれば体力も付く。学び鍛《きた》えれば魔術も薬学も覚えられる。新たな力を宿すこともできると知っていれば、それで充分だ。

それに、力は使いようだ。

自由自在に操れる結界使用能力は、もはや結界が付けばなんでもイイんじゃね？　つーくらい反則的能力だ。

まあ、能力使用範囲に半径三〇メートルという限界はあるものの、そこは創意工夫。範囲内でなら秒単位で出すこともできるし永続的に維持できる。結界を組み合わせてパワードスーツも創れるし、魔法の絨毯《じゆうたん》ならぬ空飛ぶ結界も創れるのだ。

「結界超便利ぃ～っ！」

空飛ぶ結界（サーフボード型）で坂を下っていった。もちろん、バレないように隠蔽《いんぺい》結界を張ってます。

薪《まき》割り山へと続く道を下ると街道に出る。そこをバルダリン側へと二〇〇メートルほど進むと、隣村に続く道――ザッカラ峠《とうげ》道が右手に見えてくる。

隣村は、山間の村で、麦は獲れないが鉄が採れ、鍛冶《かじ》の村として栄えている。

鍛冶《かじ》とはいっても剣やら槍やらではなく、鍋や包丁、鎌に鋏《はさみ》など、家庭用品を作って行商人（専属のな）に卸している。

とはいえ、山間の村。うちより田舎《いなか》であり、人口も三分の一しかいない小さな村。頻繁《ひんぱん》に往来するところではないので道は悪いし、幅もやっと馬車が通れるくらいだ。

一人では歩きたくない寂しい道だが、十歳児がなんの感慨もなく通っている。十五歳のオレが怖がっては、示しがつかんでしょう。

寂しさを誤魔化《ごまか》すために鼻唄を歌いながら進んでいると、茂みの中からゴブリンが四匹、唐突《とうとつ》に飛び出してきた。

本当にゴブリンが多いな。もう遭遇《そうぐう》かよ。

「まあ、なにはともあれ狩りの時間だ！」

15 ゴブリンは山の幸

——ゴブリン。

緑色の肌に醜《みにく》い顔をした小さい人。どこにでも生息し、繁殖力《はんしょくりょく》が高く、非力な存在。

ゴブリンを簡単に表現すればそんな感じだろう。

目の前に現れた四匹のゴブリンも、だいたいそんな感じだ。

だが、このゴブリンという生き物は、結構侮《あなど》れない存在なのだ。

繁殖力《はんしょくりょく》が高いということは数が多いということであり、弱いということは、肉食獣にとってはイイ獲物ってことだ。

実際、灰色狼や大山猫がよく狩る獲物はゴブリンであり、山ではよくゴブリンの骨に遭遇《そうぐう》する。

そして、ゴブリンをよく食べるということは草食獣が増えるということであり、木や草、木の実などが多く食われるということだ。小さくて肉の少ない草食獣より、大きくて弱いゴブリンの方が簡単に狩れるからな。

ゴブリンは多くても少なくても山のバランスは崩れ、一度崩れたら復活するまで長い年月がかかるのだ。

まあ、それはそんなに心配することじゃない。自然の調整力と人間の力でなんとかなる。

草食獣が増えれば狩人や冒険者によって駆逐《くちく》されるし、ゴブリンが多ければ肉食獣、竜種が集まり、増えたらやはり冒険者に狩られて沈静化する。

オレが一番危惧《きぐ》しているのは、ゴブリンの進化だ。

そんなに一般的にはなってないが、ゴブリンの進化のスピードは他の種族を圧倒している。

とある学者は、世界一危険な種であると説いていた。

歴史的にも、大暴走の半数以上はゴブリンが進化した、ゴブリンキングによって、引き起こされている。

まあ、下手な鉄砲数撃ちゃ当たるの理論なので、大多数は食い殺されるなどして自然淘汰《とうた》されるが、当たったときの威力は計り知れないものがある。

ゴブリンキングに率いられたゴブリンは、人間の軍隊並みに強力になる。歴史書によると、五〇〇〇匹を率いたゴブリンキングもいたということだ。

投げナイフを放ち、襲いかかってきたゴブリンAの額を撃ち抜いた。

並みの冒険者なら素手でも勝てるくらいの身体能力であり、生命力である。装備も、腰にボロキレを巻いて木の枝を持っただけ。マルチーズが向かってきたようなものだ。

まあ、明らかにオーバーキルなのだが、オレがなにを使おうともオーバーキルは決定。手加減するほうが難しいくらいだ。

さらに投げナイフを放って残りを瞬殺する。

「やはり、動く標的のほうが修行になるな」

この世界に生まれて十五年。生き物を殺すのに躊躇《とまど》いも忌避感《きひかん》もない。ましてや血の臭いなど羊糞より気にならない。

だからといって殺しに陶酔《とうすい》はしないし、楽しいとも思わない。必要だからやる。生きるためにやる。やるからには効率よく、確実に殺すように、だ。

ゴブリンの死体を異空間結界の中に放り込む。

そのまま放置してたら狼か山猫、下手したらオーガがやってくる。肉食貝（五メートルくらいあり、結構旨《うま》いのだ）を招き寄せる撒《ま》き餌《え》には、ゴブリン（サイズ的に）が一番適してるのだ。

「さて。次のゴブリンはどこかな？」

オレにとってはゴブリンは山の幸。便利な生き物。大暴走、大いに歓迎である。


山を歩く。

字面は綺麗《きれい》で、爽《さわ》やかに聞こえるが、実際の山を歩くというのは苦行でしかない。

寒い地方の針葉樹林内を歩くならまだマシだが、この地方は広葉樹林地帯で山の傾斜はキツい。落葉が溜まり足場は悪い上に丈の低い草木や倒木があるために、まともに歩けたものじゃない。

野生の獣《けもの》や魔物だって通り易い場所を選び、道を作って山で生きるのだ。

まあ、オレには自由自在に操れる結界使用能力があり、縦横無尽《じゆうおうむじん》に動き回れるが、山は恵みの地。至るところに薬草やら野草やらキノコが生えている。これは、歩いてよく見ないと見つけられないのだ。

山歩きの得意なおじぃに付き合い、いろいろ食えるものを教わったが、まだまだ経験不足な上に目が山の風景に慣れていない。よく見ないと発見できないし、判別ができないのだ。

ゴブリンを四匹倒してから二時間経つが、新たなゴブリンには、まったく遭遇《そうぐう》できないでいた。

広い山でのこと。そうそう会える訳ではないと、山の恵みの採取に切り替えたら、あらびっくり。傷によく効くハナラマ草の群生を発見してしまった。

このハナラマ草、まさにファンタジーな薬草で、飲んでよし。張ってよしの薬であり、冒険者なら必ず持っている常備薬なのだ。

まあ、ハナラマ草単独では前世の薬同様効果が出るまで時間を要するが、これにバシナラ草という毒草とシアニトという木の実、魔法水を六・一・二・一の割合で混合し、六十度で煮ると、あら不思議。ハラキリですら一瞬で治す、ファンタジー薬になってしまうのだ。

そんな薬の材料となるハナラマ草は、なかなか見つけるのが困難であり、山の奥、綺麗《きれい》な水が涌き出るところにしか生息しないのだ。

冒険者ギルド（支部）の依頼板には必ず張ってあり、一株銀貨二枚で引き取ってもらえる。

ざっと見、二〇――いや、三〇〇はあるだろうか、滅多にない群生地である。

結界で空中に道を作ってイイところを採取していると、どこからか爆発音が聞こえてきた。

火薬などまだ発明されていない世界（時代）。爆発といえば魔術しかないが、こんな山の中で使うような術ではない。

「いったい、どこのバカだ？」

山火事にでもなったら今の世、自然沈下しかない。それでなくてもこの地域は春の雨が少ないのだ。一旦火が回ったら二月は消えんぞ。

採取を一時中断し、爆発音がするほうへと駆け出した。もちろん、空飛ぶ結界でな。


「あんちゃん！」

トータの悲鳴のような声に反射的に目を向けたが、トータの姿は見えなかった。

「トータ！　どこだっ！」

あいにくとオレは村人。気配察知能力などないに等しい。ましてや気配消しが得意なトータを山で見つけるなど、無茶ゆーな、である。

まあ、魔力察知能力はあるので魔術なり魔法なりを使っていればだいたいわかるが（距離によるが）、いたるところに魔力反応がありやがる。この感じからして、トータを包囲しようとしている感じだ。

「あんちゃん！」

上から声がした。トータは、木々を伝って移動してきたようだ。

……ほんと、これでまだ十歳なのだから天才ってやつは参るぜ……。

そのまま、身体能力と風の魔術で、軽やかに空飛ぶ結界の上に着地する。

空飛ぶ結界は認識（さすがに無色透明だと落ち着かんのだ）できるようにしてあるので、着地できるのである。

「いったい、どうした？」

「変なヤツに襲われた」

なぬ？　こんな山に変質者が出ただと？

なんてバカなことを考えていたら、トータを襲っただろうヤツらが現れた。

「…………」

いやもう、なんと表現したらイイのだろう。言葉に詰まるぜ……。

「ほう、またガキか」

言葉をしゃべりやがった。

これが人間や獣人《じゅうじん》なら素直に受け入れられるんだが、身長二メートル弱。緑色の肌に騎士のような鎧《よろい》を纏《まと》い、ファンタジーな剣を持ったイケメンが現れたとなれば、驚いて当然だし、言葉を詰まらせるのも当然だ。だって、目の前に現れたイケメン、ゴブリンなんだもん……。

「また、おかしな魔術を使うガキだな」

「……変な進化をしたゴブリンにいわれたくない……」

ったく、どんな進化論だよ。

これまでいろんな種族と交流してなければ、あと一時間は茫然《ぼうぜん》としていたことだ。マジ、異文化交流に感謝である。

「ほぉう、おれがゴブリンとわかるのか」

「それだけゴブリンの特徴が残っていたら嫌でもわかるさ」

さすがにイケメンに進化した理由はわからんがな。

「クックックッ。おもしろいガキだ。で、お前はどうするんだ？　逃げるか？　それとも殺されるか？　ああ、捕まるというのも手だぞ」

その戯《ざ》れ言《ごと》に、一気に冷静さを取り戻した。

「……なんだ雑魚《ざこ》か。びっくりさせんなよな……」

ったく、イケメンなだけでいつもの害獣《がいじゅう》（ゴブリン）と変わらんじゃんかよ。

「ざ、雑魚《ざこ》だと？」

こめかみに血管が浮かぶが、肌が緑色なので、怒ってるのかどうかよーわからんな。

「図体がデカイ割りに頭の中身はそのままだな。まあ、どんなに進化しようと、しょせんゴブリンはゴブリン。どこまでいっても雑魚《ざこ》だな」

進化は確かに脅威《きょうい》だ。だが、そこに積み重ねられた経験もなければ蓄積された知識もない。ましてや未熟な精神ではなにを恐れろというのだ。

こんなの、オーガを相手してるのとなんら変わらんじゃんかよ。

「きっ、貴様っ！」

単純バカな脳筋野郎にため息が漏れる。

「お前になにをいっても無駄だろうが、一応、忠告しておいてやる。お前ではオレには勝てない。それでもやるというのなら相手になるが、話し合いにも応じてやる。好きなほうを選べ」

うんまあ、無駄以外のなんでもないのだが、こちらはインテリジェントな村人である。戦いなど、野蛮《やばん》なことはなるべく回避するのである。

「——ふざけるなっ！」

ほんと、こっちのヤツは、人間でも魔物でも沸点が低い者が多いから嫌になるぜ。

怒りに我を忘れているのか、真っすぐ突っ込んでくるイケメンゴブリン。

オレは指先で大地に呼びかけ、石の槍を生やした。

「——ちっ！」

ゴブリンは、舌打ちすると石の槍を回避した。

さすがトータを追い詰めるだけはある。オーガよりは戦いに慣れてやがるぜ。

まあ、それでもオレの敵ではないがな。

こちとら、オークやオーガと何度も戦ってる（オークは食用。オーガは撒《ま》き餌《え》）し、三つの能力は把握《はあく》している。石の槍はたんなるフェイント。お前の四方には結界（固くしたもの）が展開されている。

「結果、お前は自爆するんだよ。イケメンなゴブリンくん」

地面に倒れる単純バカな脳筋くんに、どや顔を見せ付けた。

「あんちゃん、スゲー‼」

フハハハ！　弟よ、もっとあんちゃんを褒《ほ》め称えるがイイ！

捕まえてみたものの、その後のことを考えてなかった。

まあ、殺す気で相手したからトドメを刺しても構わないのだが、貧乏性な性格なので、生きて捕まえた以上、有効利用しないとなんだかもったいない気がして堪らないのだよな。

「食わないの？」

「いや、さすがにゴブリンは食いたくねーな」

遊びでは狩りはしないし、狩ったものは有効利用する質だが、人間に近いもんを食う根性はさすがにないよ（いやまあ、オークは旨《うま》いからさぁ）。なんか気味ワリーわ。

「まあ、その前に囲んでるモンを狩るとするか」

イケメンなゴブリンに従っていただけあって、ただのゴブリンじゃないようだ。

「にしても魔力の反応が強いな。並みの魔術師くらいにはあんじゃないか？」

冒険者の基準だから断言できないが、これだけの魔力があるなら中級と名乗っても反論はないだろう。まあ、だからといって実力も中級かといったらそーじゃないけどな。

オレもそうだったが、力があるから、必ずしも使いこなせるとは限らない。

五トンのものを持っても平気な体ってのは、簡単にものを壊せるし、人を殺せるだけの力——いや、凶器といってイイだろう。

生まれたときから自我があったからよかったが、もしなかったらオレは忌み子、鬼子と恐れられ、下手したら捨てられていたかもしれない。

だからといって最初から制御できたわけじゃねぇ。床を壊したのは一〇や二〇じゃきかないし、寝ぼけてオカンの指を握り潰しそうになったこともある。体が制御できる（ハイハイができる頃だな）まで休まる日はなかったぜ。

……ほんと、親とは偉大であり、尊敬すべき存在だぜ……。

「だがまあ、成長なき進化など恐れるに値せんわ」

戦い慣れてるヤツの魔力は、鋭いナイフのように、乱れがない。

それに比べて、木々の陰にいる害獣《がいじゅう》（ゴブリン）どもの魔力の雑なこと。感情制御もできちゃいない。どこにいるか手に取るようにわかるわ。

「トータ。右にいる四匹は任せる」

殺れるな？　とは聞かないし、お前ならできるともいわない。十歳とはいえ、オレが鍛《きた》えたオレの弟である。狩りができると認めたから、山にいかせてるのだ。

「わかった」

オレの意図を理解しているかは謎だが、任せられたのが嬉しいらしく、満面の笑みを浮かべて返事した。

「んじゃ、殺れ！」

合図とともに投げナイフを放った。

躊躇《ちゅうちょ》している害獣《がいじゅう》（ゴブリン）など動かぬ的と同じ。一匹二匹となんの苦労もなく殺していく。

これじゃ練習にならねーなと思いながらも油断はしない。最後の一匹を確実に殺した――とこ
ろで大事なことを思い出した。

「毒味役に捕まえるんだったたっけ」

ま、まあ、やっちまったもんはしょうがない。撒き餌《まえ》はいくらあっても、困るもんじゃないし

な、結果オーライだ。

「トータ、回収を頼む」

収納鞄《かばん》をトータに放り投げた。

「うん」

オレは自爆したイケメンのゴブリンへと近寄り、生み出した結界を二つに分け、片方をイケメンのゴブリンの首筋にくっつけた。まあ、保険だ。

「成長をやめた生き物に未来があるほど、この世界は甘くないんだよ」

16 ✴ 兄としての義務だからね

「……あんちゃん、あのままでイイのか……？」

　ゴブリンを鞄に収納して我が家に帰る道すがら、なにかいいたそうにしていたトータがやっと口を開いた。

　十歳とはいえ、狩りに出て五年は経つ。毎日なにかを狩ってくるほど腕があり、命のやりとりをしてきた経験が、イケメンのゴブリンを放置したことに危惧《きぐ》を感じているのだろう。

「お前は、殺したほうがよかったと思うのか？」

　トータは口を一文字にして考えた。そして、一分くらいして「わかんない」と答えた。

「まあ、命のやりとりをしているヤツらなら、オレのしたことは甘いというだろうな」

「そうなの？」

「殺せるときに殺さないの――いや、殺せないのは甘いことだし、命のやりとりをする資格はねえ。だがな、しなくてもイイ殺しをするヤツはバカだ。三流だ。いや、ゴブリン以下だ」

「でも、あいつはおれを殺そうとした。あんちゃん、敵には容赦《ようしゃ》するなっていったよ」

「確かにいった。だが、それはお前に戦う選択しかないからだ」

「？」

「お前は確かに狩りの腕はイイ。あんちゃんより上だ。だが、それだけだ。圧倒的に経験がないし、知識もない。学ぶこともしなければ考えようともしない。お前、あいつらに襲われたといったが、なんで先に見つけなかったんだ？」

オレの問い詰めるような、口調にトータは逃げるように下を向いてしまった。

「まあ、お前が油断していたとはいわない。いつものようにやってたんだろう。なら、なんであいつらが先にお前を見つけたんだ？　なぜ反撃もできずに逃げたんだ？」

「…………」

「答えられんだろう。それが経験不足であり知識のなさだ」

まあ、オレも生まれて十五年。そんなに戦闘経験があるわけじゃないし、なんでも見通せるわけじゃないが、思考すること、敵を知ることをいつも心がけている。

「ゴブリンが進化することは教えたな？」

「うん」

「ゴブリンが進化する。それは不思議じゃない。今までも魔術を使うゴブリンはいたし、剣を使うゴブリンもいた。だが、あいつの進化は異常だ。あそこまで進化するのに、最低でも五段階か六段階は必要だ」

まあ、勘だけどよ。でも、そうは間違ってないはずだ。魔術や剣術に加え、しゃべりもすれば部下も指揮する。いくら進化するといっても、一気にはできるわけじゃない。

仮に一気に進化できたとしても、知識（人語を話した）まで備わるなんてことはない。それも仮にできたとしたら、この世はとっくにゴブリン天下。人間などとうに滅んでるぜ。

「これはオレの勘だが、あのゴブリン、誰かに仕えているな」

「仕える？」

「まあ、誰かの手下ってことだ」

あの沸点の低さといい、あの騎士のような姿といい、あいつがキングにはどうしても思えない。いくつもある部隊の中の一部隊って感じだ。

「最近のゴブリンの目撃情報。あのゴブリンの戦闘能力。異常な進化。わからねーことばかりだ。そんな中であいつを殺すことは、損でしかない。貴重な情報を捨てることだ。イイか、トータ。情報は武器だ。思考は鎧《よろい》だ。狩人になるなら今のままでも構わないが、それ以上の存在を目指すなら経験を積め。知識を蓄え考えろ。己の無力さを知れ。己の強さを知れ。敵はお前より賢く強いぞ」

十歳の子供相手になにいってんだと突っ込まれそうだが、このスーパーボーイが平凡でいられるとは思えねぇ。必ず上を目指すだろうし、必ず厄介《やっかい》事に見舞われる。ならば、教えられるときに教え、鍛《きた》えてやるのが兄としての優しさ。兄の義務である。

「……おれ、強くなる。あんちゃんみたいに……！」

あ、いや、そんな決意しなくてもイイんだよ。君ら天才に本気出されたら、あんちゃんの立場がなくなっちゃうから。もうちょっと大きくなってから決意しようよ。

せめて君が成人するまでは可愛《かわい》い弟でいて。あんちゃんの威厳《いげん》を脅《おびや》かさないでぇぇっ！

帰りの道で昼食を取り、カラナ鳥（鶏くらいの山鳥で味はほどほどだが、矢の風切り羽にはちょうどイイのだ）を六羽仕留めて帰る頃には、もう夕方になっていた。

「結構遅くなったな」

「うん」

トータのやる気も落ち着いたようで、いつものように無口になっていた。

「あ、あんちゃん、トータ、お帰り」

庭にいたサプルがオレたちに気が付き笑顔で迎えてくれた。

ほんと、できた妹である。

「おう、ただいま。なにしてたんだ？」

ねーちゃんたちは少し離れた場所——ベンチに座ってお茶とクッキーを食っていた。もちろん、フードのねーちゃんもいるぞ。

「サライラねーちゃんに魔術を教わってたんだ！　あんちゃん、あたし、火の矢を撃ち出せるようになったんだよっ！」

サプルが指差す方向には、炭化したものが山積みになっていた。

オレの記憶が正しいなら、それは木で作った標的人形（投げナイフ用）だろう。あの標的人形は堅い木で作ったものだ。それが炭になるってどーゆーこと？

「そ、そーか。そりゃスゴいな……」

取りあえず褒《ほ》めておく。ちょっと心の整理をしたいから。

「えへへ。サライラねーちゃんの教え方が上手だからだよ」

そのサライラねーちゃん（魔術師のほうな）は、複雑そうな笑みを浮かべていた。

まあ、サプルの天才っぷりに戸惑ってんだろう。無理もないさ。

「ワリーな、ねーちゃんたち。手間取らせて」

「い、いえ、わたしは、大したことは教えてないんだけどね……」

「まあ、自己流だが、魔力操作や発動はみっちり教えたからな、切っかけさえわかればあとは感覚でやれるんだよ、サプルは」

一〇〇年に一人どころか一〇〇〇年に一人の超天才である。教えれば教えるほどに、成長していくことだろーよ。

「んで、どうやって撃ち出すんだ？」

こーやるの、とばかりに魔力で弓を具現化し、火の矢を生み出した。

いやいやいやいやいやいや、なにしちゃってんのサプルちゃん！　魔力で弓を具現化とかマジありえないよ！　発想うんぬんより具現化能力なんてあったのかよ！　あんちゃん、今の今までわかんなかったわっ！　ほんと、なんなのその才能は？　才能開花するにもほどがあるよ！

「……いや、そんな目で見られても、わたしの責任じゃないから……」

思わず魔術師のねーちゃんを、『あんた、人の妹になにしてくれてんの』という目で見てしまったが、このねーちゃんに罪はねー。サプルが異常なまでに天才なのが原因だ。

「ワ、ワリー。つい、責任転嫁《せきにんてんか》しちまったよ。いや、サプルは魔術の才能はスゴいのはわかってたんだが、まさか具現化能力まであるとは夢にも思わなくてよ、認めようにもなかなか認められなかったんだわ……」

大丈夫。もう大丈夫だ。事実をちゃんと飲み込めた。うん、サプルちゃん、超天才。

「具現化能力？　そんなものがあるの？」

騎士系ねーちゃんが魔術師ねーちゃんに尋ねた。

「学園では教わっていたけど、本当にできる人に会ったのはこれが初めてよ」

わたしも飲み込めず現実逃避してたわ、と、魔術師のねーちゃんがため息混じりに呟《つぶや》いた。

「サプル、その弓は出したり消したり自在なのか？」

まあ、出したのは見てたが。

「うん。そーだよ」

いやもう、君の純真な笑顔が眩《まぶ》しいよ……。

「じゃ、じゃあ、それは人前では使うな。使うときは人に見られないようにしろ。どうしても人前で使うときは、代々家に伝わる魔弓だというんだ。あと、その弓をもっと現実感のあるものに具現化する練習をしろ。そして、能力を持たせるんだ。まあ、その辺はおいおい教えてやるから」

「う、うん、わかった……」

明らかに理解していない返事だが、兄の言葉には素直な妹である。これからじっくり教えていけばイイさ。

「あ、トータ。別にお前はやらなくてもイイからな。お前の売りは速さと手数。そして、武器の扱いだ。無理してサプルを真似ることはねーよ」

横で唸りながらなにかを出そうとしている弟を戒《いまし》めた。

人にはできるできないがあり、向き不向きがある。努力は天才を凌駕《りようが》すると信じるが、下手な方向に努力してせっかくの才能を潰してしまうかもしれん。今ある才能を伸ばし、できないことを底上げすればイイさ。

「んじゃ、練習終わりだ。今日の夕食はバーベキューにするぞ」

ねーちゃんたちには、用意できるまで部屋でゆっくりしてるように伝えた。

17 ✳ 渡りの冒険者

バーベキューのもてなしは、ねーちゃんたちに好評だった。

冒険者をやるくらいだから食べっぷりも男に負けず、オークの肉もなんの躊躇《とまど》いもなく食っていた。

ただ、フードのねーちゃんは、菜食主義者なのか、野菜しか食わなかったな。

「あー美味しかった！　まさかオークの肉があんなに美味しいとは、思わなかったよ」

「そうね。あと、貝や海老も美味しかったわ」

「わたしは、ソーセージが一番美味しかった！」

「……焼いた野菜もなかなかだったわ……」

フードのねーちゃんの声、やっと聞いたよ。

「喜んでもらえてなによりだよ。ねーちゃんたち、果実酒はイケる口かい？」

そう尋ねると、笑顔で大好きと返された。

この世界では（この地域では、だが）果実酒は一般的に普及しており、女性には人気があるのだ。

「これも美味しいわね。リコの実かしら？」

野苺のようなもので、そのまま食べてよし、ジャムにしてよし、酒にしてよしと、新緑の季節になる、人気の果実（この時代は果実と野菜の区別が曖昧《あいまい》なんだよ）だ。

「ああ。この辺じゃよく獲れてな、女衆に人気があって家々で作るんだよ」

オカンも好きで女子会（？）でよく飲んでるそーだ。

「ほんと、いいところね」

「家よし。食事よし。お風呂もあればフカフカのベッドもある。こんな贅沢《ぜいたく》、貴族でもしてないわ」

「フフ。ここに住みたいくらいだわ」

「…………」

フードのねーちゃんもスゴく同意してるようで、勢いよく頷いている。

「まあ、いたければ好きなだけいればイイさ。こっちとしても、ねーちゃんたちの冒険譚《たん》を聴けるしな、損はないさ」

会長さんたちにも保存食を渡したが、まだまだあるし、日毎に増えていく。四人増えたくらいじゃ、うちの食事情は小揺るぎもしないわ。

「とても魅力的な誘いだけど、わたしたちは冒険者。まだまだ冒険をしたいわ」

「好きでなった冒険者。まだ引退はしたくないわね」

「そうね。引退後にまた誘ってちょうだい」

「…………」

「まあ、いつでもイイさ。そんときは歓迎するよ」

それだけたくさんの冒険譚《たん》を聴けるってもの、先の楽しみができたってもんだ。

「そーいやぁ、ねーちゃんたちって、どこを拠点にしてんだ？」

基本、冒険者は一つの街を拠点とし、その近辺で起こる依頼を受けているのだ。

「ああ、わたしたちは渡りの冒険者よ」

「そりゃ珍しいな」

Ｂ級以上はだいたい渡りだが、Ｃ級では珍しいことだ。

Ｂ級以上は人間やめたようなヤツらばかりで、難易度の高い依頼を受けている。一つの街どころか一つの国には収まらない。依頼によっては年単位のもあるくらいだ。

それに、Ｂ級以上は強さだけではなく信頼度や知名度が重要。そしてなにより、冒険者ギルド（支部）に貢献《こうけん》していなければ、なることはできないのだ。

「そうね、珍しいわね」

ただの十五歳のガキならわからねーだろうが、前世と今世を経験していればわかる。なにか事情があることに。なのでスルーするのが礼儀である。

「まあ、急ぐ旅じゃなければ一月くらい、いたらイイさ。この村にも冒険者ギルドはあるし、ちょっといけば魔物もいる。採取依頼もある。最近じゃゴブリンがよく出るし、腕を磨くのもイイんじゃないか？　それに、一月後には隊商も通る。そうなりゃ臨時の護衛《ごえい》依頼も出てくる。それが終わってから出ていけば無駄もないだろう。まっ、決めるのはねーちゃんたちだし、強制はしないよ。それより、ねーちゃんたちの冒険譚《たん》を聴かせてくれや」

それが一番の目的であり、泊まる代価である。まずは払ってもらってからだ。

果実酒をグラスに注ぎ、ねーちゃんたちに配った。


いつもの朝の仕事と日課を済ませ、朝食を取ったあと、オレはトータとの約束を守るためにニンジャ刀を造っていた。

ちなみにトータは目の前でできるのを待ってます。

これもちなみにだが、我が家には鍛冶《かじ》場がある。

つっても一般的な鍛冶《かじ》場じゃなく、魔術（サプルに頼んでる）で生み出した火（たぶん、千度は超えてると思う）を結界で封じ込め、任意のものしか通さない設定にしてある。

まずは砂鉄を結合して四〇センチくらいの鉄の棒を造る。それを結界の中に入れて熱し、赤々と燃えるニンジャ刀をハンマーで叩いていく。

五トンのものを持っても平気な体は高速連打が可能であり、一分も叩けばそれなりの形になる。

それを水——魔力を含んだ水に突っ込んで急速に冷やす。

これを三度繰り返し、回転ヤスリで研いでいくと、破魔の効果があるニンジャ刀ができあがるのだ。

なんでやねん！　と、突っ込まれたら教えよう。旅の鍛冶《かじ》師（ドワーフのおっさん）に教えてもらったのだよ。

まあ、こんなことしなくても普通に土魔法で造れるんだが、鍛冶《かじ》スキルを錆《さ》び付かせるのももったいないので、こうして腕と勘を磨いているのだ。

柄を毛長羊の毛で巻きあげていき、土魔法と結界炉で薄く素焼きした陶器の鞘《さや》に灰色狼の革を巻き付けて完成。ほらと、トータに渡した。

トータは輝かんばかりの笑顔でニンジャ刀を受け取ると、鞘《さや》から抜いて銀色に輝く刀身を見詰めていた。

「……べーくんは、武器まで造れるのね……」

トータの後ろで見ていた騎士系ねーちゃんが、感嘆した様子で呟《つぶや》いた。

オレの提案を受け入れ、一月はこの村で活動することに決めたようだ。

つっても、三日は休むそうで、オレの鍛冶《かじ》に興味を持った騎士系ねーちゃんとフードのねーちゃんが見学している。

ちなみに魔術師のねーちゃんはサプルに魔術を教え、斥候系ねーちゃんは冒険者ギルド（支部）に報告と活動申請をしにいってるよ。

「趣味みたいなもんだがな」

さすがに本職には負けるし、できは二流品だ。

「破魔の効果がある剣を趣味で造る鍛冶師《かじ》は、いないわよ」

フードのねーちゃんからの突っ込みを受けた。

「まあ、趣味つっても生活の糧《かて》だからな、売れるもん造らなきゃ、誰も買ってはくれんよ」

二流のできとはいえ、新米冒険者にしたら喉から手が出るくらいの品だ。それが銀貨六枚と銅貨三枚、約七万円で格安ときている。隊商相手の商売では、人気筋の商品だぜい。

「一番儲《もう》かるのはねーちゃんたちのような冒険者相手の商売だからな、付加価値は大切だぜ」

「それって、わたしたちにも売ってくれるってことかしら？」

「売ってくれっていうのなら売るさ。街と違って村で売っても税金はかからんし、商業ギルドに文句もいわれんしな」

村の税は麦に干物。たまに薪《まき》。村内で流通する品は無税の上に商業ギルドを通さなくても問題ない。そんな細かいことしてたら、領主の仕事は膨大《ぼうだい》になる。

商業ギルドもいちいち村に支部を作らなければならんし、人をおかなければならん。とてもじゃないが国をカバーできるほどの力（人材と資金）はないよ。

「なんか欲しいのかい？　まあ、そんなに品数はないがよ」

趣味であり内職であり、造れるものしか造ってない。そんな期待の目で見られても困るぜ。

「ぜひ、売って欲しいわ！」

「そりゃ毎度あり。つっても、もうちょっと待ってくれ。もう一つ造らんといかんからよ」

妹と弟を平等に愛するのも、これでなかなか大変なんだよ。

「ありがとう、あんちゃん！」

注文通りの収納鞄《かばん》になったようで、サプルが満面の笑みを見せた。

やれやれ。結構、時間がかかったぜ。

ただの収納鞄《かばん》ならそれほど難しくはないんだが、サプルが要求してきた収納鞄《かばん》は、『運べる台所』である。

調理道具はもちろんのこと、調味料類に食材（は百人分入る容量）、食器類になぜかテーブルや椅子各種まで入るものを要求してきたのだよ。

超便利な結界であるが、設定付けするのがメチャクチャ大変なのである。

どこになにがあるか、選択したものだけを取り出せ、サプルだけにしか使えないようにする。

まあ、もっと細々とした設定にしているのだが、要約したらそんな感じだ。

「……はぁ～疲れた……」

もし魔力を使っていたら想像を絶する量を使用していることだろう。マジ、不思議パワーに感謝である。

「……む、無限袋ですって……!?」

フードのねーちゃんが驚愕《きょうがく》した呟《つぶや》きを漏らした。

おや。よくわかったこと。

この世界には、無限袋なる四次元ポケット的な魔道具がある。

まあ、話に聞いただけで実物は見たことはねぇが、聞いた話じゃあ、超が付くほどの魔道具であり、創れるヤツは世界で三人しかいないそうだ。創るのにも時間がかかるし、値段だって金貨一万枚とか、売る気ゼロだろうと突っ込みたいくらいするそーな。

「え？　無限袋？」

「うそっ！　ただの鞄《かばん》じゃなかったの？」

「アリテラ、本当なの？」

いつの間にか他のねーちゃんたちも集まっていたようで、皆、わたわた驚いていた。

「魔力は一切感じなかったし、ただの鞄《かばん》に見えるけど、バリアルの街で見た鞄《かばん》と同じだわ」

バリアルの街となると、ジャックのおっちゃん（薬師の兄弟子だ）か。そーいやぁ、薬草の在庫が切れそうだったっけ。また頼まないとな。

「残念ながら、オレの創ったのは無限袋じゃないよ。量は決まってるしな」

オレの力では今作った収納鞄《かばん》（力）が精一杯。

「……それでも異空間に大量のものを入れられるのでしょう？」

「んー。荷車二台分かな？」

鞄《かばん》では、だが。

「それも売ってくれるの？」

フードのねーちゃんが迫ってきた。

と、フードの奥に隠れていた、とんがった耳と黒色の目が見えた。

「ねーちゃん、ハーフエルフだったのか」

純粋なエルフの瞳《ひとみ》の色は緑が基本。地域や氏族によっては薄緑や黄緑もいるが、黒目はいない。

いるってことはハーフってことだ（某エルフの狩人談）。

なるほどな。どうりで魔力が高いわけだ。エルフ（ハーフでも）っていやあ、魔力が高いので有名だからな。

「……あなたも気持ち悪いっていうの……？」

「はあ？　なんで気持ち悪いんだ？　ねーちゃん、結構、美人じゃねーか」

ひ──集落から殺気が──いや、うん、美人サイコー！　それだけで正義だよねっ。

「まあ、人の好みはそれぞれだし、場所によっては美人の定義も違う。まあ、そう気にすんなって」

オレの慰《なぐさ》めの言葉が悪かったのか、フードのねーちゃんが駆けていってしまった。

「オレ、なんか悪いことといったか？」

イイこともいってないがな。

「ベーくんは、ハーフエルフの立場がどんなものか知ってる？」

「知らんし、興味もないな」

そんな細かいことといってたら、異種族交流などやってられんよ。

「……ベーくんって、結構、男前よね……」

「そうね。十五歳なのが惜しいわ」

「さすがザンバリーさんが絶対の信頼をよせる子だわ」

なにいってんだかさっぱりなんだがな。

「それより、あのねーちゃんほっといてイイのか？」

もう姿が見えんのだが。

「平気よ。あの娘単体ならＢ級だからね」

「ちょっとやそっとでは、殺されないわ」

「お腹が減ったら帰ってくるでしょうよ」

……ねーちゃんら、ほんとに仲間だよね……？

18 ✴ 生きてみてわかったこと

昼食はナンに海鮮《かいせん》シチュー、温野菜、コロッケと、まあ、別段代わり映えのしない品揃えだったが、粗末な食事を強いられてきたねーちゃんたちにはご馳走《ちそう》のようで、美味しいを連発しながら食っていた。

ちなみにフードのねーちゃんはいない。まだ腹が減ってないようで、帰ってきてない。

「ねーちゃんら、午後はどうする？」

食後の、羊乳アイスハチミツがけを幸せそうに食するねーちゃんたちに尋ねた。

販売は、フードのねーちゃんが帰ってきてからってことになったよ。

「そーね、どうしようかしらね？」

リーダーの騎士系ねーちゃんが二人に問う。

「あたしはのんびりしたいかも～」

「わたしは、本が読みたいわ。べーくんの書庫、結構、貴重な本が多いから」

斥候系ねーちゃんと魔術師系ねーちゃんが即座に答えた。

「なら、わたしは……剣の稽古《けいこ》をするわ」

「まあ、好きなようにしてな。あ、風呂に入りたいときはサプルにいえば入れるからよ」

基本、サプルは家事担当。他所から応援がなければ家にいるのだ。

「オカン、なんか手伝うことはあるか？　ないなら山にいってくるが」

まあ、ないのはわかっているが、オカンを気遣うのも息子の役目。なくても聞くのが孝行である。

「大丈夫だよ。山にいってきな」

わかった、といって山にいく準備をする。

つっても、物置から竹籠《かご》を出して背負うだけ。そして、山に向かうだけである。

「あんちゃん、どこの山にいくの？」

ニンジャ刀を背負い、銀のナイフを腰に差したトータが音もなく現れ、唐突《とうとつ》に聞いてきた。

いつものことなので驚きもない。自然と声のしたほうへ振り向いた。あれ、いねー？　あ、こっちか。

「陽当たり山から頂上に向かって、あとはそんときの気分だな」

決まった場所には薬草は生えてないし、同じ場所にあったとしても保護の観点から一年は採らないようにしている。なので、毎回探しながら気ままに山を巡るのだ。

「昨日の場所にいってもイイか？」

「ああ。死なない程度に狩ってこい」

スーパーボーイは、一度した失敗は二度しない。余計な心配は無用である。それに、保険はニンジャ刀に仕掛けてあるから問題なしだ。

「うん、今度は失敗しない」

ジャンピングしながら山を下っていくトータをしばし眺め、オレは山へと登っていった。

山の部落ではうちが端っこなので道はなく、周囲は木々に覆《おお》われている。

開拓時代は、この山で木を伐っていたのだ。だが、人が多くなっても山の木を無計画に伐っていたものだから山の下半分は禿《は》げてしまった。

このままではいかんと、八〇年前くらいの村長がこの山で木を伐ることを禁じ、向かいの山で伐ることになった。なのでこの辺は結構、山菜やら薬草が繁《しげ》っているのだ。

まあ、他の山集落衆も採りに入るが、山菜が採れる限界が標高六〇〇メートルくらいまでなので、それ以上は上がらない。

だが、薬草が採れる限界はない。それどころか希少な薬草ほど高い場所にあり、頂上を目指したほうが発見率が高いのだ。

道（獣道な）すがら山菜を見つけたが、確認しただけで通り過ぎた。

オレの場合、空飛ぶ結界があるので遠くでも採れるが、他の山集落衆は仕事の合間に採るくらいの時間しかない。バランスを大切にするためにも、近場のものは採らないようにしてるのだよ。

春の薬草は十六種類あり、陽当たり山では二種――腹痛止めの紫草と虫除けの材料となる虫殺し草が採れる。

「おっ、白目草があるじゃねぇか。こりゃ、幸先イイぜ」

薬草ではなく毒草だが、この白目草、魔力回復薬の材料となり、一株最低でも銀貨三枚で買い取られる希少な草なのだ。

周りを探せば結構な数の白目草が生えていた。

「つうか、生え過ぎじゃねぇ？」

自生地帯ではあるが、これまで生えていたことはない。せいぜい、三株がやっとだ。群生地といってもイイくらいに生えてるなんて、異常としかいいようがないぞ。

「まっ、いっか」

ファンタジーな世界では、法則なんてあってないようなもの（暴論ですがなにか？）。考えるな感じろだ。

土魔法で根を傷めず掘り出し、結界で包み込んで竹籠《かご》に放り込んだ。

四株採り、次の獲物を探しにいこうとしていると、探知結界内に誰かが入ってきた。

最大使用範囲内に薄い結界を何百枚と張ってある。侵入者（生命体）が入ってくると破れるようになっており、その衝撃《しょうげき》がオレに伝わるのだ。

まあ、いつもやってるわけじゃなく、山菜や薬草を見付けるのに集中してしまうので用心のためにやってるのだ。

侵入者は結界に気が付いていないのか、スピードを殺さずこっちに向かってくる。

木々が邪魔をしているとはいえ、オレの結界使用範囲は半径三〇メートル。決して遠い距離ではないのに侵入者の姿がまったく視認できない。もう五メートル以内の場所に入ってるだろうに、まだ姿が見えない。

とはいえ、魔力感知はそこそこあり、一度覚えた魔力反応は二年は忘れない（突っ込みはノーサンキュー）。

「……B級ってスゲーな。まったく気配を感じねーわ……」

知り合いのエルフ（狩人）も、一メートル以内に入られてもまったくわかんなかったしな。

「……それでも、わたしだとはわかるのね」

木の後ろから姿を現すフードのねーちゃん。

「見方、感じ方は人それぞれ。ましてや種族が違えば千差万別。気にすんな、感じろだ」

「……皆が、あなたみたいだったらよかったのに……」

悲しみが混ざった声音にオレはムッとした。

「オレはオレだ。世界に一人しかいない。他と一緒くたにすんじゃねーよ」

別に特別な存在っていうわけじゃないし、悪口なんて気にしないが、存在を否定されてまで黙ってるほど今世に腐っちゃいないぞ。

「自分を否定するのはねーちゃんの勝手だが、オレの人生まで否定すんな。オレを決めるのはオレだ。他人じゃない！」

前世ではわからなかった。思いもしなかった。

生きる？　そんなのクソだと信じていた。

だが、必死になって生きてみて、苦労して、涙して、笑って、やっとわかった。

オレは今、幸せなんだとな……。

まあなんだ、ちっといい過ぎたな……。

俯《うつむ》くフードのねーちゃんを連れて陽当たり山の頂上へと向かった。

頂上にはオレの秘密基地がある。

つっても、頂上までくるのはオレぐらい。能力がなければ辿り着けないから誰も知らないだけだがな。

まあ、トータならこれるんだが、薬草採取にはまったく興味を示さないから頂上の秘密基地のことは知っててもこようとはしない。ここから見える景色はスゲー感動的なんだがな。

「……綺麗《きれい》……」

秘密基地の展望台から見える海と空に感嘆するフードのねーちゃん。

「ふふ。このよさをわかってくれるヤツができて嬉しいよ」

この景色を一人占め、なんて寂しいことに満足するより、分かち合えるヤツと見れる景色のほうが何万倍も綺麗《きれい》だとオレは思うね。

景色に見とれているねーちゃんをそのままに室内へと入り、暖炉《だんろ》に薪《まき》をくべて魔法で火をつける。

秘密基地とはいえ、オレに妥協《だきょう》はない（諦《あきら》めはあるがな）。なので下の家とかわらない設備を揃えている。

もちろん、食糧にも手抜かりはない。軽く一年は籠城《ろうじょう》できるくらいの蓄えをしてあるし、足りなきゃ引き出せる仕組みを整えてあるから問題なしだぜっ。

湯を沸かし、ハーブティーを淹《い》れる。

サプルにはまったく敵わないが、茶を淹《い》れるくらいならオレも人並みにはできるし、コーヒー（モドキ）を淹《い》れるなら、サプル並みには上手いぜ。

あと、食糧庫から野菜だけのシチューとナン、そして、羊乳アイス木苺がけを出した。

フードのねーちゃん、エルフの血が濃いのか、肉を一切食べなかった。

まあ、誰にも好き嫌いはあるし、種族的に食えないもんもある。エルフがイイ例で、野菜だけしか食わないときてる。

まあ、エルフ全般が食えないってわけじゃないらしく、狩人をしてるヤツは山の恵みとして食うらしいぜ。

「ねーちゃん。いつまでも見ていたい気持ちはわかるが、昼食を食べろや。人だろうがなんだろうが生きてりゃ腹は減る。食えるときに食うのが冒険者なんだろう？」

展望室にあるテーブルに料理を並べる。

「……ありがとう……」

ちゃんと礼をいえるねーちゃんに頬が緩んでしまった。

「なに？」

「いや、別に世界の破滅を狙ってるんじゃないんだなと思ってな。安心したよ」

「？」

「自分の境遇《きょうぐう》に不満があるヤツは、だいたい世界のせいにして他人を恨《うら》むからな」

前世のオレがそうだった。

「まあ、その分、不満は自分に向いちまったが、それなら気持ち一つだ。自分の心さえ変えられたら、世界は一変できるしな」

まあ、それが難しいんだろうといわれたら、その通りなんだが、世界（常識）を変えるよりは簡単だろう。

長い年月積み重ねたもんはよほどのことがないと崩れないし、崩れたとしても自分の望んだ世界（常識）になるとは限らない。そんなメンドーなことをやるヤツの気が知れないよ。

「それより早く食いな。冷めちまうぞ」

体は完全な冒険者らしく、ねーちゃんは出された料理をすべて平らげてしまった。ほっそいのによく入るこった。

スプーンをテーブルに置いたところで、ハーブティーをカップに注ぎ、ねーちゃんへと渡す。

「……美味しい……」

「そりゃなによりだ」

自然と笑みが溢れてしまう。

なんでもそうだが、自分の作ったもんを称賛されたら嬉しいもんだな。

「……あなたはどうしてそこまで優しくしてくれるの？」

「うん？　別に優しくしてるわけじゃないよ。したいからしてるまでさ」

「…………」

「誰だって嫌いなヤツはいる。オレだってゲスは嫌いだ。死ねばイイのにって思ってる。だが、そうじゃなけりゃあ、普通に相手するよ。種族関係なしに、な」

「種族に偏見はないの？」

「ないな。まあ、習慣に違いはあるが、だいたい似たよーなもんだ。小さい世界で自分の価値観しか信じないアホ。自分の種族が一番と勘違いするバカ。強さに溺《おぼ》れるクズ。他人を利用するゲス。ねーちゃんが会ったことがある種族で、『なに、この立派な種族？』なんてのいたか？」

「いない」

即答するフードのねーちゃん。余程、酷《ひど》い目にあってきたんだな。

「だろう。なら、種族は関係ないよ。じゃあ、なにが信じられんだっていったら、そいつが持つ性根だけだろうが」

そりゃ、目に見えないものを見ろってのも暴論だし、人生経験の浅いヤツには無理だが、そんなのオレの理論（主義）じゃない。オレはオレの経験と勘、そして、相手とのやり取りで判断する。

展望室から出て、外から握り拳大の石を持ってくる。

それをねーちゃんの鼻先に向け、握り潰した。

「ねーちゃんは、オレをバケモノと呼ぶかい？」

驚くねーちゃんに、そう尋ねる。

「……いいえ、呼ばないわ。呼びそうにはなったけど……」

「アハハ。正直なねーちゃんだ。まあ、いわれたところでオレは気にしないがな。バケモノ？　ああ、バケモノでイイさ。そんなことというクソに人と見られても嬉しくないし、同類と見なされるなんて虫酸《むしず》が走る。そんなバケモノでも仲よくしてくれるヤツはたくさんいるし、人の好意にちゃんと『ありがとう』っていってくれるヤツもいる。オレは、そんなヤツらが大好きだ」

それで裏切られたら、オレに見る目がないってこと。友達が一人減っただけだ。腐る理由にはなんないよ。

「……お人好しね、あなたは……」

「だからこそ、ねーちゃんらと知り合える。お人好し？　ああ、そうさ。オレは最強のお人好しだぜ！」

オレは、信じて好きになった人との出会いのほうが断然イイ。オレはそんな人生を歩むぜ。

19 ✷ アリテラ

落ち着いたあと、フードのねーちゃんと一緒に薬草採取に出かけた。

オレが薬師であることを告げたら、自分の知る薬草の知識を伝授してくれることになったのだ。

「これはバラファといって、解熱効果があるもので、これは止血剤になるカヤの葉。こっちのサラネの実は毒だけど、少量なら鎮静剤になるわ」

そこら辺に生えている草や木の実が薬になるとか、エルフの薬学はどんだけ進んでんだよ？

「エルフは長寿な上に、三万年とも四万年ともいわれる歴史を持っているからね」

悠久過《ゆうきゅう》ぎて想像もできんわ。

「エルフ、ハンパないな。噂に聞く聖刻の都とか、どんな発展を見せてんだよ？」

「…………」

なにやら思い詰めたような顔をする、フードのねーちゃん。結構、態度に出るタイプなんだな。

なんの事情があるか知らんが、空気の読めるオレは話題を変えることにした。

「にしても、ねーちゃんは物知りだな。薬師のオレの立つ瀬がないぜ」

冗談っぽくいって空気を入れ替えた。

「……母親が教えてくれたの……」

なんでもねーちゃんの母親も薬師であり、小さい頃から薬草について生きる術として教えられてきたんだとよ。

いったい何年何十年かかったんだよ、の問いは、なんか地雷《じらい》を踏むような気配を感じたので、無理やり思考をエルフの薬学スゲーという方向に持っていった。

「ちょっと休憩すっか」

ちょうどよく開けた場所に出たので、お茶にすることにした。

収納鞄《かばん》からゴザを出して敷き、続いてお茶のセットを取り出した。

「……なんとていうか、あなたって、用意がいいわよね……」

「好きなときに至福の一杯を、が、オレの信条だからな。香草茶でイイかい？」

まだねーちゃんの好みを知らんので、エルフが一般的に好むお茶を出してみた。

「ええ。ありがとう。……なぁに？」

突然笑ったオレに、ねーちゃんは訝《いぶか》し気な目を向けてきた。

「いや、根は素直なんだな〜と思ってよ」

ありがとう、を自然にいえる。なかなかカワイイところがあるんじゃないか。

照れたのか、そっぽを向いてしまった。そういう反応もまたカワイイぜ。

香草茶を淹《い》れてねーちゃんの前に置いた。おれはいつものようにコーヒー（モドキ）でマ◯ダムタイムです。

そっぽを向いていたねーちゃんがこちらを向き、被っていたフードを外した。

さっきはチラッとだったからわからなかったが、なかなか見事な黒髪だよな。いったいどんな

シャンプー使ってんだ？

「……この髪、気持ち悪い……？」

「いや、素直にキレイだと思うぜ。やっぱ黒髪ってイイよな」

顔立ちは西洋風なのだが、黒髪がまったく変に見えない。それどころか似合い過ぎて写真に撮って壁に飾っておきてーくらいだわ。

「……アリテラって、漆黒《しっこく》の闇《やみ》って意味なの……」

「エルフの言葉、でか？」

「うん。父親が名付けたの。父親は人族で吟遊詩人《ぎんゆうしじん》だったの」

そりゃまた、どこかで聞いたような話だな。

「吟遊詩人《ぎんゆうしじん》、ね。どんな父親だったんだ？」

あまり触れてイイことじゃないんだが、なんか聞いて欲しいって感じがあったから聞くことにした。

「優しい人で、たくさんの物語をたくさん話してくれたわ」

それで冒険者に憧れたのよ、と語るねーちゃんの笑顔。それだけで父親の人となりが見えてくるな。

うちのオトンもそうだが、夢見がちなヤツは、だいたいにして子に派手な名前を付けたり、重い意味を持たせたりするものだ。子供の気持ちなど考えずにな。

「いいたくないのなら聞かないし、秘密ならしゃべらなくてもイイが、名前ってそれだけか？

長い名前を短くしてたり、愛称だったり、例えば、なんとかかんとかアリテラなになに、っていうふうによ？」

「え、あ、うん。アリテラ・バルバ・オーシャ・ビュンがわたしの正式な名よ。どうしてわかったの？」

「なんとか森のなんたら氏族、誰々の子、なんとかの戦士だ、ってのが一般的なエルフの名乗りだ。それをしないとなると、父親の意向が出てるってことだ。ましてや漆黒《しっこく》の闇《やみ》とか、詩的なことをいう父親だ、きっと大仰な名前に決まってる。でなきゃ、漆黒《しっこく》の闇《やみ》、なんて不吉な名前を付けたりしないよ」

　長い名前で確信した。ねーちゃんの父親はキラキラネーム好きだ。

「確か、オーシャって星って意味だよな。あ、星の名前だっけ？　あれ、どっちだっけ？」

　いろんな国の物語を聞いたり読んだりし過ぎて、ごっちゃになってるわ。

「星の名前よ。暁《あかつき》の星の」

　ねーちゃんの答えで、ごちゃごちゃになっていたパズルが一瞬にして揃った。

「――思い出した！　その闇《やみ》深き世界に導きの光を、だ！　ターゼルンの聖女物語の一節だわ。それをエルフの言葉にしたんだな。つーか、わからんわ、そんなの！　これだから親バカは参るぜ……」

　世界が暴力という名の闇《やみ》に覆《おお》われている時代、神に力を授けられて世界を救うという、まあ、よくあるお伽噺《とぎばなし》だ。

「な、なんなの、いったい⁉」

「ねーちゃんの名を人族の言葉にすると〝光の娘〟になるんだよ。暁《あかつき》のときに輝く星になぞってな。ったく。娘がカワイイのも将来を願うのもイイが、もっとわかるように名付けろや！　まったく、これっぽっちも伝わってないじゃんかよ！」

人の親を悪くはいいたくねーが、アホだよ、あんた。ちょっとここにきて殴らせろや！

「……でもまあ、母親の気持ちもわからなくもないな。その見事なまでの漆黒《しっこく》の髪、キレイだもの」

まあ、〝漆黒《しっこく》の闇《やみ》〟って意味らしいが、母親は愛情を込めて〝漆黒《しっこく》の髪〟って感じで呼んでいたんだろうよ。

と、ねーちゃんの目から涙が溢れた。

ねーちゃんの過去も思いも知らないオレが、口を出す気はないが、泣く子には勝てぬ。しょうがないから、あやすしかないだろう。

もう、泣くだけ泣けやと、頭を撫でてやった。

「……ごめんなさい。突然泣いちゃったりして……」

「オレは気にしてないよ」

ほら、と香草茶を差し出した。

「……カコの葉か。この地域でも飲むのね……」

「いや、うちだけさ。いつもくる狩人のエルフにもらってんだよ」

味がほうじ茶によく似てるから、くるときは持ってきてくれとお願いしてんのさ。

一口飲むと、ほっとしたように息をつくねーちゃん。やっぱ体はエルフなんだな。

「落ち着いたかい？」

「うん……」

はにかむように笑った。ほんと、カワイイねーちゃんだ。

「んじゃ、続きをやるとするか、ねーちゃんよ」

「──あ、アリテラ。アリテラって呼んで。よ、よかったら、だけど……」

なんか不安そうに、オレから目を逸らしてしまった。

「あいよ。アリテラな。わかった。んじゃ、アリテラ。続きを教えてくれや」

アリテラは、満面の笑みを咲かせた。

「うん、任せて！」

張り切るアリテラを先頭に、薬草探しに出た。

しかしなんだ。エルフの薬学って、やっぱスゲーわ。雑草かと思ってた草が麻酔薬《ますいやく》の材料だったり、よく見る苔《こけ》が山蛭《やまひる》に吸われたときの血止め薬になるとか、金貨一〇〇枚に匹敵する知識ばかりだぜ。

それだけでもお腹一杯なのに、紙（聞くと和紙のようなもの）の生成方法も教えてくれた。

ついでに紙の発祥《はっしょう》はエルフであり、今、流通している高級紙はエルフの国（どこにあるかはアリテラも知らないそーな）から輸入されているとか、裏情報も教えてくれた。

「紙作りは挫折《ざせつ》したけど、もう一回挑戦してみるか」

アリテラが教えてくれた材料（木の種類と使用部位）もこの辺で手に入るし、結界術があれば生成できる。

「わたしとしては、独学で作りだせることに驚きたいんだけど」

「まあ、その辺は秘密だな。オレにも人にいえん秘密があるんでな」

アリテラになら前世の記憶があります、と告げてもいいんだが、万が一バレたときに巻き込むのも忍びない。信頼うんぬんではなく、自己防衛の観点から秘密にするのだ。

「そーね。親しき仲にも礼儀あり、っていうしね」

こっちにも同じ諺《ことわざ》あんだ。びっくりだよ。

「にしても覚えることがあり過ぎて、頭から溢れそうだよ」

今世のこの体は前世より性能はイイんだが、サプルやトータのように天才にはできてはいない。せいぜい頑張れば伸びるくらいの才能でしかない。

オババから文字や薬学を習うのだって時間はかかったし、何度も書き取り（木版に焼きごてでな）したし、夜遅くまで反復練習したものだ。

「なら、これをあげるわ」

と、アリテラは腰のポーチから水色の丸い水晶を取り出し、オレに差し出した。

反射的に受け取り、いろんな角度から眺めた。

「……なんなんだ、コレ？」

「カランコラ。まあ、我が家の秘伝書ね」

なんてことをあっさりいうアリテラ。オレは思考停止だよ！

「……な、なんで、オレに……？」

やっと言葉が出た。

「べーにもらって欲しいから」

なんともあっさりした答えが出てきた。

「自分の子供に渡せよ、こーゆーもんはよ」

「渡すわ。わたしの秘伝書をね」

意味がわからんが、まあ、アリテラが納得してんならありがたくいただくよ。

「ありがとな、アリテラ。大事にするよ」

「うん」

昨日までからは想像できんほどの笑顔を見せた。よーわからんな、女の心は……。

「んで、どう使うんだ？」

たんなる水色の水晶玉にしか見えんのだが、なんかの記録媒体《ばいたい》か？

「意識をカランコラに向けて『ラジニア』と唱えてみて」

やってみたら、またも思考停止。いや、思考の中にたくさんの情報が流れてきて考えることができないのだ。

情報――というか、その場面の記録というか、前世のようなカメラを回してその場面を見ているかのような立体的映像が、頭の中でチャンネルを変えるようにスゴい勢いで切り替わる。

「観たいものに集中して」

アリテラのアドバイスを受けて、近くにあった映像に集中する。

それはなにかの葉を磨《す》り潰している場面で、アリテラの母親がなにかをしゃべっていた。

って、エルフ語かよっ！

思わず突っ込んだら映像が消え、目の前にアリテラが現れた。

「いや、エルフ語知ら……あ」

言葉の途中で、海の戦士から自動翻訳《ほんやく》の首輪をもらったことを思い出した。

人魚族の大魔法師が創った自動翻訳《ほんやく》の首輪をしてたら、どんな種族とも会話ができるとかいってたっけ。

ズボンのポケット（異空間収納結界となっております。まあ、ポケットに入れられる大きさのものしか入れられないがな）から鍵《かぎ》の束を出した。

その中から一つ――オレの部屋にある金庫と繋がる鍵《かぎ》を選び出し、目の前の空間に突っ込み、右に半回転させた。

カチンという音がして目の前の空間――縦横三〇センチの空間が金庫と繋がり、扉が開かれた。

中には、オレの宝物が詰まっている。

その中から自動翻訳《ほんやく》の首輪を取り出し、首にかけてもう一度カランコラを発動させた。

――ビンゴ！

エルフ語が自動翻訳《ほんやく》された。うん、魔法超便利ぃ〜！

「……べー、あなたって、本当に何者なの……」

え、村人ですがなにか？


「あ、あんちゃんお帰り！」

サプルの声で、いつの間にか家に帰っていたことに気が付いた。

おっと。アリテラからもらったカランコラがおもしろくて夢中なってたわ。

「ったく。手間がかかるんだから！」

手を引っ張ってくれたアリテラに、アハハと笑って誤魔化《ごまか》す。

「アリテラ、あんた……」

「どうしたのよ⁉」

「……あなたがフードを脱ぐなんてな……？」

なにやらねーちゃんたちが驚愕《きょうがく》している。どったの？

「べ、別にいいでしょう。気分よ、気分」

あ、そーいやぁアリテラ、ずっとフード被ってたっけな。自然に話してたから忘れてたわ。

「アリテラっていつもフード被ってたのか？」

そう聞いたら、なぜかスゴい勢いでねーちゃんたちが振り返り、目を丸くして凝視《ぎょうし》してきた。

「な、なんだい、いったい？」

あまりにもスゴい顔なので、ちょっとたじろいでしまった。

「アリテラ、ちょっとこっちいらっしゃい！」

と、三人の捕獲者《ほかく》に拘束《こうそく》されたアリテラが離れへと連行されていった。なんやねん？

「どうしたの、ねーちゃんたち？」

「なんだろうな、いったい？」

女の心はよーわからん。

「遅くなって悪かったな。アリテラにおもしろいもんもらっちまって夢中になっちまった」

「エヘヘ。あたしも鞄《かばん》に夢中になっちった」

笑うサプル。似た者兄妹だな、ほんと……。

「だから、今日はでき合いのものでイイかな？」

「ああ、構わんさ。どうせでき上がったときのままなんだからよ」

時間凍結してあるのでなんら問題にならんし、こーゆーときのためでもある。気にするなだ。

「鞄《かばん》に入れ終わったのか？」

家ん中に入ってサプルに聞いた。

「食料や調味料類は入れたんだけど、道具がなかなか決まらないんだ」

サプルにねだられて作った数十種類の包丁。数にして二〇〇本以上。まな板三〇枚。フライパン各種一〇〇個以上。鍋各種も一〇〇個以上。その他もろもろ。そりゃ悩むわな……。

「まあ、別に急ぎじゃないんだ、いろいろ入れてみて試していけばイイさ」

たんに憧れで欲しかっただけのもの。いわば着せ替え人形だ。入れ替えするのも楽しみ方だ。

「あんちゃんお帰り」

「お帰り、べー」

居間にいたトータとオカンが、笑顔で迎えてくれた。

「遅くなった、ワリー」

オレは自分の席へと腰を下ろした。

「山はどうだったい？」

「ああ、大量に採れたよ。それに、アリテラ――フードのねーちゃんから薬学の秘伝書をもらって夢中になっちまったよ」

「相変わらずだね、あんたは。もうオババさまを追い越したんじゃないかい」

「まあ、知識は勝ってると思うが、調合の腕はまだまだ、オババの足下にも及ばないよ」

知識だけでは調合はできない。調合はその日の気温、天候、材料のよしあし、力加減、魔力加減、配合と、要は要素で決まる。オレは数はこなしているが、できは中の下。辛《かろ》うじて薬師を名乗れるレベルだ。オババのようになるには、まだ五〇年早いよ。

「お、そーだ。アリテラからもらった秘伝書の中に湿布薬《しっぷやく》があったんだ。今度作るから隣のおじいに渡してくれや」

湿布薬《しっぷやく》は前からあるのだが、エルフの湿布はファンタジー薬。記憶映像では六〇〇歳を超えたエルフのじーちゃん（見た目は二〇代後半だったがな）がよく効くと喜んでたぜ。

「おや、そりゃカムルさんも喜ぶよ。カムルさん、あんたの薬にはいつも助かってるっていってる」

「なに、これも薬師の務め。礼なんかいらんよ」

まあ、薬師の称号はもらってるし、薬は調合しているが、正式な村の薬師ってわけじゃない。臨時っていうかオババのサブっていうか、山集落の緊急薬所的にやっているまでだ。

「トータはどうだった？　ゴブリンは狩れたか？」

「ううん。ゴブリン出なかった。でも、山蜥蜴《とかげ》を六匹狩った」

「山蜥蜴《とかげ》六匹とはスゲーな。どうやって倒したんだ？」

前世のコモドドラゴンのようなデカさで、カメレオンのような長い舌を持っている。すばしっこい上に皮膚《ひふ》が硬く、並みの剣では斬り裂くこともできない。冒険者ギルド討伐《とうばつ》ランクCに当たる、別名、山の殺し屋と呼ばれている生き物だ。

「ニンジャ刀に雷を纏《まと》わせて倒した」

イヤイヤイヤイヤイヤなにやってんのトータくんっ！

ニンジャ刀に雷を纏《まと》わす？　いや、それって魔法剣って技じゃない！　あんちゃん、そんなこと教えてないよね？　見せてもないよね？

あ、いや、投げナイフの技か。っていうか、応用か、それは。いやほんと、急に伸びるとか反則だよ、トータくんよぉぉぉぉっ！

なんて心の動揺を必死に抑え付け、あんちゃんの威厳《いげん》を保ち続けた。

「そうか。なら、今度は纏《まと》わした雷を飛ばすようにしろ。そうしたら戦いの幅が広がるからな」

なんて上から目線で助言してやる。まあ、現実逃避ともいうがな……。

「お待たせ。夕食にしよう」

サプルが保存庫から持ってきたものをテーブルに並べていく。

「ねーちゃんたち、なんか向こうで話してるみたいだな。まあ、一応離れにも料理はおいてあんだ、勝手に食うだろうさ」

昨日、こっちで食っても離れで食っても好きにしてイイとはいってある。

「んじゃ、いただきます」

音頭を取って夕食を食い始める。

にしても、妹と弟の才能が日に日に増していってると感じるのは、オレの気のせいだろうか……？


夜、サプルたちを寝かし付け、いつもの場所でコーヒー（モドキ）を飲みながらラーシュからの手紙を読んでると、家の戸を叩く音がした。

「開いてるよ」

基本、うちの戸に鍵《かぎ》は付いてない。ま、結界は施してはあるがな。

出入口の戸が開き、アリテラが現れた。

「どうしたい？」

戸惑っている様子のアリテラに尋ねる。

「べーと話がしたいと思って……いいかな？」

「構わんよ」

中に招き入れ、椅子を用意して座らせた。

待ってな、といい残して台所へと向かう。棚から果実酒とツマミの野菜チップスを出して皿に盛って、テーブルの上に置いた。

「手際がいいのね」

「まあ、よく客がくるからな」

行商人のあんちゃんとは離れじゃなくここで話してるからな、自然と用意はよくなるさ。

「そうなんだ」

「ま、どうぞ」

カップに果実酒を注いでやる。

「十五歳とは思えない気の遣いようね」

「一緒に飲んでやれんからな、せめてもの付き合いさ」

話し相手がゲコでは興醒《きょうざ》めだろうし、気持ちよくないだろうからな。

「それが十五歳とは思えないのよ」

確かにそうだなと思い、苦笑で応えた。

「手紙？」

「ああ。文通友達からのな」

「あれだけの非常識を見せられたあとだと、文字を読めることがどうでもよくなるわね」

呆れるアリテラ。なに気に失礼なことをいうヤツだな。

「相手はどこかのお姫様？」

「いや、南の大陸の王子様だよ」

なぜか沈黙するアリテラ。なんですのん？

「……あなた、本当に何者なの……？」

「ただの村人だよ」

「どこの世界に、王子様と文通する村人がいるのよ」

「ここにいますがなにか？」

「…………」

また沈黙するアリテラ。見ればげっそりしてる。

「まあ、オレだって自分が普通だとは思ってないさ。けど、何者だって聞かれたら村人としかいいようがないいんだよ。逆に聞くが、アリテラは何者なんだ？」

その問いに、アリテラは言葉を詰まらせる。

当然だ。答えが出るわけじゃないし、答えがあるわけじゃない。

「オレは山で木を伐る樵《きこり》でもあれば、薬草を採取する薬師でもある。畑を耕やしたり家畜を飼ったりするし、内職で道具も作る。獣《けもの》も狩る。何者、なんて一言で片付けられる存在じゃないし、一言で片付けてイイもんじゃない。だが、オレはこの村が好きだ。この生活に満足してる。普通じゃねぇ自分が好きだ。だからオレは何者だって問われたら、村人と答えるし、村人であることに誇りを持っている。他人に否定されようが、なんといわれようが関係ないね」

オレの人生はオレだけのもの。他人にどうこういわれて変える気はない！

「強いね、べーは」

「別に強くはないさ。ただ、生きることを後悔したくないだけだ」

なにもせず、現実から逃げる毎日は確かに平和だった。可もなければ不可もねー。イイ人生だったといえるだろう。だが、そこに充実感はなかった。生きている実感がなかった。

平々凡々に、悠々自適に、前よりはよい人生をと、今でも思っているが、その望みを叶えようとしたら覚悟がいる。努力がいる。力がいることを知った。なにより生きる喜びを知った。

知ってしまったからには、もう捨てるなんて無理だ。

「オレがアリテラの苦労や苦悩をわかってやることはできない。強くしてやることもできない。だがよ、話は聞いてやれるぜ」

便秘じゃないんだ、胸の奥底に溜まったもんを吐き出して、すっきりさせろってんだ。

「……まったく、十五歳のクセに男前なこといっちゃって……」

うん。余計なことはいわなくて正解だったぜ。

「まあ、ぶっちゃけ、アリテラの物語を聞きたいだけなんだがな」

　ニヤリと笑って見せると、苦笑しながらも穏やかな目でオレを見るアリテラ。結構、表情が豊かじゃないか。

「しょうがないわね。なら、わたしの物語を語ってあげるわ。感謝しなさいよ」

「感謝感激雨霰《あられ》。アリテラさまに足を向けて眠れませんぜ！」

「意味わかんないわよ、それ」

「オレもわからん」

　その夜、アリテラの物語をたくさん聞くことができた。

20✴武器庫

「べーくん。武器を売ってくれないかしら」

あ、そーいやぁ、そんな約束してたっけな。

昨日、帰ってきてから武器を売ろうとしたのだが、アリテラにもらったカランコラに夢中になりすっかり忘れてしまってたよ。

ねーちゃんたちも忘れていたらしく、今朝《けさ》になっていってきた。

「んじゃ、こっちだ」

そういってねーちゃんたちを武器庫に連れてった。

武器庫の広さは、だいたいテニスコート一面分。いくつかある倉庫では一番広い部屋だ。

まあ、拡張ありきの保存庫なので同じ広さの部屋は一つもない。造りも違う。

武器庫も最初のうちは六畳間くらいで、適当に置いてたのだが、土魔法の練習（自由自在に操れるとはいっても、熟練度が低いと満足いく仕上げにはならんのだ）で山から鉄や銅、ファンタジーな金属を集め、混合したり分離したりといろいろ試し、剣やら槍やらを造っていたらあら不思議。六畳間に入りきれないほどになってしまいましたとさ。

しゃーねー、倉庫を拡張するかと、六畳間を倍にしたらあら不思議。二日にして満杯になってしまいました。

拡張拡張で四日目。テニスコート一面分になってやっと造り過ぎに気が付いた。はい、バカなオレですがなにか？

まあ、隊商の護衛《ごえい》をする冒険者や村のもんに、護衛《ごえい》用として配ったが、まだ武器庫の半分は埋まっていた。

「まるで要塞《ようさい》の武器庫ね」

まるで要塞《ようさい》の武器庫を知っているかのようなアリテラの口振りには突っ込まず、軽くスルーさせていただきました。

「まあ、適当に見てくれや」

無計画に創りはしたが、ちゃんと整理整頓はしてある。武器は武器置場。防具は防具置場。小物類は小物類置場。その他はその他置場に区画、ってな。

ねーちゃんたちはそれぞれに動き出し、いろいろ手に持って確かめている。

「剣や槍は、どれもいまいちね」

「まあ、素人《しろうと》が造ったもんだしな」

剣や槍は初期に造ったもの。見習い冒険者ぐらいにしか売れんできばえだ。

「でも、防具はなかなかね。この鉄の盾なんて、騎士団でも持ってないわ」

「あ、それ鉄じゃなく白銀鋼だよ」

光より早く振り向く騎士系ねーちゃん。なんどすか？

「……は、白銀鋼って、あの白銀鋼……？」

「あの、がなんなのかは知らないが、白金と銀金を合わせたもんだな」

前に冒険者から白銀鋼の剣を見せてもらい、似たようなものを大地から集めたらあら不思議。結構な量が集められた。もちろん、合わさった形で、だ。

それで一度見た（触れたかな？）ものは集められることがわかり、また調子に乗って一〇〇以上も造っちゃいました。テヘ☆

「よくもここまで造ったものね……」

「ねぇ、こっちの鎧《よろい》も白銀鋼なの？」

盾の横の木箱に入っている鎧《よろい》を手にしている、斥候系ねーちゃん。

「ああ。試しに造ったもんだから実用性はないがな」

さすがに鎧《よろい》の構造は知らねーから、完全な趣味（前世で子供の頃に見たロボットアニメを真似たもの）に走った。まあ、置物にイイかなと、そのままにしてるのだ。

「じゃあ、この帷子《かたびら》も白銀鋼？」

「ああ。それは会心のできだな。軽くて継ぎ目もないから、着心地はイイと思うぞ」

トータにも着せてるが、不満はいわれたこともねーし、毎日着てるから、実用性も申し分ないはずだ。

「ねぇ、この杖《つえ》はなんなの？」

魔術師系ねーちゃんが武器置場から一・五メートルくらいの杖《つえ》——棒を掲げて見せた。

「そりゃ槍の柄でもあり、戦棒でもあるやつだ」

「槍の柄はわかるけど、戦棒ってなんなの？」

「まあ、杖術ってあんだろう。あれの棒版だ。極めたら剣士にも負けないぞ」

信じられない、という顔をするアリテラ。

「棒だからって侮《あなど》んなよ。それは堅樫の木から削って、秘伝の加工をしたもんだ。白銀鋼の剣でも傷一つ、つかないぞ」

加工とは結界のことだがな。

「は、白銀鋼の剣があるの⁉」

「あ、いや、去年まではあったんだが、売っちまったからないんだ。ワリーな」

白銀鋼製のもんは人魚族に回す約束なんで、ねーちゃんらに回せないんだよ。

「……そうなの、残念だわ……」

「代わりといっちゃなんだが、これはどうだ？」

先日、倉庫を拡張してたら出てきた、謎の金属で作った剣（日本刀をちょっぴり西洋風にしたもの）を出して、騎士系ねーちゃんに渡した。

「魔力伝導がイイ上に軽いから、女が使うにはイイんじゃねーか？」

魔術で軽くする方法もあるらしいが、オレにはできんし、そもそも結界でそれくらいできるから興味はないよ。

「――せっ、聖銀ですって⁉」

「はぁ？」

「ウソ！」

「……ベーはなんでもありね……」

驚いたり呆れたりするねーちゃんたち。それより聖銀ってなんだ？

――聖銀。

この摩訶不思議《まかふしぎ》金属は、神の鋼とか魔法金属とか呼ばれ、魔力が満ちる場所でよく発掘されるそーな。

時代が時代なので詳しいことはわかってないが、加工の歴史は一〇〇〇年以上あるとかで、それなりには普及しているらしい。聖騎士や名のある冒険者は、だいたい聖銀の剣を愛用しているってことだ。

この国にも聖銀の鉱脈《こうみゃく》が二ヶ所あり、国の管理のもと、厳しい法規制がかけられているんだと。まあ、それは国が認めた鉱山から出た聖銀だけ。他から出たのや他の国から入ってきたものは、勝手に売買されてるらしい。まあ、この時代じゃ法律なんて大雑把《おおざっぱ》。細かい決まりなんて、作れるわけもなければ守るわけでもない。

「じゃあ、あんまり表に出さないほうが無難だな」

問題ないとはいえ、この山から聖銀が出たとなったら国に取り上げられるばかりか、オレのスローライフも奪われかねない。黙ってるのが吉だな。

「そうね。わたしたちも深く聞くのはやめたほうがいいわね」

「同感だわ」

「いったら最後、あたしたちの未来も、暗黒に染まりそうだわ」

「ベーならなんとかしそうだけど、わざわざ騒ぎにすることもないわね」

話のわかるねーちゃんたちで助かるよ。

「んじゃ、その剣はいらないか？」

「正直いえばもの凄《すご》く欲しいけど、わたしの腕ではまだ使い切れないわ」

素人《しろうと》が作ったものでも、聖銀製ってだけで格が上がるのか。ファンタジー金属スゲーな。

「なら、この剣ならどうだ？　通常より細いが、ちょっとした魔法加工がしてあって三倍くらい強度を増してある。あと刃も欠けにくくなってるぞ。もっとも、許容を超えたら魔法加工はなくなるけどな」

これも結界術の実験でわかったことだが、結界の強弱は別として、魔法（魔術）でも結界を砕くことは可能であり、物理的衝撃《しょうげき》でも破壊はできるよーだ。

「この細さと軽さで、三倍も強度があるの？」

「ああ。なんなら試して見るかい？」

そういって初期に創った剣を一本取り上げ、横にして掲げた。

「打ち込んでみな」

「え？　でも……」

「構わんよ。オレの力はねーちゃんに勝るからな」

「そうよ、トコラ。べーに常識は通じないわよ」

アリテラさん、あなた結構、辛辣《しんらつ》ですよね……。

じゃあ、と騎士系ねーちゃんが構え、さすがとしかいいようがない一閃《いっせん》を見せた。

キンッというイイ音がして、オレの持っていた剣の刀身が真っ二つとなる。

……なんか意味ねーと思うのは、オレの気のせいかな……。

「……凄《すご》い……」

が、騎士系ねーちゃんには結界加工した剣の凄《すご》さがわかったらしく、手に持つ剣の刃先を見詰めていた。どうやら気に入ったようだな。

「ね、ねえ、べーくん。わたしに合う武器はないかしら？」

と、魔術師系ねーちゃんが聞いてきた。

「魔術師に武器？　ねーちゃん、なんか使えんのか？」

魔術師はだいたい魔力増幅の杖《つえ》か、殴打用の樫《かし》の杖《つえ》を持つのが基本。つーか、それ以外見たことがないわ。

「あ、いや、使えないんだけど、べーくんならあるんじゃないかと思って」

なんだそれはと突っ込みを入れようとして、とある杖《つえ》のことを思い出した。

「武器じゃないが、防御用の杖《つえ》ならあるぞ」

「防御用の杖《つえ》？」

「ああ。うちによくくる行商人のあんちゃんに頼まれてな、防御膜を生み出せる杖《つえ》を造ったんだよ。確か、この辺りにおいたはずだが……」

村の年寄り連中に頼まれて、杖《つえ》と一緒に置いたはずなんだが……おっ、あったあった。

「これだよ」

長さ一・二メートル。海竜から取れた水色の魔石を嵌めた堅樫の木の杖《つえ》を、差し出した。

「見た目は悪いが、結構、優れもんだぜ」

自分を中心に一面から全面まで自由に結界を張れ、土竜（モグラじゃないよ）の突進にもびくともしねーし、魔術攻撃も防ぐ。しかも、全面を囲んでも、窒息《ちっそく》しないどころか人体に悪影響を及ぼす毒やら悪臭をも、シャットアウトしてくれるのだ。ほんと、結界超万能だぜ。

オレの説明に頭が追い付いてないようだが、杖《つえ》を見詰める姿からして、お買い上げ決定だな。


「じゃ、じゃあ、あたしもなんかお薦《すす》めしてよ！」

今度は斥候系ねーちゃんが聞いてきた。

「いや、ねーちゃん、イイの腰に差してじゃん。それ、魔剣だろう？」

なにやら強い魔力を感じるぞ。まあ、性能までは知らんけど。

「そ、そうだけど、あたしもなんか欲しいっ！」

二〇歳過ぎの女が、んなガキみたいなこといってんじゃないよ。

「つってもな～、ねーちゃんに薦《すす》められんのは、投げナイフくらいしかないぞ」

「え～投げナイフぅ～」

露骨に嫌そうな顔をする。まっ、これが一般的な冒険者の態度だわな。

「バーニス。あなたはまだベーの非常識を理解してないの？　ただの投げナイフなわけがないでしょう」

ねぇ、アリテラさん。それ、褒《ほ》めてんだよね？　貶《けな》してたら泣くよ、オレ。

「ま、まあ、ただの投げナイフもあるが、ねーちゃんみたいな斥候や追跡、遊撃担当にはコレだな」

武器置場に積んである木箱から魔術付与（結界封印）された投げナイフを取り出した。

「この投げナイフには炎――そうだな、さっきサプルが撃ったもんと同じ威力の炎が付与されている」

「ふ、付与魔術ぅっ!?」

魔術師系ねーちゃんが驚きの声をあげた。

「魔術付与だか付与魔術だかは知らないが、ちょっと独特でオレのオリジ――独自の方法なんでな、説明は省《はぶ》くぞ。まあ、この投げナイフ――名前がねーのもなんだから……そうだなクナイって名付けっか」

これは矢印型だが、次回からはやはりクナイ型にしよう。やっぱりクナイはロマン（突っ込みはノーサンキュー）だろう。

「クナイ。なんかわかんないけどイイ響きだわ」

どうやらロマンを理解できる素質（？）があるようで、気に入ってくれたよーだ。

「んで、こっちのが冷気を付与したもんだ。威力としては、オークくらいなら氷漬けにできるな」

　別の木箱から投げナイフ――じゃなくてクナイを出して斥候系ねーちゃんに渡した。

「見た目は同じだが、一応わかるように番号を刻んであるから間違えんなよ」

　相手に悟られないように、見た目は普通の投げナイフと同じにしてあるが、間違い防止のために番号を刻んだのだ。

「二番に三番って、一番は？」

「ああ、一番は人気があってな、品切れだ。ちなみに一番は雷だ。威力としては、オーガを痺《しび》れさせるくらいだな」

「ふざけてるわね」

　魔術師系ねーちゃんが突っ込みを入れてくるが、この世界には竜もいれば怪獣《かいじゅう》（見たことはないがな）もいる。オーガなんて魔物としては中の下。人間でもC級の冒険者ならなんとか勝てるし、勝てなきゃ冒険者稼業《かぎょう》なんてやってられんよ。

「四番は炸裂《さくれつ》で五番は閃光《せんこう》。六番に毒ってのがあるんだが、いまいち不人気だな」

　オレとしては毒が一番のお気に入りなんだが、どーゆーわけかまったく売れないのだ。結構使えるんだぜ、毒って。

「まあ、ねーちゃんの戦闘スタ――戦闘手段がわからんから、なにがイイとはいえんが、使いこなせればオーガの群れでも相手にできると思うぞ」

「おおっ！　スゴいじゃないの！　気に入ったわ！　これいただきよ！」

喜ぶ斥候系ねーちゃん。そりゃなによりだ。

「あ、でもそれ、一回で使いきりのもんだから注意しろよ。魔術が発動しても投げナイフは残るし、使えるが、付与されてんのと区別つかないから気を付けろよ。まあ、回収したナイフのケースを作るなり、再利用するなり売るなりしてくれや」

「でも、これをすべて持つのは無理なんじゃない？　結構な重さになるわよ」

「問題ねーよ。専用のケースがあるから」

専用ケースもいろいろ創ったので、その他置場から持ってきてねーちゃんに渡した。

「このベルト巻いてみな」

そういって、斥候系ねーちゃんにベルトを巻かせる。

「んで、そのケースにクナイを押し込んでみな」

手にしていた炎のクナイを、ベルトに付いたケースに収めた。

「え？」

ケースの中に消えてしまったことに目を丸くする斥候系ねーちゃん。

「収納鞄《かばん》の応用だ。ベルトにケースは八つ。一つに最大一〇〇。八つだから全部で八〇〇本は入るぞ」

多いわっ！　って突っ込みをプリーズです。ネタで創ったからな（でも、妥協《だきょう》はしてない創りとなっておりますので使い勝手はイイと思いますよ）。

「……ほんと、常識が崩壊《ほうかい》しそうだわ……」

まあ、その先に輝かしい世界があることを切に願うよ。うん……。

三人のねーちゃんは、手にした武器やら防具を嬉しそうにいじくる。まるでオモチャで遊んでいるかのようだった。

まあ、冒険者やってるくらいだから、街にいるような女とは感覚が違うんだろうが、武器を嬉々《きき》としていじっている女ってのなんだかな～って感じだよな……。

「んで、アリテラはどうする？」

あ、そーいやぁ、アリテラってなに系なんだ？　武器らしい武器は持ってなかったし、フードしか記憶にない。

「そーね。わたしは精霊魔術師であり弓士だから、弓か杖《つえ》なんでしょうけど。杖《つえ》も弓も愛用のがあるし、サプルちゃんと同じで矢は必要としないし、これといったものは思い浮かばないのよね」

「そうね。単独でも強いしね、アリテラは」

「そのマントも並みじゃないしね」

「弓も凶悪だし」

アリテラさん、オレが想像するより強いみたいッスね……。

「なら、道具か？」

「道具？　って、収納鞄《かばん》？」

首を傾げるアリテラ。

「まあ、収納鞄《かばん》もだが。そうだな、先に鞄《かばん》のほうをやっとくか」

その他置場から収納鞄《かばん》を四つ、持ってきた。

「前にもいったが、この収納鞄《かばん》は無限じゃないし、鞄《かばん》の口以上のもんは入らない。入る容量はだいたい荷車一台分だ。だが、鞄《かばん》が閉まっている間は時間は凍結されるからなまもんを運ぶには適してるな。まあ、特別仕様に空間庫ってのがあんだが、これはあんまり薦《すす》められんな」

「どうして？」

「ザンバリーのおっちゃんに、飛竜を入れるものを造ってくれといわれて造ったんだが、飛竜大の扉がどうにも造れないんだよ」

飛竜って、もう怪獣《かいじゅう》の域。オレの結界使用範囲を超えているので、扉から入りきらないのだ。しかも、オレの想像力が貧しいのか、それとも使用能力の限界なのかは知らんが、半径三〇メートル（上下もな）以上はどうしても広げられんのだよ。

継ぎ足す方法やら吸収する方法など、いろいろ試してみたのだが、どうにも成功してくれないんだよ。半径三〇メートル以内なら、超便利な結界術なのによ。

「まあ、造ったのは造ったんだが、デカ過ぎて場所をとるんだよ」

扉はシャッター方式にしたんだが、高さ二十五メートル、幅二〇メートル。

これ、どこで開くんだ？　人に見られたらなんて説明すんだ？　オレの貧相な想像力でも厄介《やっかい》事にしか見えないよ。

　真実をぼかしながら説明した。

「ねーちゃんら、欲しいか？」

　その問いに四人で視線を合わせ、「いらないわ」とハモらせた。だろうな。

「んじゃ、ボツってことで、本題の道具だ」

　またその他置場にいき、腕輪を四つ持ってきた。

「ねーちゃんらは女同士だからイイだろうが、男女混合のパーティーの悩みってなんだと思う？」

　四人がまた視線を絡ませ、首を傾げた。

「用足しだよ」

　オレの言葉が理解できないのか、四人とも反応がない。

「まあなんだ。あれだ。人間でもエルフでも食ったら出すだろう。移動中にすんだろう。そんとき、女同士とはいえ、目の前ですんのはキツイだろう」

　便所の文化が低いとはいえ、さすがに人前でするほど羞恥心《しゅうちしん》は低くはない。男だろうと女だろうと見えないところで用を足すもんだ。

　村や街、便所があるところがあるならイイが、冒険者の移動中にそんなもんがあるわけない。でも、したくなったらどこでもってわけにもいかない。安全かつ仲間たちに見えないところでなくちゃならん。

「で、知り合いの女冒険者がどこでも安全に、誰にも見られないように用を足したいっていうんで、それを造ったわけだ」

「……た、確かに、わからないではないわ……」

「そう、ね。仲間とはいえ、目の前では、ね～」

「混合依頼のときは、それで一悶着《ひともんちゃく》あるしね」

「あのときの男って、本当に最低よね」

ねーちゃんたちも苦い思い出があるようだな。

「それを解決したのが、この腕輪だ」

そういって、腕輪を四人に渡した。

不思議そうな顔をしながらも、腕輪を装着する。

「んじゃ誰か、腕輪を掲げて『迷彩発動』っていってみな」

目線だけで会話ができるのか、斥候系ねーちゃんに決まった。以心伝心か？

「迷彩発動――」

と、腕輪から膜が膨《ふく》らみ、斥候系ねーちゃんを包み込んだ。

「え？」

「は？」

「あらまあ……」

消えてしまった斥候系ねーちゃんに、三人がそれぞれの驚きを見せた。

「これこの通り外からは見えないし、中から音も臭いも漏れることはない。外の声は聞こえるようにしてある。あと、中には便器が作られるから、そこに座って用足しできる。出したもんは、乾燥させてポイだ。それも見せんのが嫌なら、土を便器の中に入れればわかんなくなるよ。で、『迷彩解除』で消えるから」

注文した女冒険者が納得するまで造り込んだから、不備はないはずだぞ。

迷彩が解除され、斥候系ねーちゃんが茫然《ぼうぜん》とした顔をして現れた。

「いるかい？」

聞くまでもないが、ここは聞いてこそのシメである。

21 ✴ 一休み一休み、とはいかない

金銭面で多少揉めたが、しめて金貨五〇枚と依頼二つで解決した。

オレとしてはアリテラからもらったカランコラで満足——どころか釣りを出したい気分なのだが、それでは自分たちの気がすまないと、大金貨一〇枚を出そうとした。

さすがにそんなにはもらえないと、なんとかそれで手を打ったのだ。

まあ、ねーちゃんらは納得できないようだが、それは依頼でしっかり返してもらうさ。今は手に入れた喜びに浸ってな。グフフ。

「……悪い笑みしてるわよ……」

アリテラの呆れた突っ込みが入る。

おっと。そりゃ失礼。

どうも転生してから表情が緩くなって困っちまうぜ。前世はクールだったのによ。はい、ウソです。見栄を張りました。すんません。

「さてと。オレは仕事に戻るが、ねーちゃんたちはどうする?」

まだ九時過ぎくらい。働くにしろ遠出するにしろ、活動するにはまだ余裕がある時間帯だ。

「そうね。武器や防具の具合を確かめたいから、なにか依頼を受けようかしらね?」

リーダーの騎士系ねーちゃんが、仲間たちを見た。

「いいんじゃない。あたし、この投げナイフ試したいしさ」

「そうね。わたしもこの杖《つえ》の性能を確かめたいわ」

アリテラは、それでイイんじゃないとばかりに頷いていた。

「じゃあ、ギルドにいきましょう」

そういってねーちゃんらは出かけていった。

ねーちゃんらを見送ったあと、オレは物置へと向かい、中から斧《おの》と鉈《なた》を出してきて荷車に積んだ。

「オカン。木を伐りにいってくるわ」

畑で雑草むしりしていたオカンに声をかけた。

「あいよ。気を付けてな」

「ああ。わかったよ」

オカンの笑顔に応えて、オレも笑顔を見せた。

親と子のコミュニケーションは日頃の会話から。小さなことの積み重ねだ。わかっていても声をかけることが、家内安全に繋がるのだよ。

「あ、あんちゃん。昼はどうするの？」

おっと。いっておきながらサプルに声かけんの忘れてたよ。ごめんよ、サプルちゃん。

「ワリーな、手間かけさせちまって。山小屋のもん食うよ」

木伐り場の拠点として、山の男衆（まあ、八割近くオレが手がけてんだがな）と造った山小屋には保存食を用意してある。それに、近くに沢があるので魚を釣って食うのも乙ってもんだ。

「わかった。いってらっしゃい」

サプルに笑顔で応え、牧草地にいるリファエルを捕まえにいく。

その牧草地では毛長山羊《やぎ》や乳取り用の山羊《やぎ》が、のんびりと草を食んでいる。

「……のどかだな……」

ふっと、心が和らぐ。

会長さんがきたり、ねーちゃんらがきたり、ゴブリンが出たりと、何気に忙しかったから、周りに目を向ける余裕がなかった。

「ちっとゆっくりしていくか」

その場に大の字で寝っ転がった。

急ぐ仕事でもなけりゃあ手間のかかる仕事でもないしな、一休み一休みっと。


「べー！」

なにやら危機迫った声が辺りに響き渡った。

やれやれ。一休み一休みしたところなんだがな……。

文句の一つもいいたくなるが、まあ、こんなことはよくあること。薬師の宿命だ。受け入れてこそ一人前である。

むくりと起き上がり、声がするほうを見る。

「どうした、ガムのおっちゃん？」

樵衆《きこり》の一人で、四軒先に住む二児の父親だ。

どこから――いや、伐り場から走ってきたんだろう、顔中汗だくだ。

「サプル！　水だ！」

なにごとかと、家の中から出てきたサプルに叫んだ。

「た、大変だべー！　き、伐り場にゴブリンが出て――」

そこで力が尽きたようで、地面に崩れてしまった。

伐り場からここまで約三キロ。しかも山を駆け登ってきたのだ。さすが山の男である。

「サプル、あとを頼むぞ」

「わかった！」

オレは、空飛ぶ結界を出して伐り場に向かった。

んで、伐り場に到着。空飛ぶ結界様々である。

空飛ぶ結界から飛び下り、そのまま山小屋に入った。

「様子はどうだ？」

「お前の薬を飲ませたが、血が流れ過ぎたのか顔が真っ青だ」

サリバリのとーちゃんで、伐り場の纏《まと》め役たるザバルのおっちゃんは四十五歳。樵《きこり》としては中堅だが、十二歳から山に入っているので経験はオレよりある。だから状況判断は的確だし、血を恐れねぇ。なんとも頼りになるおっちゃんである。

「ゴブリンは剣を使ったのか？」

オレは薬師であって医者じゃないから、診たくらいじゃわからないが、切り傷の類いは日常茶飯事。どんなもんで切られたかわかれば、対処はできる。

「ああ、そうだ。結構鋭いもんだった」

「わかった」

なら大丈夫。ファンタジー薬はバイ菌を弾き返してくれる優れもの。あとは栄養丸と薬水を飲ませれば二、三日もしないで立ち上がれる。

オババんとこでこーゆーのは何度も経験してきたけど、人を生かそうとするのは精神を使うぜ……。

「まあ、こんなもんだろう。あとは目覚めたら胃に優しいもんを食わせて、顔色が戻ったら完治だ。つっても、五日くらいは仕事はさせんじゃないぞ」

ここら辺で採れる薬草は質はイイが、だからって万能というわけじゃない。体を無理矢理治してんだからどうしても負担がかかっちまう。元通りになるには、どうしても時間が要るんだよ。

「そうか。誰かザップんちに走ってくれるか？」

「おれがいくよ」

樵衆《きこり》では若い（つっても二十五歳だがな）ダンバルのあんちゃんが走っていった。

「すまんかったな、べー」

「それが薬師の仕事さ。気にすんな」

薬師と名乗るからには、人を助けるのは義務だと、オババに教えられたし、同じ村のもんを救うことに否はないさ。

「それより、ゴブリンはどうしたんだ？」

「なんとか二匹は倒したが、一匹には逃げられちまったよ」

「また三匹一組か。組織的だな、おい」

どうしようもなく、ゴブリンは統率されていることが決定したぜ。

「まったく、厄介《やっかい》だぜ」

「お、おい、ベー……」

オレの呟《つぶや》きに樵《きこり》衆が不安な顔を向けてきた。

「近くにゴブリンを率いてるヤツがいる」

慰《なぐさ》めを言ったところでしょうがないし、隠したところで意味はない。こんな世界（時代）じゃ、大暴走なんて珍しくもない天災だ。はっきりさせたほうが、生存率が上がるってもんだ。

「まあ、不幸中の幸いっつうか、今、うちにC級の冒険者パーティーが泊まってる。村長にいって依頼を出してもらおう」

C級ともなれば、オークの群れ（二〇から三〇匹）を倒せるレベルだ。しかも新装備したねーちゃんたちならゴブリン一〇〇匹でも余裕だろうさ。

「……しかし、金が……」

「こんなときの貯蓄金《ちょちくきん》だろうが。惜しんでたら村は全滅だぞ」

まあ、オレはそんなことさせる気はないが、村のことは村のもん全員の責任だ。誰か一人に押し付けるなんてこと、オレがさせないぞ。

「わ、わかった。じいさんからもいってもらう」

ザバルのおっちゃんは、うちのオトンとは親友だった。

五年前のオークらの襲撃《しゅうげき》への対処をオトンに押し付けたことを、今でも気にしてる。だから、金のことは気にしても同じことをしたくないのだろうよ。

「なに、ねーちゃんらなら大丈夫さ。結構場数を踏んでるようだし、ゴブリンの大暴走が起きる前になんとかしてくれるさ」

ねーちゃんたちには悪いが、英雄――あ、ねーちゃんら女だっけ。あれ？　女の場合なんていうんだっけ？　女傑《じょけつ》？　英雌《えいし》？　いやまあ、なんでもイイが、オレが霞《かす》むくらいの名声を得てもらおうではないか。

「べー。薬代は幾らになる？」

山小屋に置いてあるハーブティーで一服したあと、ザバルのおっちゃんが聞いてきた。

オレは薬師ではあるが村専属の薬師ではなく、副業としての薬師だ。

専属と副業、なにが違うかというと、専属は村から金をもらい村人をタダで診る（本当は調合する、または煎《せん》じるというのだが、オレは診るといっている）。多くても少なくても、村から出る金は一定だ（税金を引いた分な）。

副業は個人相手。怪我《けが》したヤツから薬代をもらっている。まあ、個人が払えないときは村からもらい、怪我《けが》したヤツは分割で村に払うことになっているがな。

厳しいと思うが、こればっかりはしょうがないよ。薬師としての立場と糧《かて》を守るためにもタダにはできないし、健康保険なんてないご時世では、自分の命は自分で守るしかないからな。

それに、うちは恵まれているほうだ。薬師が三人（見習いは入らない）もいる村なんてなかなかないんだからよ。

「銀貨三枚と銅貨十枚だな」

高い！　なんていうなよ。さっきの治療を街でやったら銀貨二〇枚は取られるからな。それも良心的な薬師だったら、って前提でだぞ。

材料費だけでも銀貨十三枚はする。それらを調合する技術料で銀貨七、八枚なんてありえないからな。

村で薬師をやれるくらいの知識を身に付けるのに最低でも五年。調合技術をマスターするのに最速で十年。さらに師匠のサポートの下、五年は経験しなくちゃならん。具合（症状）を見抜けるなんて一生勉強だ（オレの場合は前世の知識があるし、調合は天秤《てんびん》を使用し、計算してメモを取れるから早く薬師になれたのだ）。一人立ちするまでに費やした時間を考えたら、決して安くない代金だぞ。

「そうか……」

ザバルのおっちゃんもそれがわかっているから、文句はいわない。普通なら死んで当たり前。

奇跡的に助かっても寝たきり状態。放置という名の看病で、一年もしないで死ぬことだろうよ（経験談）。

もちろん、オババのところで診てもらえば助かるし、タダ（まあ、薪代《まき》から引かれてはいるがな）だ。

だが、オババは高齢で伐り場までくる体力も気力もない。無理してきたら道半分で死ぬわ。

だからといってこちらからいくなんて無謀《むぼう》以外のなにもんでもない。伐り場へと続く道は悪路だ。そこを運んでいったら、やはり道半分で死ぬわ。

村長に頼る手もなくはないが、それをするには状況と容態を的確に教えなければ薬の調合はできねー。オレのように結界術があるわけじゃねーから作りおきなんてできないし、していたとしても量が違えば治癒力《ちゆりょく》が暴走して、心臓麻痺《まひ》を起こしかねない。

ファンタジー薬とはいえ、量を超えたら毒でしかないし、どっかからエネルギーを持ってきてくれるわけでもない。あくまでも治癒力《ちゆりょく》を促進《そくしん》させるまでだ（まあ、そーゆーのもあるが、そんなもん、王様か大貴族しか持ってないよ）。そのための栄養丸と薬水だ。

その点、オレならすぐに駆け付けられ、適切な薬を投与（結界術で）できる。しかも、後遺症を残さねー（切傷の場合はね）。さらに安いときてる。

これで文句をいわれたら、オレは薬師を辞めるよ。割りに合わんわ。

「いつもすまねーな」

ザバルのおっちゃんの感謝のこもった謝罪に、笑みが溢れる。

それだけで報われるってもんだが、素直に礼をいうのも違うような気がするので、ザバルのおっちゃんの肩を叩いた。

「なに、こっちも経験を積ましてもらってんだ、気にすんなって」

だいたいにして、十五歳のガキに命預けるとかありえないよ。いくら神童（笑）でも、経験のないヤツに命預けるなんて、バカだろう。そんなバカに敬意を払って当然だ。

「……まったく、べーには敵わんよ……」

なにが敵わんかは知らんが、オレから見たらザバルのおっちゃんのほうがスゲーよ。

「それはオレのセリフだぜ」

前世を通して、今のオレではザバルのおっちゃんの足下にも及ばないよ。

「四人の子供を育て二十五人もの家族養うばかりか、こうして樵衆《きこり》を纏《まと》めあげる。男として、父親として、スゲーよ。イイ男過ぎて直視できないわ」

比べても意味はないとわかっちゃいるが、どうしても比べてしまう。

前世のどうしようもないオレと、結婚して家族を養う男との差にな。バカだぜ、ほんと。

「オレはそんな男になりてーよ」

まあ、こんなオレが結婚できるとは思えないが、志だけは、持っておきたいぜ。

22 ふざけるにもほどがある

なにはともあれ仕事再開である。

重傷者が出ようが、ゴブリンが出ようが、仕事が中止になることはないのだ。

山にゴブリンがいるのは当たり前だし、魔物による被害なんて毎年ある。オレが生まれてから七人は魔物に襲われて死んでいる。

危険なのは承知。それでも生きるためには山に入らざるを得ないのが田舎《いなか》ライフだ。

前世と違い、仕事が溢れているわけじゃないからやることが決まってくる。だが、どの職種も代々続いているもの。樵《きこり》が嫌だから畑仕事をしますっていっても畑はないし、技術もない。どうしてもっていうのなら、人類最前線にいくしか手はない。

「あ、そーいやぁ、斧《おの》、置いてきちまったっけな」

ん～、戻んのメンドクセーし、新しいの出すか。

ズボンのポケットに手を突っ込み、鍵束《かぎ》を取り出す。

空中に鍵《かぎ》を突っ込み、右に四分の一回転。カチンと音がして倉庫にある棚と繋がった。

扉を開け、中から斧《おの》と鉈《なた》（ケース入り）を出す。

「……相変わらずべーの魔術はスゲーな……」

見ていたバジルのおっちゃんらがびっくりしてる。

オレが魔術を使えて当たり前だというのを刷り込むためにやっているのだが、田舎《いなか》もんは純真っていうのか、純朴っていうのか、一向に慣れてくれんのだよなぁ……。

まあ、否定される感じではないからイイんだが、初めてサーカスを見た子供のような目で見ないでくれ。こそばゆいからよ……。

逃げるように鉈《なた》を腰に回し（ケースに革紐《かわひも》がついてる）、斧《おの》を担いだ。

「──あ、そーいやぁ、ゴブリンの死骸《しがい》、どうした？」

ふっと思い出し、ザバルのおっちゃんに尋ねた。

「え？　あ、そのままだった……」

「ザップのおっちゃんのところか？」

基本、伐り場は共同の場であるが、木を伐るのは個人だ。

ちなみにオレは専門の樵《きこり》ではなく、薬師と同じく副業樵《きこり》だ。

副業なので伐り場の使用権利の順位は低く、結構──そうだな。この山小屋から七〇〇メートルくらい離れている。

「ああ、そうだ」

なら西か。オレの場所とは反対だが、死骸《しがい》をほっとくのは危険だし、しゃーねーか。

「すまねー。ザップのことで頭が一杯で忘れてたわ」

伐り場はオレが定期的に見回って魔物を駆除してるが、灰色狼や死肉食い（この世界、幽霊やゾンビがいやがるんだよ）がよってくる。灰色狼ならまだしも、死肉食いなんて魔術が使えなきや倒せない厄介《やっかい》な存在だ。

この死肉食いを見過ごすと、ゴブリンの大暴走に勝る被害を及ぼすので、見つけたら即焼失。山火事になってもイイからとにかく燃やせといわれてるくらいだ。

「おい、皆。武器を取れ。いくぞ！」

ザバルのおっちゃんの号令の下、樵衆《きこり》が山小屋に常備してある槍をつかみ、出ていった。

オレとしては付いてこられると不都合なんだが、伐り場を守るために行動してるおっちゃんらを止める言葉を、オレは持ってない。

しょうがない、とは心では思いながらも顔には出さず、おっちゃんらの後に続いた。

まあ、三〇〇メートルほど離れてはいたが、伐り場なので傾斜は緩いところであり、雑木類や下草の類いも少ないのですぐに到着できた。

「……こいつらもイイ装備してやがんな……」

死骸《しがい》を見下ろしてオレは呟《つぶや》いた。

なんの革だか知らないが、なかなかイイ造りをしてる上に戦った跡が少ない。剣など、オレが造るもんより上質だ。

「こりゃ、兵士級に進化してんな」

通常のゴブリンならザップのおっちゃん一人でも殺せただろうが、兵士級でこれだけの装備してたらバンたちでもヤベーぞ。

「ほ、本当か、べー⁉」

「ああ。魔物図鑑に載ってた――」

言葉の途中で視界がブレ、なにが起こったか理解する暇《ひま》なく木に激突した。

……な、なにが起こった……？

「ほぉう。それで生きてるか。さすがリックスを倒すだけはある」

オレは理解不能ながらも立ち上がり、声がしたほうへと目を向けた。

そこには三メートル近い、赤い肌をした大男――いや、オーガが立っていた。

「…………」

クソがっ！　イケメンのゴブリンを見たとき以上に言葉になんねーな。

ほんと、なんだよ、美丈夫なオーガって？　ふざけるにもほどがあんぞ、この世界の進化論っ！

「……まったく、ファンタジーは奇想天外に溢れてんな……」

いやまあ、一番の奇想天外はお前だろうとはよくいわれますけどね。

強者の余裕か、たんなる脳筋なだけなのかはわからんが、オーガはこちらが立ち直るまでニヤニヤしてオレを眺めていた。

「……べ、べー……」

驚愕《きようがく》するバジルのおっちゃんらを安心させるために、不敵に笑ってみせた。

「大丈夫だよ。魔術防御してっからな」

いや、なにもしてないんだが、五トンのものを持っても平気な体ってのは、丈夫にできてんだよ。

打撃なら五トンのパンチを受けても痛みはない。だが、受けた感覚はちゃんとある。ほんと、この体、超不思議だぜ。

まあ、そんなことはどうでもイイ。魔力を感知できなかったってことは、力自慢のオーガってことだ。

オーガも人型種なので、一応、魔力はある（少ないが）。だからなんとか感知できるのに、こいつからは一切魔力を感じなかった。つっても、姿が見えたら関係なくなるがな。

「バジルのおっちゃん。ここはオレに任せて逃げな」

「……だ、だが……」

「おっちゃんらがいても役には立たないよ。それより冒険者ギルドに報告してくれ。それと、さっきいったC級の冒険者パーティーがいるはずだから、応援よろしくと伝えてくれや」

「ハハ！　カッコイイことほざくガキじゃねーか。イイぜ、逃がしてやるよ」

ハイ、このオーガ、脳筋（バカ）決定です。

「お、そりゃワリーな。助かるぜ」

ほんと、敵がバカでなによりだ。

「ほら、おっちゃんら、いきなって。いたって邪魔にしかならないんだからよ」

おっちゃんらでは殺されるのがオチだし、守りながらこいつを相手にするなんてメンドーだ。

オレはただの村人なんだ、戦闘センスはレベル三くらいしかないんだよ。まあ、殲滅《せんめつ》センスならレベル五〇くらいはあるがな。

渋々だが、おっちゃんらは立ち去ってくれた。

「あんまり答えは期待はしてないが、なにしにきたか聞いてもイイかい？」

「お前を見にきたんだよ」

「オレを？　人間のガキがそんなに珍しいのかい？」

オレからしたらテメーのほうが珍妙に見えるがな。

「ああ。ただの人間のガキがリックスを倒すんだ、この目で見なくちゃ損だろう」

なんつうか、脳筋のクセに流暢《りゅうちょう》に人の言葉をしゃべるな。これも進化の為せる業か？

「これも答えは期待はしてないが、テメーの頭はどこにある？」

その質問に、オーガのこめかみがピクリと動いた。

言葉だけじゃなく、表情も無駄に進化してやがるぜ。

「……お前、どこまで知っている……」

余裕かましていた美丈夫のオーガの表情が、一気に険しくなる。ほんと、バカで助かるよ。

ズボンの左ポケットに仕舞っていた片割れの結界を取り出し、口に近付ける。

「開けゴマ」

これの片割れの結界が発動。オレが持つ結界と空間連結した。

「聞いてるかい、イケメンのゴブリンの親分。そのうちそっちにお邪魔するから茶と菓子を用意して待ってな。それと、そのイケメンのゴブリンの首に付いてるやつな、下手に触ると大変なことが起こるから注意しろ。んじゃな」

そういって空間連結を切った。

「ってとこまでかな？」

たぶん、激怒している美丈夫のオーガにニッコリ笑ってやった。

「……き、貴様……っ！」

「アハハ！　いっちょまえに怒んのかい。怒れるように進化するより、まず己の無知を恥じ入ることができるように進化しやがれ。だからテメーらは魔物にしかなれないんだよ」

愚《おろ》かなりにも、ちょっとずつ成長できる人間様に勝てると思うな。美丈夫のオーガさんよ！

「殺すっ！」

大地を凹ませながら突進してきた。

はん！　そんな突進、一角猪で見飽きてんだよ。

美丈夫のオーガの大振りのパンチを片手で受け止める。うん。普通の人間ならミンチだな。

「イイパンチだ。世界を狙えるぜ」

なんのだよ？　との突っ込みはノーサンキュー。たんにネタをやりたかっただけだ。

「……バ、バケモノが……」

「ああ。そうさ。バケモノさ。そんなバケモノに向かってきたんだ、タダで帰れるとは思うなよ」

バケモノ上等。ゲス野郎よりはマシだ。

「あ、そうだ。もう一つ聞きたかったんだ。オーガでも悪夢は見んのかい？」

ゲス野郎の目を見ながら、ニヤリと笑う。

魔力がないのは少々厄介《やっかい》だが、肉弾戦でくるなら問題ナッシング。血のションベン流させてやるよ。

「…………」

美丈夫のオーガの顔色が青くなる。赤なのに。ぷぷっ。

「さて。ここからはR18のお時間だが、なに、心配すんな。殺しはしないよ。ただ次回、残酷な描写になるので気の弱い人はご注意だ」

誰にいってんの？　との突っ込みはノーサンキュー。いろいろあんだよ、この世には。

「さあ、始めるか。我が鉄○28号よ……」

遠い遠い昔、ロボットって乗って操るのもイイけど、外から操るのもイイよね、とかいってたことを思い出し、自然と笑みが溢れた。

別に奴隷《どれい》制度を否定する気はない。この世界（周辺国）の奴隷《どれい》は、ほとんどが犯罪者であり、罰として奴隷《どれい》にさせられてるのだからな。

まあ、そうはいっても世の常。裏もあれば闇《やみ》もある。正しいことがまかり通るなんてあり得ねー。人さらいもいれば人買いもいる。税を払えず娘を売る親どころか、口減らしのために子供を売る村までありやがる。しかも、お上は見て見ぬふり。袖の下をもらってブクブク肥ってやがる。

まあ、それも世の常だ。いいてえことはあるが、しがない村人にはどーしようもない。近くにきたらぶん殴ってやればイイし、いなけりゃ放置するしかない。

そんな主義主張のオレのテリトリーに入ってきたバカな自分を呪え、美丈夫のオーガさんよ！

「封印！」

なんて言葉にする必要はねぇんだが、ノリは大切。雰囲気を出してこそ場は盛り上がるのだ。

結界により身動きを封じられ、オーガは戸惑いの目をオレに見せていた。

「どうした、美丈夫のオーガさんよ。棒立ちするなんて、殴ってくれっていってるようなもんだぜ」

鉈《なた》を抜き、峰のほうで頭……は届かないので腹をグリグリしてやった。

「……ぎ、ぎざば……！」

「お、さすが珍妙なオーガだ。その程度で効かないか」

通常のオーガなら瞼《まぶた》一つ動かせないんだがな。まったく、どんな進化してんだか。

「この世には、隷属《れいぞく》の首輪なるものがあるの知っているか？」

美丈夫のオーガさんに尋ねるが、憎しみの籠《こも》った目しか返してくれなかった。ノリワリーな。

「まあ、簡単に説明すると、だ。いうことを聞かせる魔道具だ。つっても、仕組みはわからんから構造までは説明してやれんが、エグいもんだと理解してくれたらこちらは助かるよ」

実際、アレはエグい。反乱したら首輪が締まって首ちょんぱ。

いうことを聞かないと炎が出て首があっちっち。

無理に外そうとしたら首がボン。

造ったヤツ、アホだろう。技術の無駄遣いにもほどがあるよ。前世では、魔術がなくても鎖《くさり》と鞭《むち》でやってたぞ。

まあなんだ。いろいろ事情とか都合とかあるんだろうから、口にはしないし、ファンタジーに突っ込んでもしかたがない。不承不承ではあるが、受け流す。

「で、だ。これから君に隷属《れいぞく》の首輪ならぬ従属の結界を施す。なぁに、大丈夫。痛くはないさ。ただちょっと不快になるだけ。いや、かなりかな？　まあ、飽きたら解いてやるから従属ライフを楽しめや」

楽しめないよの突っ込みは聞こえません。血のションベン流れるよりはマシでしょう？　オレもオーガの糞尿見て楽しむ気はないよ。R18？　残酷な描写？　ああ、知ってる知ってる。あの、甘くて苦いやつな。こないだ食ったよ。で、それがなにか？

「——さてと。やっぱ、コントローラはいるよな」

いや、いらないんだが、そこはあれ。形が大事的なもので、外しちゃダメなお約束なんだよ。え、意味わからんって？　考えるな、感じろだヨ。

土魔法で小箱大のコントローラを造り出した。

「よし鉄人、歩け！」

コントローラの右スティックを前に倒す（雰囲気ね）と、オーじゃなくて鉄人が歩き出した。

「…………」

……いやうん、わかってたよ。わかってはいたんだが、なんかこう、想像していたものと違う。

もっと、ワクワク感爆発ぅ～、ってなもんに心ときめきたかったんだが、なぜか敗北感しか湧いてこないよ……。

「……あ、そうか！　見た目がオーガだからおもしろくないんだよ！」

そーだ、そうだよ。やっぱ、見た目は大事だよな。こう、ロボらしいロボでないとな、うん！

鉄人にするのもいろいろまずいし、スーパーロボ的なもんは動きづらいし……やっぱ、鎧《よろい》的なもんでいっか。

前に造った全身鎧《よろい》をちょっとアニメ的なもんにして、オーガくんに纏《まと》わせた。

「お、我ながらカッコイイじゃん」

ちょっとポーズを取らせ、動きを確かめる。

うんうん。イイじゃんイイじゃん。ワクワク感が爆発しそうだよ！

「さあ、我が鉄〇28号よ。ゴー！」

23 ✳ とっても大切なことをいいました

「……なにをしてるの……？」

なにかゾッとする声に振り返ると、なんかとってもイイ笑顔をしたアリテラがいた。

もちろん、その背後には三人のねーちゃんらもいる。

「……え、えーと、どったの？」

そう聞いたら、なぜかアリテラの笑顔が三割増しになったような気がして、なぜか背中に冷たいものが流れた。

「死ぬわね」

「可哀想《かわいそう》に」

「ガンバレ！」

え？　はぁ？　なにいってんの、ねーちゃんら？　なんなの、いったい？　なんなのっ⁉

なにかモノスゴク失敗した感じで、股間がキュッと締め付けられるのだが、なにがどうなってどうしているのかがわからない。誰か、説明ぷりーず！

「なにしてるの？」

アリテラが笑顔のまま近よってくる。

その速度に合わせてオレは後退する。

「なにしてるの？」

「……え、えーと、その、なんつーか、その、あの、アレがアレでアレでして……」

「ふ～ん、そうなの」

「はい、そーなんですよ」

な、なんだろう。たまにいってはならぬキーワードを思い浮かべたときに感じる殺気が、アリテラから発せられている。なんでぇぇぇっ‼

「死ぬわね」

「可哀想《かわいそう》に」

「ガンバレ！」

なぜ同じセリフをいうっ！

「ふふ」

なぜかアリテラさんが笑いました。

はい、逃げました（恐怖から）。

追いかけられました（超怖かった）。

捕まりました（死を感じた）。

正座させられました（なんでかはこっちが聞きてーよ！）。

説教されました（なぜに？）。

土下座しました（生き残るために）。

そして、泣かれました（どうしろと？）。

前世ではそれなりに経験はあるが、本気で泣く女をどうにかできるほど女慣れしてないよ。泣く女に対抗できるヤツは勇者だ。それかゲス野郎かだ。はい、オレはヘタレですがなにか？

ねーちゃんらが慰《なぐさ》めて、ようやくアリテラが泣きやんだ。

その間正座とか、ほんと、異世界にきてやるとは思わんかったよ。どこの国の文化だよ！　って、後に聞いたらエルフの文化だってよ。それも拷問《ごうもん》の。意味わからんわっ！

んで、やっと許してもらえました。なにをかは知らんがな……。

「それで、オーガが出たといわれてきたのだけれど、そのオーガはどこに？」

さすがリーダー。冷静な質問をしてきた。

「ん？　ほれ、そこにいるだろう」

腰に拳を当てて鉄人立ちする相棒をアゴで指した。

「……鎧《よろい》、ね……」

「鎧《よろい》だわ」

「うん、鎧《よろい》だね」

なんつーか、ねーちゃんら、ノリイイよね。

「なぜ、鎧《よろい》を纏《まと》ってるわけ？」

「趣味です！」

そこはキッパリといい切る。いい切っての趣味だ。

「バカね」

「バカだわ」

「バカがいるよ」

ふっ。そー褒《ほ》めんなよ。テレるじゃんかよ。

「……それで、なにしてるわけ？」

アリテラさんの冷たい声に、また股間がキュッとする。

「……えーと、ですね。鉄――じゃなくて、オーガを捕まえたので、ちょっと遊――有効利用しようと思いまして、木を伐ってましたです、ハイ」

「伐る、ね」

「折れてるわよ」

「っていうか、粉砕？」

いや、もーイイよ、ねーちゃんら。黙っててくれよ。アリテラさんの目が段々と険しくなっていくからさぁ。

「いやまあ、オーガ、丈夫だから殴ったほうが早いかな、と思いまして。あ、28号、木を集めろ」

コントローラを操り（雰囲気を貫《つらぬ》くのも男だ）、転がる木を山小屋の横にある割り場に集めた。

「突っ込んだら負けね」

「考えても負けだわ」

「無心よ、無心」

なんてねーちゃんらの呟《つぶや》きが聞こえたが、操るのに忙しいのでスルーしました。

「ふ～。終わった終わった」

割り場に積まれた木を見て息を吐いた。

しかし、コントローラを操りながらの結界操作は、疲れるぜ（じゃあ、やんなよ、との突っ込みはノーサンキュー。貫《つらぬ》いてこその美学だぜい）。

「ご苦労さん、相棒」

「いや、敵でしょう」

オレの愛情に突っ込む、斥候系ねーちゃん。そりゃそーだ。

「で、このオーガ、どうするの？」

「んー、そーだな。どーすっかな？」

まあ一応、山の中にある養豚場（仮）に入れるか、リリースするかは考えていたが、使っているうちに情が湧いてきたからな、リリースはしたくないな。でも、排泄《はいせつ》掃除とかなんかヤだし、どうすっか――あ、ここに基地を創ればいっか。

で、創りました。鉄〇28号の基地（土蔵？）。

「28号、ハウス！」

オーガを基地（土蔵？）へと入れ、鎧《よろい》を土に戻した。

「28号、食料と水は置いとくから勝手に食えよ。あと、排泄《はいせつ》はそこな。ベッド派かゴザ派かはわからんから、長椅子にしておくな。明日くるから大人しくしてろよ」

なんか、捨て犬を拾って神社の下で飼ってるみたいだな。

「じゃあ、ねーちゃんたち、帰るか」

「だ、大丈夫なの、ここに残していって？」

「なに、見た目はアレだが、強度はあるよ。まあ、破られたら破られたで構わんさ。いろいろ施してあるからな」

パチンと指を鳴らすと、美丈夫なオーガに張っていた従属の結界が解除された。

直後、凄まじい咆哮《ほうこう》が上がりましたが、もうそんなのには慣れました。

「ヌハハハ！　よく鳴く豚だ」

「いや、オーガは鬼でしょう」

もぉう、突っ込みはノーサンキュー。


報告のために村（集落）へと向かうと、村長宅の前は人でごった返していた。

とはいっても五百人ほどしかいない村である。仕事をほっぽり出してこれるのは、それぞれの集落の代表格や女衆（おばちゃんら）、集落のヤツら、まあ、四十人くらいだが集まっていた。

「あ、兄貴だ！」

向かってくるオレらに、真っ先に気が付いたシバダが大声を上げると、村のもんが一斉にこちらを見た。

「べー！　無事だったか」

村長が進み出てきた。

「ああ、この通り無事だよ」

笑顔を見せ、安心させてやる。

「オーガが出たとザバルがいっとったが、本当なのか？」

「まあ、普通のオーガじゃなかったがな」

「普通じゃない？　どういうことだ？」

「そう慌てんなって。冒険者ギルドで話そうや」

別に冒険者ギルドが危機管理センターってわけじゃないが、国をまたぐ組織だけあって情報量はハンパない。

ましてや冒険者ギルドは国家から外れた組織とはいえ、それは国あってこそ。国が滅びたら冒険者ギルドも潰れるのだ、もはや一蓮托生《いちれんたくしょう》。大暴走や魔物襲来には出動しなくてはならない決まりがある。国からも資金は出てるしな。いわば国の下部機関のようなもんだな。

まあ、使い捨てともいうがな。

結局、冒険者ギルド（支部）――は狭いので、集会場へと場所を移した。

各自、それぞれの場所へと座り、集落の女衆（おばちゃんら）が村でよく飲んでいるヨモギ茶を出してくれた。

オレ、これキライなんだよな。渋いだけで旨《うま》みがないんだもん。あーコーヒー飲みてーなー。

「それで、どうなったんだ、ベー？」

「珍妙なオーガは、捕まえて伐り場に檻《おり》を造って閉じ込めてある。逃げられねーとは思うが、そいつの仲間が取り返しにくるかも知れんから、見張り番を組織したほうがイイかもな」

「な、仲間って、オーガの群れがおるのか！」

村長の叫びに、村のもんがざわめく。

「なあ、おっちゃん。赤い肌したオーガっていんのか？　魔物図鑑には載ってなかったが」

オーガにもいろいろあるが、基本、緑の肌だ。黒い肌のがいるらしいが、目撃例が少なくて定かではないらしい。

「赤だと？　そんなオーガ聞いたことねぇぞ」

「ねーちゃんらは？」

「わたしたちも聞いたことがないわ」

「やっぱ、特殊なヤツなんだな……」

まあ、美丈夫でしゃべるとか、もう特殊じゃなけりゃあなんなんだって話だがな。

「……なんか、いんな、この近くに……」

なにかがいるのは、イケメンのゴブリンを見たときから感じていた。ただ、危険というか、問題が変わってきた感じだ。ったく。メンドクセーことになりそうだな。

深く思考していたわけじゃないが、テーブルを見詰めていた視線を上に向けると、皆がオレに集中していた。

ちっ。いかんな。田舎《いなか》、田舎《いなか》といいながら、自分（前世）の基準で見てたよ。この世界じゃ村全滅なんて珍しくもない出来事。だからこそ、人の心は折れやすい。

パニックになって自暴自棄《じぼうじき》になりやすいのだ。

オトンが死んだときも、騒ぐだけ騒いで、すべてをオトン一人に押し付けやがった。

ちょうどそんときは、トータが生まれる直前だったこともあってそれどころじゃなくて、オークが出たことには気が付いていても、群れによる襲撃《しゅうげき》だということまでは頭が回らなかった。

オトンもオレたちに心配かけまいと、いつものようにして、オレたちに大変なことが起きているということを気付かせることはしなかったのだ。

オトンらしいといえばオトンらしいが、せめてオレにはいって欲しかっ――いや、いったら突っ込んでいきそうだったから、いわなかったんだな。

当時は子供っぽく――してなかったし、なにもいわれないことをイイことに、魔法魔術をオトンやオカン前で使ってた（弱いやつね）からな。実際、いわれてたら突っ込んで殺戮《さつりく》してたな、オレの性格（今世の性格、ちょっと攻撃的）では。

「村長は、どう判断する？」

議長ではないが、非常事態に弱い田舎《いなか》もん。誰かが仕切らなきゃ先に進まないんだよ。

「ど、どうといわれても、どうしたらいいんじゃ？」

「ねーちゃんらに調査してもらって、なにが起きてるのかを調べてもらうべきだな」

異常事態なのは確かだが、なんの異常だかわからん状態では対処のしようもないよ。

「だ、だが……」

「だが、もしかして、もない。ゴブリンならともかく、オーガが出てんだぞ。バンたちじゃどーにもならんよ。ねーちゃんらみたいな場数を踏んだ冒険者じゃなけりゃあ、なんもわかんないぞ」

まあ、村長としての立場もわかんないわけじゃないが、金で命が買えんならケチんなってーの。

「……わ、わかった。依頼を出そう。しかし、この人らが受けてくれるのか？　相手はオーガなんだろう？」

「オレじゃなくねーちゃんらに聞けよ。オレが依頼を出すんじゃないんだからよ」

ねーちゃんらを見ながらいう。

そんなオレの態度にため息を吐いてる。まあ、短い付き合いだが、オレの意図を理解してくれたのだろう。『バカじゃね、こいつ』みたいなため息だったら、さすがに泣くがな。

「あんたら、受けてくれるかい？」

「そうですね。ベーにはお世話になってますし、これもなにかの縁。受けましょう。ですが、ちゃんとギルドに依頼を出して報酬《ほうしゅう》を払ってくださいね。わたしたちも、稼がなければ食べていけませんので」

まあ、慈善事業じゃないんだ、タダではできんさ。

「ねーちゃんらの調査が終わるまでは、見張り番を立てて、しばらくは待つしかねーな。薪《まき》は各自の家にあるやつを出せば五日くらいはもつだろう。置き場には、木を十本くらいおいてきた。

何人かでいけばすぐ持ってこれるようにしといたから、大丈夫だろうさ」

天災はいつ起こるかわかんないからな、どこの家でも貯蓄はしている。うちも一年は伐らなくてもイイ量の薪《まき》が保存庫にある。いざとなったらそれを出せばイイさ。


夜、趣味に没頭してると、戸が叩かれ、我に返った。

「開いてるよ」

作業を止め、戸に向かっていった。

戸が横に移動すると、来客用のローブを着たアリテラが現れた。

「お邪魔してもいいかな？」

なにやら乙女《おとめ》っちっくな感じでいうアリテラさん。昼間のはなんだったんだと、突っ込みたいくらいの変貌《へんぼう》である。

……ほんと、よーわからんわ、女ってのは……。

椅子を勧め、オレは台所へと向かい、果実酒とチーズを皿に盛って、テーブルへと置いた。

「べーは紳士ね」

変態が付いたら、オレは今すぐ死ぬがな。

「女には優しくするもんだからな」

女は敵にしてはならぬと、前世で学びましたから。あ、別に経験したからじゃないんだからね。たんにおっかない場面を見ただけなんだからね。勘違いしないでよねっ。

「ネラフィラにも？」

ネラフィラ？　誰だそりゃあ？　といおうとしてなぜか殺気を感じた直後、それが姉御の名前だと思い出した。

……な、なんだろう、この命が縮む思いは……？

「べー？」

「あ、いや、ワリー。なんか命の危機を感じたんでな」

「なにいってるの？」

「オレにもよーわからん」

わかりたくもねーよ、なんか知らんけど。

「で、姉御がなんだって？」

唐突《とうとつ》になんなんだい？

「べーはネラフィラにも優しいの？」

「別に普通だろう。むしろ、優しくされてんのはオレのほうだな」

小さい頃から世話になってるし、オトンが死んだときやトータが生まれたときは、涙が出るくらい助けてもらった。

冒険者ギルド（支部）にいったとき声をかけてくれるのは当然として、ときどき家の様子を見にきてくれ、オカンやサプルを手伝ってくれる。ほんと、姉御には足を向けて寝れないよ。

「姉御は、オレが生まれたときはよく子守りしてくれたし、まあ、オレのお――じゃなくて、お、ねーちゃん的存在だな……」

な、なんだろう。「お」の次をいった瞬間、死をイメージしたぞ。股間がキュッとしたぞ……。

「ふ〜ん。おねえちゃん、ね〜」

なにかとってもイイ笑顔を見せるアリテラさん。いったいなんですのん？

「姉御がなんかしたのか？」

もし敵にしたのなら即、謝れよ。あの人を敵にしても、なんもイイことないからな。

「ううん。べーのこと心配そうに見てたから、なんでかな〜って思っただけよ」

姉御、そんなふうに見てたっけ？

「まあ、オレはバカなことをたまにやるからな、そうなってもしょうがないさ」

心配してくれる人がいる。なんともありがたい話だぜ。

「たまに、じゃなくいつもでしょう」

違うと反論できないのが悔しいが、別に周りに迷惑かけてないんだからイイだろう。

「……ところで、なにしてるの？　鎧《よろい》作り？」

テーブルの横へと置いた手甲を見た。

「まあ、そんなもんかな」

ラーシュにやった防御力特化の初期型とは違い、スピードも追加した改良型である。しかも、十秒から五秒まで短縮させた。

まあ、まだまだ改良の余地はあるし、納得できるもんじゃないが、楽しみはゆっくりとだ。

「……また、バカなことしようとしてるわけね……」

なんとも呆れた目でオレを見るアリテラさん。バカじゃない。これはロマンだ！　っと、いってもいっても理解されないだろうから、肩を竦《すく》めるだけにした。

「そーいやぁ、依頼の礼をいってなかったな。ありがとな」

明日、三人にも礼をいわんと。

「べーがいうことじゃないでしょう。村からの依頼を、わたしたちが受けただけなんだから」

「そりゃそーだが、オレも村のもん。村のために動いてくれてんだ、礼ぐらいはいわしてくれや」

仕事だから当然、メシを食うために、では、するほうもさせるほうも味気ないだろう。それに、感謝を忘れたら人はダメになる。オレは、自分を生かしてくれるすべてのことに感謝するって決めたんだ。

「フフ。なら、ありがたく受け取っておくわ」

「まあ、邪魔にならん程度でな」

これはオレの主義主張。他人さまに押し付けるもんじゃねーし、ホドホドでイイよ。

24 ✴ 港へ

「気を付けてな、ねーちゃんたち」

朝、いつもオレたちが朝食を取る時間（だいたい七時前くらい）に、ねーちゃんらは出発していった。

村からの依頼は〝村の周辺の調査〟で、対処可能なら〝魔物の排除〟だ。

なんともふわっとしたもんだが、今の段階ではこれが精一杯。まあ、見回りみたいなもんで、原因がわかればラッキー。わからなくてもC級冒険者が受けたことで、村のもんは安心する。

今後、どうなるかはわからんが、備えは整えておく——が、まあ、蛇が出るか鬼が出るかは、ねーちゃんらの運と実力次第。なんで、今は待つしかない。

とはいえ、オレの生活にスローはあってもストップはない（考えるな、感じろ的な表現だ）。日々の仕事はなくならないのだ。

本当ならねーちゃんらとは別に周辺を探索したいんだが、前からの約束があるので、それはトータに任せることにした。

「いいか、トータ。お前の仕事は探索。山でなにが起こってるかを調べることだ。倒すのは二の次。生きてオレに報告することだ。いいな？」

「うん！」

元気に返事して、トータはねーちゃんらとは違う山へと向かっていった。

トータは戦いよりも探索の方が才能があるんだが、どうも戦いに傾倒してしまう性質があるのだ。

まあ、別にワリーことじゃないんだが、戦いだけで解決できないこともあるのもまた事実。手はいくらあっても困らない。生きてりゃ考えなんてコロコロ変わるさ。

村人は村人らしく、村人らしい仕事（反論は一切受け付けません）をやりますか。

保存庫へと向かい、人魚族の商人に頼まれたものを取りにいく。

まずは武器庫。

海の戦士――ハルヤール将軍に頼まれて造った三叉の槍、二十六本を、結界でコーティングした木箱に収め、空飛ぶ結界台車バージョンに載せる。

今、海の中は人魚族による戦国時代のようで、結構物騒になっている。

ハルヤール将軍は、辺境領主（海から見れば大陸寄りが辺境となるんだとさ）の反乱で、不意を突かれて重傷を負い、なんとかうちの港まで逃げてきたそーな。

まあ、海の中のことは興味もねーし、陸に攻めてくるわけでもないから、深入りは……してますが、基本、オレの心はハルヤール将軍――友達にしか向いてない。薄情と罵《のの》しられようが悪魔と見られようが、身内贔屓《びいき》主義者なオレなので他人の言葉など右から左である。

ハルヤール将軍が属する国は小国なので、オレが売る武器や防具では劣勢を覆せないが、現状維持はできるよーだ。こうして地道に戦力アップをしている。

次に隊長格に与える白銀鋼の鎧《よろい》を十。浮遊機雷（たんに空気を圧縮させた結界玉）を百。箱にして五箱。有刺鉄線五〇メートル巻き、四つを空飛ぶ結界台車バージョンに載せる。

結界同士を連結させ、次は薬剤庫に向かう。

戦国時代の世なので、戦いに訓練にと怪我《けが》が絶えない。ましてや生きてりゃ病気にもなる。人魚だって生き物なんだ、薬の需要は海中も地上も大差はない。大差はないんだが、需要と供給が保たれているかは別問題。

これも海中地上にかかわらず、弱いところには回ってこないのが世の常だ。

ハルヤール将軍が属する国――バルデラル王国も薬の供給が追い付かず、さらに弱い者が死んでいるそーで、薬はあるなら幾らでも買う、という状況なのだ。

とはいえ、薬ならなんでもイイわけじゃなく、人魚に効くものに限定されるから、そう毎回毎回は供給できるわけじゃないがな。

人魚に地上の薬効くんかい？　と、突っ込まれそうだが（オレは突っ込みました）、これがまた驚いたことに効くんだと。まあ、傷薬とはいっても治癒力《ちゆりよく》を高める飲み薬や化膿《かのう》止め的な張り薬もある。ましてや、オレだって海のものを使っている。効かぬわけがない。聞けば、帝国（人魚のな）では地上と取り引きもしてるっていうんだから驚きだよ。

まあ、問題は薬の保管と使用場所だ。海の中に粉薬なんておいておけないし、飲む前にとけちまう。錠剤にしたって同じだ。保管方法（場所）や使用場所は、空気のあるところじゃないと不可ときてる。

んで、そこで重宝されんのがオレの結界術。結界で包み込み、口ん中に入れて噛めば消えるように設定すれば問題なし。結界包帯もあるので張り薬もオッケー。保管だって問題なし。強いて問題を上げるとすれば人魚の薬学が停滞《ていたい》することだが、人魚の世界も広い。どっかで研究してんだろうさ。

一月で調合した薬、箱にして七箱を空飛ぶ結界台車バージョンに載せる。

他に地上の食いもんや鏡や櫛《くし》、おしゃれな髪止め、指輪などを載せ、港へ続く扉を開いた。


扉（土魔法による砂の分解と固定方式）を開けると、やや下り坂の通路が現れた。

一応、馬車二台がすれ違っても余裕があるように造ってある。

なんでやねん！　って突っ込まれたら『なんとなくだ！』と答えます。実際、港まで繋げるまで気が付かなかったからな。

通路には二〇メートルごとに光を封じ込めた結界を置いてあるので結構明るい。

「なんか味気ないよな、この通路」

まあ、通路に味を求めるのもなんだが、そう考えてしまうくらい長いんだよ、この通路。

陽当たり山の標高が約八〇〇メートルくらい。港まで一キロ近くなる。こんな荷物載せて飛んでるから、スピードも出せない。いや、出す気になれば出せるが、念のために扉は五つ用意してるので飛ばすことができんのだ。

なぜに？　とサプルに聞かれたが、海の中の生きもんって、結構どころか相当ヤバいのだ。

まあ、この近海にはいないし、人魚族が縄張りにしてるから寄ってこないが、絶対にこないとは限らない。危険ではないが、百触手虫とかザリガニ（モドキ）へビとか、あんなゲテモン、こんな狭いトコで会いたくねーよ。心臓止まるわ！

五つ目の扉を潜り、三〇メートル進むと、ちょっとした体育館くらいの広場に出る。

ここは一応、離れの保存庫であり、港にあるオレの店の倉庫でもある。

店？　と首を傾げられるかも知れんが、人魚族相手に商売しているので店が必要なのだ。

ファンタジーの代表格みたいな人魚族だが、これがまた人間にも負けぬ俗物な生きもんで、戦士もいれば商人もいる。奴隷《どれい》だっているくらいだ。

見た目さえ気にしなければ、人間を相手にしてるのとなんら変わらん。もちろん、種族による価値観や文化、言葉の壁はあるが、決して付き合えぬ存在ではない。それどころか、これまで交流がなかったのが不思議なくらい、わかり合える存在である。

まず、品物をそのままにして地上部の店へと入る。

港にくるのは、商売のときか魚介類を獲りにくるときくらい。今日も十日振りにきたくらいだ。

店の中――つーか、裏から入ると、まずバックヤード的な商品を置いた部屋になる。

人魚相手になに売ってんだと、気になるだろうが、特別な品は置いてはいないよ。町の雑貨屋にあるよーなもんばっかだ。

まあ、売れ筋は決まってるんだが、やはりそれだけつーのも味気ないんでな、雰囲気を出すためにおいてるだけだ。土産《みやげ》に買ってくヤツがたまにいるんでな。

バックヤード的な部屋に異状がないかを確かめる。以前、三〇センチ超えのフナムシ（触手付き）がいたときは、さすがに叫んだよ。海のもん、進化がハンパねーぜ。

「おし。いねーな」

結界張ってるから大丈夫なんだが、あのインパクトはもはやトラウマだ。万全にしてても不安でしょうがないよ。

バックヤード的な部屋の安全を確認し、店へと続くドアを開ける――と、目の前にプールが広がる。

人魚は空気があるところでも生きられるが、基本は海の中で生活する生き物。海の中のほうが自在に動ける。なので、主要部は海の中にあるのだ。

ちなみに、港には人間用に桟橋《さんばし》を二つ造り、会長さんが乗ってた魔道船クラスの船でも停泊できるようにはしている。

もちろんのこと、海の中も同じくらい広くしてある。なんせ、人魚族の船――といってイイのか謎だが、巨大生物を利用した運搬《うんぱん》方法を取っているんで、広くないと不都合なんだよ。

ハルヤール将軍と出会ったときは、土魔法で小さなプールを造り、怪我《けが》の治療なんかをしていたが、人魚族の商人やら客やらくるようになり、住み着くヤツまででてきた。

ここを造ったのは確かにオレだが、趣味と勢い、そして、釣り場が欲しかっただけに過ぎない。なので、これといって支配力もないし、所有権を主張したいわけでもない。住みたいなら住めばイイし、店を開きたいのなら聞けばイイ。どうせ人魚族からも人間族からも辺境と見られてる地。

住み着いたところで文句をいうヤツはいないんだ、勝手にしろだ。

三時間は空気の心配はしなくて済む結界を体に纏《まと》わせる。

「さて、店の開店だ」

そしてプール――いや、店へと飛び込んだ。


店の中に沈む。

なかなか奇妙な表現だが、人魚族相手の商売なら、空気がある地上より水の中のほうがなにかと都合がイイ。

だが、いくら結界を纏《まと》わせるとはいえ、水の中では浮力が働く。ただでさえ六〇キロもないオレが水の中――海の中に入れば、イヤでも浮いてしまう。

なら、どうするかと問われれば、土魔法でなんとかしましょうと答えます。

最初は、靴に重りを付けていたのだが、足が重いだけで体は軽いので、ちょっとした水の流れ(地上風にいえば、風が吹くかな)で上半身が揺れてしまうのだ。

ならば、星も土なんだから重力とか操れんじゃねぇ？　とやってみたらあらできた。ほんと、おっそろしいわ～、土魔法って。

まあ、上手くいったし、水の流れは少なくなったんだが、今度は水が重くなって、動けなくなる事態に陥《おちい》ってしまった。

こりゃマズイと、重力はオレだけにかかるように調整し、なんとか地上と変わらぬ重力状態にしたのだ。ほんと、苦労したわ。

そして、店のカウンターの前に着地した。二〇畳ほどの店内を一望できる場所である。

その場で店内を見回した。

とはいえ、ここも普通に戸締まりしてるので、前にきたときと変わりはない。だが、それでも入ってくるのがきゃつらである。店がフナムシの巣になってたら、オレはここを廃棄《はいき》して二度とこないぞ！

まったく、山に住む虫なら平気なのに、どうして海の虫には弱いかね、オレは？

ため息を吐き、前方の扉のほうへと歩き出す。

人魚族専用、というか、水の中なので抵抗をなるべく少なくするためにスライド式となっており、開店時はいつも開けっ放しにしておくのが人魚族の常識となっているのだ。

扉を開けると、眼下に港が広がる。

港は、すり鉢《ばち》状になっている。オレの店は一番上にあり、ハルヤール将軍の家の横に建てられている。

一応、というか、ここはアーベリアン王国の支配地になっているが、ここを知っているのはオレら家族だけであり、ここにくるには保存庫か海集落から危険な岩礁《がんしょう》地帯を越えてくるか、さらに遠回りしてくるしかない（あともう一つあるがそれはそのうちにな）。

もはや誰も知ることのない地なので、ここの支配（管理）はハルヤール将軍に一任したのだ。

つってもハルヤール将軍は、国の重鎮《じゅうちん》。ここに常駐できるわけじゃないし、ちょくちょくこれる身でもない。オレだってそうそうこれない。どうしても代理を置くしかないんだよ。

店を出て隣（まあ、船の発着場が間にあるがな）の領主館（しっくりくる呼び名がないからそうなった）へと赴《おもむ》く。

今日くる約束はしていたが、時間まではいっていない。なので挨拶《あいさつ》にいく必要があるのだ。

「……にしても、人魚、増えたな……」

別に街道（海の中にも道はある）ってわけじゃないし、なにかが採掘されるわけでもない。取引相手といえばオレだけだ。それで人（魚）が集まるってどーゆーことなんだ？

首を傾げながら領主館に到着。門番のあんちゃんに挨拶《あいさつ》する。

「おはようございます、べーさん」

なんで会話できんだよ！　との問いに答えましょう。

ここではオレはナンバーツー。ハルヤール将軍に次ぐ権力者（村人ですがなにか？）。そんな人物が下に遠慮したら示しがつかんと、ハルヤール将軍が部下に自動翻訳《ほんやく》の首輪をするように命じたのだ。

オレとしてはメンドクセーが、まっ、しゃーねーかで、スルーしてるよ。

「ウルさんいるかい？」

ウルさんとは、ハルヤール将軍の代理人で、実質的なここの支配者だ。

「はい。執務室にいらっしゃいます。どうぞ」

「あいよ」

軽く手をあげて領主館へと入った。

まあ、ここを造ったのはオレであり、ハルヤール将軍からはフリーパスをもらっている。

玄関ホールを通り抜け、執務室がある二階（人魚に階段は不要だが、オレには必要なので造ってはある）に上がり、一番手前のウルさんの執務室へと入った。


「ウルさん、おはよー」

執務室の机で仕事をしていた、インテリジェンスな人魚のおねえさんに挨拶《あいさつ》を送った。

人魚が机で仕事すんのかい！　なんていう突っ込みが脳裏を掠《かす》めたが、するんだからしょーがないだろうと軽く流した。

「おはようございます、べーさま」

わざわざ椅子から立ち上がり、お辞儀をするインテリジェンスなウルさん。

さまなんて呼ばれる身じゃないし、呼ばれたくもないが、生真面目な人（魚）になにをいっても無駄。早々に諦《あきら》めたわ。

しかし、いつ見てもキレイな人（魚）だよな。まさに、ファンタジーに出てくるに相応《ふさわ》しい人魚らしい人魚だよ。うん。

ったく。男の人魚とかいったい誰得だよ。夢ぶち壊すのも大概にしろってんだ。ハルヤール将軍を見たときは、地面に手を付いて泣いたぞっ。

「約束のもの、持ってきたよ」

「いつもありがとうございます」

お辞儀をするたびに動く○○○がなんともステキ。枯《か》れていたなにかが萌《も》える感じだぜ。

ちなみに、○○○は勝手に想像してください。突っ込まれても否定します。そこを明白にすると、どこからか心臓が止まるくらいの殺気がくるもんで。そんなわからん殺気で死にたくねーよ！

「おかけください。ただいまお茶を持って参りますので」

お気遣いなく、といってても聞いてくれないので、ありがたくいただくことにして、オレ専用（人魚用の椅子は下半身を固定するもんだから人間には座れんのよ）のソファーに腰を下ろした。

しばらくして、材質不明の透明な蓋《ふた》の付いた皿に、紫色イクラ大みたいな粒々を盛ったもんを盆に載せて、ウルさんが戻ってきた。

「先日、王都から隊商がきましてね、ザルファ産のバルサナが入ってきたんですよ」

ザルファってのは地名で、バルサナってのは海の中で生きる葡萄《ぶどう》だ。突っ込みたい気持ちはオレにもわかるが、ここは種族の違い、文化の違い、所変われば品変わるで、納得するのが異種族交流のコツだ。余程のゲテモノじゃなければ受け入れろだ。

「そりゃイイときにきたな」

人間側からしたらお茶じゃないが、人魚側から見たら立派なお茶だ。まあ、そうは言っても違和感は消えねーが、粒々ジュースだと思えば、結構どころか「うっめー！」と叫んでしまうくらい美味なるものだぜ。

ザルファがどこだか知らないが、ウルさんの言葉からして、結構有名で、プレミアもんなんだろう。

一粒つかみ、口ん中に放り込んだ（できるように設定してます。よくご馳走《ちそう》になるんで）。

ぷちんっと潰した瞬間、濃厚で甘酸っぱい葡萄《ぶどう》の味で、口ん中が一杯になった。

「……な、なに、これ？　いつものバルサナが水に感じるくらい濃いじゃないか……」

だからってその濃さが居座るわけじゃない。飲み込んだ瞬間に、後味すっきり、また欲しくなる余韻《よいん》しか残さないのだ。

「ふふ。そうでしょう。ザルファ産はなかなか手に入りませんからね」

そりゃ、こんだけのものなら大金出せば仕入れられるぞ。オレだって欲しいよ、この旨《うま》さなら。

「にしてもよく入ってきたな、こんな辺境に？」

王都のような、人口の多いところに流れるのが普通だろうに。

「これもベーさまのお力です」

「あん？　オレの？　意味わからんのだが……」

なんかしたっけ、オレ？

「人が増えていることにお気づきですか？」

「ああ、あんだけいりゃあな」

こんな辺鄙《へんぴ》なところに、ちょっとした町くらいの人（魚）がいれば嫌でも目に付くってもんだ。

「ベーさまが運んできてくださる品は、どれもが希少で優れたものばかり。しかも、価格が安いときている。国としてどれほど助かっているか、言葉ではいい尽くせないくらいです」

「んな、大袈裟《おおげさ》な」

オレが持ってくる品物の量なんて、行商人レベル。小国とはいえ、国から見たら微々たるもの。五万人都市で屋台をやってるよーなもんだろう。

「確かに量は少ないです。ですが、その品はここでしか手に入りませんし、我々――いえ、ハルヤール将軍の許可がなければ扱えないものばかりです。商人から見ればぜひとも仲良くなっておきたい人物。そうなればよい印象を持ってもらうべく、国中から、いえ、諸外国からも集まる始末です」

まあ、わからないではないが、これ以上品物の量は増えないし、消費も追い付かないだろう。住民つってもハルヤール将軍の部下やその家族、あとは儲《もう》けありと見てやってきた商人くらいなもの。オレだってそう大量に買うことはできない。持ってきても腐らせるだけじゃないの？

「べーさまに紹介いただいた、アバールさまとこのたび、通商を開きました」

アバール？　誰だっけ？

「べーさま？」

ウルさんの揺れる〇〇〇を見て思い出した。突っ込みはノーサンキューね。

「あーあー行商人のあんちゃんね。誰かと思ったぜ」

有能で、行動力のあるあんちゃんだから人魚族と商売してもなんら不思議じゃないが、あんちゃんは行商人だ。基本、一人で各地（まあ、オレの注文でいろいろいってんだが）を回っている。

量だってオレと変わらんだろう。

それで通商とは苦しくないか？　翻訳《ほんやく》の間違いか？

「行商人のあんちゃんからなに仕入れてんだ？　つーか、どこで取引してんだよ？」

ここに何度か連れてきたことはあるし、ここにくる手段が三つしかないことも教えてあるぞ。

「そのことで、ベーさまにご相談したいことがあります」

なにやらインテリジェンスなお顔が、四割増しに真剣になった。

「なんだい？　改まって」

「ここを開放してもらえませんか？」

「開放もなにも、オレは支配なんてしてないんだから、勝手にすればイイだろう」

ハルヤール将軍がここに流れ着いてから、オレは好きにすればイイといってきたし、誰が住み着いても文句をいったこともない。

もともとここは、土魔法の練習（二割）と趣味（七割）と釣り（一割）のために造ったままでなくなったらなくなったで、『あら残念。んじゃまた造るか』で終了だ。

「……ベーさまがそういう方なのを、忘れていました」

まあ、オレはクリエイターだからな。造ったあとにあんま興味ないんだよ。

「開放というのは、地上へ道を開いてください、といった意味です」

「………………」

思わずウルさんを凝視《ぎょうし》した。

そんなオレから目を逸らさないウルさん。真っすぐオレを見ていた。

「誰の指示？」

その問いに、僅《わず》かだが、ウルさんの瞳《ひとみ》が揺れた。

ハルヤール将軍は生粋《きっすい》の海の戦士だ。まあ、商売のことをまったく知らないってほど脳筋じゃないが、その目には国と国民の安全しか映ってない。商売なんて二の次三の次。まず国防だ。

そんな人（魚）がこんなことを指示するわけがないし、オレの生き方を理解している。ましてや、友達を罠《わな》に嵌めようとはしない。そんなゲス野郎なら、とっくに見捨ててるよ。

「ウルさんが誰の部下かなんて興味はねーし、なにをしようがオレはどうでもイイ。ウルさんにも立場ってもんがあるだろうからな。だが、ハルヤール将軍――オレのダチを貶《おとし》めようとか侮《ぶ》辱《じょく》しようとかいうなら、別だ。ウルさんだろうと許さない」

女性を敵にはしたくないし、困らせたくもないが、友達を見捨てるクズにはなりたくない。

この世でやっと本音で語り合える友達ができたんだ、その関係を失うくらいなら喜んで女の敵になってやるよ！

「…………」

言葉が出てこないウルさんは、オレの怒気《どき》の籠《こも》った眼差しから逃げ、俯《うつむ》いてしまった。

インテリジェンスで仕事のできる女然としたウルさんだが、意外と押しに弱く、ウソを貫《つらぬ》けないのだ。と、ハルヤール将軍がいってたっけ。

「……なるほど、確かにそのギャップは萌《も》えだな……」

ほんと、あのおっさん、生粋《きっすい》の海の戦士のクセに、萌《も》え魂《だましい》を持ってんだから変態だぜ。まあ、そんな変態と友達になれるオレも同類だがな……。

「まあ、地上へ道を開きたいのなら、勝手にやればイイし、行商人のあんちゃんと商売したいのなら、勝手にどーぞだ。オレが口を出すことじゃないよ」

行商人のあんちゃんには、なにかと世話になってるが、あんちゃんにはあんちゃんの繋がりがある。オレが口を出す筋合いはない。

だから、オレとハルヤール将軍との繋がりに、文句をいわれる筋合いはない。

「んじゃ、荷物はいつものトコに置いとくからな。お茶、ご馳走《ちそう》さん」

まだ俯《うつむ》いているウルさんに礼をいって、執務室をあとにした。

25 気まぐれ屋

今さらだが、我が店の名前は、『気まぐれ屋』だ。

名が表す通り、気の向いたときに店を開くから、そう名付けたのだ（はい、安易ですがなにか？）。

客からしたらなんとも迷惑な話だが、趣味で店をやってるヤツなんて、自分が満足するためにやってるよーなもんだ。

オレだって、『店、なんかおもしろそう』で始めたし、儲《もう》けより雰囲気を楽しんでいるんだからな。

まあ、なにがいいたいかというとだ。頼まれていたものを置いて店に戻ってきたら、店の前に人（魚）だかりができていたのだ。

趣味で、雰囲気を楽しんでいる者としたら、繁盛《はんじょう》なんて迷惑でしかない。やっている、そう思うだけで満足なんだからな。

そのまま見なかったことにして通り過ぎたいが、人魚だらけのところで人間が一人しかいない状況では、アホな行動でしかないし、知り合いがいては他人の振りもできない。ほんと、メンドクセーな。

「やあ、待ってたよ、べーくん」

中年でメタボなナルバールのおっさん（人魚だと認めたくないし、呼びたくない）が愛想よく語りかけてきた。

このおっさんは、ハルヤール将軍の弟で、王都では名のある商人とのことだが、どうにも胡散《うさん》臭《くさ》くて信用できないんだよな。

だからって悪徳とか、性格がワリーとかじゃないんだよ。

話し方も丁寧だし、誠意ある態度を見せる。商売人としても有能で、オレの無茶な注文にも応えてくれる。行商人のあんちゃんくらいには重宝する人物だ。

オレの今世の性格なら友達になっているはずなのに、なぜかこのおっさんには壁を作って、踏み込もうとしないんだよな。

「おう、おっさん。久しぶりだな」

そんな感情を顔には出さず、笑顔を見せて挨拶《あいさつ》する。

あまりこのおっさんにオレの警戒心を悟られたくないし、重宝する人物なのでほどよい距離を保っておくのが吉だろうからな。

「どうしたい、そんな大人数で？」

「アハハ。相変わらずだな、ベーくんは。客がきたとは思わないんだから」

「客？　ああ、そーいやぁ、店やってたっけな。ワリーワリー」

ちょっとわざとらしいかと思うが、気にしたらよけいにボロが出る。ここは勢いでいけ、だ。

「しかし、おっさんらも物好きだよな。うちの店に買いにくるんだからよ」

雰囲気を出すために商品は置いてはあるが、人魚が、いや、海の中で使うには不便なものばかりだ。

木のカップやら竹籠《かご》、釜に鍋、中古の服やら鞄《かばん》やら、普通の雑貨屋を真似てるだけで、人魚の需要なんてなにも考えちゃいない。いったい誰が買うんだよ、ってもんばかりだ。

「なにいってるんだい。ベーくんの店は宝の山だよ」

はん？　宝の山？　なにいってんだ、このおっさんは？

「海の中で着れる布地の服なんて、ここでしか売ってないよ」

そりゃまあ、結界で包まなきゃ陳列できんからな。

人魚の歴史も結構あるから、服を着る文化を持つようになった。だが、水の中では衣服の素材は、生き物の皮を加工したものか、海竜の髭《ひげ》を編んだもの。それか金属製のものかだ。

海の中で服？　水の抵抗モロだな。とか突っ込んだら負けだぞ。人間だって歩くのに邪魔でしかないだろってもんを、着たり履《は》いたりしてんだろう。いろいろ賛否はあるが、それが人魚の文化。突っ込んでもしょうがないことだ。

「それに、髪飾りや鞄《かばん》の意匠《いしょう》も素晴らしいものだし、金属製品は錆《さ》びない上に長持ちときてる。なにより安いのがよい。商売人としては、ここ以上の宝の山はないさ！」

なんか、どこかで聞いたよーなセリフだが、宝の山といわれるのは満更でもねーな。

よくあるものを置いてるとはいえ、作り手としては、褒《ほ》められたら嬉しいもんだし、認められるのも悪い気がしない。

まあ、なんとも単純なこったと自分でも思うが、人間なんて単純な生き物。クリエイターの業。そういわれちゃうと気が緩くなるもんさ。

「まあ、立ち話もなんだし、店ん中で話そうや」

はい、まんまと乗せられたバカなオレです。だが、後悔はない！

「ワリーな、お客さんたち。うち、狭くて三人がやっとなんだわ。だから三人ずつ、順番で入ってくれや。あとになるほどオマケすっからよ」

これが人間なら十人でも平気で見て回れるんだが、客が人魚となると話が違ってくる。

身長は人間と変わらんのだが、人魚の下半身は魚。下半身を動かして移動するもんだから結構場所を取るのだ。

一応、人魚相手の店なので、広さは十畳ほどでも高さは十メートルある。だが、やはり店ん中を泳がれると三人がやっとなのだ。人魚の泳ぎで起こる回流、ハンパないんだよ。

「皆、さっきの順番で頼むよ」

店を誰よりも（下手したらオレよりも）知っているナルバールのおっさんが仕切っていてくれたよーで、揉め事もなく最初の三人が店ん中に入っていった。

その後に店主のオレが続き、当然のようにナルバールのおっさんが続いた。

「おお、本当に凄《すご》いな！」

「地上のものが当然のように並んでおる！」

「これが陶器の皿か⁉」

視線を上げれば、人魚たちが泳ぎ回っている。

字面はファンタジーで幻想的に聞こえるが、男の、しかもおっさんの人魚が泳ぎ回っている図は、物凄《すご》くシュールというか、なんだかやるせない気持ちで一杯になるぜ……。

無理矢理女の人魚に脳内変換しながら、カウンターの向こうへと移動した。

結界を発動させ、カウンターの手前（店ん中側）一メートルと番台側（二畳くらい）の水を抜き、空気のある空間を作り出した。

結界を纏《まと》っているとはいえ、やはり水の中は疲れるし、落ち着かないものだ。店番してるときくらいは空気に触れていたいよ。

人魚も一応空気の中でも生きられるし、人魚用の椅子や浮き輪（空気の中で浮く結界だけどな）を用意してあるから、不自由はねーはずだ。

「しかし、珍しいとはいえ、地上のもんなんか買ってってどーすんだ？」

皿ならまだしもカップって、なにに使うんだよ？　あんたらゼリー状のもんか固形物しか口にせんでしょーが。

「海中にない珍しいものばかりだからいいのですよ。地上でも、海のものを珍しく思うでしょう？」

まあ、いわれてみりゃあ確かにそーだが、だからって、ズボンとか靴とか欲しがる心理がわからんよ。

「まあ、なんにせよ繁盛《はんじょう》してよろしいではありませんか」

「商売人の前でワリーが、オレはエセ商売人だからな。繁盛《はんじょう》とかどーでもイイよ」

チラッとナルバールのおっさんを見るが、張り付けたような笑顔のままだった。

それが、このおっさんを信じられねー要因の一つなんだよなぁ～。

多分、このおっさんは自尊心は人一倍高いはずだ。二番に甘んじるタイプではない。

まあ、それはオレの勝手な思い込みだが、相手が人間とはいえ、僅《わず》か十五歳のガキにここまで下手に出られるとか、余程、人（魚）ができてないと無理だろう。

オレは、この世に聖人君子なんていないと信じてるタイプだ。もし、そう呼ばれているヤツがいるとすれば、そいつは希代の詐欺師《さぎし》かゲス野郎のどっちかだ。

まあ、その理論が正しく、このおっさんが詐欺師《さぎし》かゲス野郎だとしても、オレは別に構わない。このおっさんの人生はこのおっさんのもの。オレが口出すことじゃない。オレに関わらないならご自由に、だ。

もちろん、オレに関わるようなら、全力で拒否させてもらうがな。

「しかし、それにしても、よくこんな安い値段を付けますね？　服が三ビルとかありえませんよ」

人魚世界の通過単位はビルであり、一ビルが、だいたい銅貨一枚くらいだ。

そう考えたら、羊毛で作られたベストが銅貨三枚は、ありえないくらい安いだろう。しかし、その通貨が真珠だったらどうだろうか。

天然真珠、それも一センチの層の厚い真珠三つと羊毛のベスト、どっちが価値があるかといったら断然真珠だろうよ。

人魚から見れば真珠なんてそこら辺で獲れる――いやまあ、通貨に使われるくらいだから、そこら辺はいい過ぎだが、それでも銅貨感覚。商売人からしたら、小銭に過ぎない。

だが、それでも前世で母親に買ってやった天然真珠のネックレスが二十九万八千円もした記憶があるせいで、三ビル（それでももらい過ぎに感じるがな）以上はもらう気になれんのだ。

「まあ、そのビルはキレイだし、色も豊富で見てると飽きないからな、オレとしては損はないよ」

つーかこの真珠のお陰で、本が買えるのだ、得してるといったほうがイイだろうよ。

「まあなんだ、お互いにイイ商売ができてなによりじゃないか」


「やはり、地上のお茶は旨《うま》いですな」

ハーブティーを一口飲んだナルバールのおっさんが、満足そうにいった。

人魚は空気のある場所では液状のものを口にするが、ハーブティーを旨《うま》いというのはナルバールのおっさんくらいだろうよ。

「そんなに気に入ったのなら、また持ってくるよ」

ハーブなら山でよく採れるし、加工も難しくはない。村でも飲んでるのは、うちとオババぐらいなもの。減るどころか溜まる一方だ。

「それは嬉しいですが、海の中では飲めるところが限られている上に、火が焚けませんからね、ここにきたときの楽しみにしますよ」

「なにか魔法で、空間を生み出せばイイだろう。人魚の世界には名のある魔法師が何人もいんだからよ」

人魚の世界では魔術より魔法が発達している。ハルヤール将軍からもらった自動翻訳《ほんやく》の首輪（イヤリングとかもある）なんて、地上の魔術師では造れないもんだぞ。

そう考えると、ラーシュの国の魔術師ってのは優秀なんだな。文字を自動変換してくれるんだからよ。

「ご存知の通り、海の中は争いに満ちています。名のある魔法師は、最前線か国の中枢《ちゅうすう》にしかいません。とても民には恩恵は回ってきませんよ」

「しょーがねーな、人魚の世界も。戦争なんてしてないで、技術なり文化なりを育《はぐく》めよ。んなことしてっと、他の種族に追い抜かれるぞ」

別に平和主義者でもなければ戦争を否定する気もない。この世界じゃ弱けりゃ食い物にされ、利用され、家畜以下の存在にされちまう。己を主張するために戦わなければならない。ましてや異種族が多く存在する世界だ。理解し合えるわけがない。だから異種族間戦争なんて当たり前に起こる。共存共栄なんて、言葉どころか概念すらないからな、この世界は。

「べーさまは慧眼《けいがん》でいらっしゃる。皆がそうだと、人族に後れはしないのですがね……」

おっさんは苦渋の表情を見せる。

まあ、どの種族だろうと、自分らが一番と思うもの。たとえ他の種族に劣っていようと、認めない。でなけりゃ、弱肉強食のこの世界では生きていけんしな。

「維新志士《いしんしし》だな、ナルバールのおっさんは」

「いし……なんですか、それは？」

「まあ、現状を変えたいと願う志のある者、って感じかな」

いってるオレも維新志士《いしんしし》の意味は知らねーが、ナルバールのおっさんの目、なんか強い意志があって、そんな言葉が出てきたのだ。

「いし、なんでしたか？」

「維新志士《いしんしし》だよ」

「……維新志士《いしんしし》……」

なにやら噛み締めるように呟《つぶや》く、ナルバールのおっさん。いつもの張り付けたような笑顔より何倍もイイ顔してるよ。

「まあ、おっさんがなにしようが勝手だが、あんまり無茶はすんなよ。戦士でもなけりゃあ、貴族でもない。おっさんは商人。商人らしいやり方をしろよな」

戦士には戦士の、商人には商人の戦い方がある。下手に戦い方を変えても、上手くいくはずがないからよ。

「……本当、あなたという人は……」

おっさんは、呆れたような感心したような、なんとも感情丸出しの顔を見せた。

が、オレはそれに突っ込んだりはしない。火傷《やけど》したくないからな。

「あ、あの、よろしいか……」

と、買い物していた客が、カウンターに集まっていた。

「おっと、ワリーワリー。金は適当にコレに入れてくれ」

基本、人魚の世界に釣りはねーし、真珠の大きさや色で値段が決まる。うちは、一センチの真珠が銅貨一枚と換算し、個数で取引している。なので、無人販売方式というか、セルフ方式になっているのだ。

まあ、ぶっちゃけメンドクセー。ちょろまかすヤツがいたら、次からそいつは出入り禁止にするとはナルバールのおっさんにいってある。なんで、不都合が出るまではこのままだ。

「にしても大量に買ってくな。次の仕入れ、大変だわ」

なんとか客を捌《さば》き、店内を見回すと、八割近くの商品がなくなっていた。

つーよりも、品出しのほうが大変か。ちっ、メンドクセーな。

「こりゃ、しばらく休業だな」

前回は、並べるのも楽しくて時間は気にならなかったが、今回は苦労しか感じないな。まあ、一月もあればなんとか品出しできるか。

「な！　そ、それは困ります！　ただでさえ滅多に開かない店なんですから！」

「知らんよ。オレはオレの都合でしか動かないって決めてるからな」

前世じゃ、いつ首になるかわからない状況で、人員削減だ、コスト削減だと、いろいろ苦しめられた。まあ、それが仕事だといわれたらその通りだが、それを納得できるかは別問題。オレは、苦痛でしかなかった。もう二度とあんな仕事などしたくない。

神（?）から三つの能力をもらい、こうして田舎《いなか》に生まれ、好き勝手生きられるのだ、今世は自分を貫《つらぬ》いて充実した生を謳歌《おうか》してやるって決めたんだよ。

「な、なら、せめて人を雇って商売してください。我々もあなた頼りの商売なんですから！」

「それもメンドクセーな。だいたい、こんな店で働こうとする物好きなんていんのかい？」

儲《もう》け度外視の趣味の店。月に二回も開けば働き過ぎと思ってる。ましてや品出しがメインの仕事である。暇《ひま》を通り越して、拷問《ごうもん》じゃないの？

「では、わたしが紹介いたします。給金もこちらで出します。もちろん、主はベーさま。ベーさまのやり方でおやりください。ただ、我が儘《まま》をいわしていただけるなら、月に四度は開いてください。商品も揃えられる範囲でよろしいですから」

なんかまんまと嵌められた気もしないではないが、まあ、好き勝手にやってるとはいえ、責任を果たしてこその自由である。始めたからには終わらせる義務がある。

ならば、ナルバールのおっさんの言葉に乗るのもしゃーないか。

「んじゃ、誰か紹介してくれや。だが、こっちにばかりに構ってやれないからな」

「まったく、それで村人だと主張するんですから、あなたは……」

好きな仕事は苦にならないし、やりたい仕事はいくらやっても疲れない。忙しくも充実した日々は、心がとっても穏やか。素晴らしきかな今世である。

港から帰ってきたら、お昼を過ぎていた。

「なんか竜宮城にいってた気分だな」

人魚との交流は五年くらいになるのに、まだファンタジーな気分が抜けないよ。やっぱ、前世の記憶に引っ張られるのが原因かね？

なんてどーでもイイことを考えながら家ん中に入ると、オカンとサプルがちょうど昼食を終えたところだった。

「遅くなった、ワリー」

いつものこととはいえ、一言謝るのが家庭内での地位を守る秘訣だよ、全国のおとうさんよ。

「お帰りー、あんちゃん」

「お帰んなさい。ご苦労だったね」

笑顔で迎えてくれるオカンとサプル。涙脆《もろ》かったら泣いてるところだぜ、まったく……。

「あんちゃん？」

おっと、イカンイカン。危うく泣くところだったぜ。

無理矢理笑顔を見せ、家へと上がった。

「あんちゃんお昼は？」

まだだと答えると、すぐに用意するねと、サプルは台所に駆けていった。

「……エエ妹や……」

あかん。泣きそうだ……。

「あんたはおとうちゃんかい。まったく、あんたは外でも中でもおとうちゃん似だね」

まあ、オトンがぶっきらぼうで家族愛の深い人だとは知ってるし、そーゆートコは似てるとは思う。

姉御や村長に聞くと、まさにオトンの息子としかいいようないくらい、性格もよく似てるらしいよ。

まさに天（神）の采配《さいはい》ってのかね。世界は違えど、よく似た（中身が）もんの息子にしてくれたものだよ。

「あんちゃん、お待たせ」

一切手抜きのない昼食を運んできてくれたエエ妹に感謝し、ありがたくいただいた。

「ごちそうさまでした。旨《うま》かったよ、サプル」

「どーいたしまして」

そんなエエ笑顔を見せるサプルに、また涙が溢れそうになる。

「そーだ！　なあ、サプル。陶器ってどのくらいできてる？」

泣き出したら止まりそうもないんで、無理矢理話題を変えた。

ちなみにサプルは料理の他に陶芸にもハマり、暇《ひま》があると陶器作りをしているのだ。

「んー、結構溜まったかも？」

血を分けた兄妹。サプルも多趣味で、集中すると止まらなくなるクリエイターなのだ。

「ってことは相当な数だな」

我が兄妹の結構は、世間でいうところの計測不能な状態を指している。なんたって武器庫と同じ広さの陶器庫が二つもあり、窯《かま》は四つもあるのだ、溜まらないほうがどうかしているよ。

「港の店に出すの？」

「ああ。今日、完売に近かったんでな、補充しようと思ってな」

なんか、陶器を求める客が多かった。人魚界で陶器が流行ってんのかね？

まあ、石皿では風情どころか原始人だ。文化に目覚めた人魚には、陶器が文明開化の光に見えんだろう。よー知らんが。

「じゃあ、同じ量の陶器製品を箱詰めしておくよ。あ、そーだ。女衆でハンカチや飾り帯なんかを作ったんだけど、それも出してイイかな？」

「お、そりゃイイな。どんどん出せや」

さすがに陶器だけでは寂し過ぎるし、そーゆー女向けのもんも売れてた。陶器で作った胸飾りなんて、奪い合いになりそうだったから、お一人様十個までにしたくらいだ。

「なら、先払いとして真珠の髪留めでも渡しておくか」

小さいのや形が変なのは売りもんにならんので、髪留め（名前はよー知らんが、クリップタイプやバレッタ？　みたいなもんだ）に付けて売ってるんだが、これが女衆に人気で、よく売ってくれといわれるのだ。戯《たわむ》れで作ってるから小銅貨一枚と安いからな。

「それ、皆喜ぶよ」

オレとしては、お前も喜んでくれると嬉しいんだがな。
まっ、サプルはそのままでもカワイイんですけどねっ！

26 ✴ 女のコ？

「オカン、伐り場にいってくっからよ」

　遅めの昼食だったので、食後の休息は短めにし、予定通り、オレはオーガを見にいくことにした。

　まあ、予定したとはいえ、別に守る必要もないのだが、店の商品（山の衆の内職品）を頼むのは早いほうがイイ。オーガは余った時間の有効利用、的なもんだ。

「あんたのことだから大丈夫だろうけど、あんま無茶するんじゃないよ」

「無茶？　オレの嫌いな行動だな」

　そんな中途半端、オレの主義じゃない。やるからには無茶苦茶に、だ。

「はいはい。じゃあ、無茶じゃなく穏便《おんびん》にしなさいよ」

　さすが我がオカン。息子を知ってらっしゃる。

「んじゃ、いってくるな」

　家を出て、主に革作りを内職としているバリトアのおっちゃんちへと向かった。もちろん、歩いてだ。

　空飛ぶ結界は、緊急時か遠いところにいく場合。まあ、健康な肉体があるのだから必要がないときは楽をするな。健康を、風景を楽しむべし、だ。

伐り場に続く道を下ること、約四〇〇メートル。山の部落で革作りを一手——ではないが、村一番の革作り名人、バヤマのじーちゃんの工房（オレ製）の扉を開いた。

「じーちゃん、生きてっかー？」

「残念なことにまだ生きとるよ」

さすが年の功。返答が穏やかでウィットに富んでるぜ。ギルドのおっちゃん、見習え、だ。

「ハハ。元気でなによりだ」

オレもこんなふうに、年を取りたいもんだ。

「まーな。で、今日はなんだい？　鞄《かばん》はそんなにできとらんぞ」

「いや、皮をなめして欲しくてな、お願いできるか？」

「構わんよ。オーガ騒ぎで木を伐れんからな、人手は余っとるし、仕事をもらえるのはありがたいことじゃしな」

「そーいやぁそーだったな。すっかり忘れてたよ」

オーガ騒ぎのことではなく、樵《きこり》の仕事がない場合（雨とか魔物発生な）は内職の手伝いか、のんびりしてるしかないことを、だ。

「山はそんなに危険なのかい？」

「危険かどうかはわからんが、珍妙な魔物を操るもんがいるのは確かだな。ダリルのおっちゃんから聞いてると思うが、しばらくは山には入らんほうがイイぞ」

「魔物発生は世の理とはいえ、難儀なこった」

「まあ、不幸中の幸い。C級の冒険者パーティーがいっからな、しばしの我慢。内職に励《はげ》め、だ」

「そーだな。仕事がありゃあ、なんとかなるか」

前向きじゃなきゃ生きていけんからな、この田舎《いなか》では。

オレは保存庫から処理前の毛皮を出して、工房の端に重ねた。

「また大量だな。魔術で時間停めてんのか？」

「ああ。指で三回突っつけば解除されっからよ」

「まったく、べーの魔術はスゲーな。さすが神童だ」

そんな言葉にオレは苦笑する。が、反論はしない。いっても無駄だし、説明もできんしな。まあ、それが当たり前になり、受け入れてもらえたらオレは満足さ。

「んじゃ、できた頃に取りにくるよ。あ、鞄《かばん》のほうも頼むな。余裕があったらでイイから小物入れも作ってくれや」

「ああ、わかったよ」

ベストのポケットから銅貨を二〇枚と小銅貨四〇枚が入った革袋を取り出し、近くの棚に置いた。

「これ、皮の加工代な」

「いつもすまんな」

物々交換が主な田舎《いなか》で現金収入があるというのは、なかなか貴重で、いざというときの保険になる。

今回のように不測の事態が起こったとき、金があれば食糧を買えるし、税の代用にもなる。金はあっても邪魔にはならない。稼げるときに稼ぐ。なにごとも貯蓄は大切って話だ。

「んじゃな」

そういって工房をあとにした。

その後、村集落の共同機織り小屋へと向かい、ジャケットやベスト、スカーフの制作を依頼してから伐り場へと向かった。

「……女のコ……？」

伐り場まであとちょっとというところで、女のコが道に倒れていた。


女のコが倒れている。

これがイケメンなゴブリンや美丈夫なオーガと遭遇《そうぐう》してなければ、見た瞬間に駆け出しているところだろうが、樵衆《きこり》しかこない場所で、しかも街道筋から離れている道で倒れていたら、余程のバカでない限り、一連の出来事と同じと見るだろう。

それに、なんなんだろうな、アレは？

罠《わな》に嵌めようとしているのはわかるが、機能性を完全に無視したデザインありきのメイド服なのはなぜに？　まあ、それはイイ。いや、よくはないんだが、そんなことは全体から見れば些細《ささい》なコトだ。

まず、その下に敷いたマットはなにかな？　この罠《わな》が行き倒れ的なシチュエーションなら、マットいらなくねぇ？　そんなに汚れんのイヤか？

あと、盗賊《とうぞく》に襲われて逃げてきましたとか、迷子になりました的なヒントは出しておこうよ。そんな新品同様のメイド服からは、なんも想像できねーよ。

靴なんて土のひと欠片《かけら》も付いてないじゃん。せめて歩いてこいよっ！

見た目は子供。中身は大人の名探偵じゃなくても、空飛んできたってわかるわっ！

ほんと、ナメてんの？　バカにしてんの？　それともあんたがアホなの？　クソが！　もうちょっと気合い入れろや！　やる気出せや！　相手する身にもなれや！　つーか、なんでオレは憤《ふん》慨《がい》してんだよ！　意味わからんわ！

――はっ！

イカンイカン、落ち着けオレ。クールだ。クールになれ。オレはクールな兄貴。頼れるあんちゃん。うん、大丈夫。オレ、復活。おし！

さて。どーすっかな。

落ち着いてはみたものの、アレと関わるのヤだな〜。見なかったことにして帰りてーな〜。

だが、今回逃げたところで次回も逃れられるとは限らない。それどころか、余計にメンドクセーことになりそうな予感が、ビシバシ伝わってくるぜ。

……ほんと、世の中ままならないぜ……。

しゃーねー。嫌なことはとっとと済ませるか。

とはいえ、どーすっかな～？

罠《わな》であることは間違いない（オレの想像力では他の可能性なんて思い浮かばねーよ）が、罠《わな》である以上、迂闊《うかつ》には近寄れんし、アレが見た目通りとは限らねぇし……あの手でいくか。

土魔法でオレと同じサイズの土人形を創り、オレの姿を映した結界を纏《まと》わせ、オレは迷彩結界を纏《まと》う。

変わり身の術、なんてことをやりたくて作ったネタが、まさか役立つ日がくるとは。世の中わからんもんだ（そりゃお前の頭ん中だ、って突っ込みはノーサンキュー）。

人形を操り、女のコへと近付ける。

遠距離からの攻撃はなし。落とし穴的な罠《わな》もなし。魔術による罠《わな》もなし、か。マジでいき倒れ作戦オンリーなのか？

人形が女のコのすぐ横に到達する。が、やはりなんの反応もない。

人形の腕を動かし、女のコの首筋に手を当てる。ちなみに体温機能付きっス。

「おい、どうした？　生きてるか！」

声をかけると、女のコの瞼《まぶた》が動き、ゆっくりと開かれた。

「……わ、わたし、いったい……」

そーゆー演技できんなら、シチュエーションにも力入れろや！

「いったいどーしたんだ？　なんか覚えてっか？」

ここからは女のコの横顔しか見れんが、感じからして年はオレくらい。絵に描いたような美少女だ。

そーゆーのが好きな野郎にはたまらんだろうが、ツルペタ趣味じゃないオレとしては、おもしろくもなんともない。罠《わな》に使うなら○○連れてこいや！

「…………」

うん？　どーしたんだ？

女のコが人形を凝視《ぎょうし》したまま動かない。

どうしてイイかわからず流れに任せてると、女のコの表情が戸惑い色に染まっていった。

――魔眼《まがん》持ちか！

見た目は子供。中身は大人の名探偵が憑依《ひょうい》したかのように、迷彩結界から魔力遮断《しゃだん》結界に切り替えた。

あるとは聞いていたが、まさかそんな希少能力者と遭遇《そうぐう》するとは夢にも思わなかったぜ。

「――捕らえろ！」

叫んでから失敗と気が付く。なに叫んでんだよ、オレ！

こちらの失敗を有効に生かした女のコは、人形の手から素早く逃れた。クソが！

こちらに気が付いた女のコがオレを見る。

金色の瞳《ひとみ》が怪しく光る。が、魔力遮断《しゃだん》結界はあらゆる魔を跳ね返す。対策を教えてくれたザリバリーのおっちゃんに大感謝だ。

「……な、なぜ、効かないの……？」

さぁ、なんでだろうな？　とはいわない。いってやる義理はないし、立ち直る時間をくれてやる気もないよ。

今度は無言で人形を操り、女のコを捕らえ——ようとしたが、ヒラリと躱《かわ》された。

「突き槍！」

咄嗟《とっさ》に女のコの下から石の槍を突く——が、今度もヒラリと躱《かわ》される。

「ならば、封——な⁉」

結界で閉じ込めようとした瞬間、女のコの背中からコウモリのような羽が広がった。

「サキュバスだと！」


魔族二十四種の一つ、サキュバス。

婬魔《いんま》とも夢魔とも呼ばれている、背中にコウモリの羽を生やすサキュバスは、魔族の中でも数が少なく、ほぼ伝説になっているという（サリバリーのおっちゃん談）。

魔族は魔物とは違うカテゴリーらしく、もらった魔物図鑑には載ってないから、本当に目の前にいるのがサキュバスかは断言できない。

だが、黒髪に金色の瞳《ひとみ》、コウモリの羽、そして、魔眼《まがん》。聞いた限りの特徴はサキュバスだった。

「……こんなとこにサキュバスとは、珍しいな……」

ちょっとカマをかけてみる。

「なんで効かないのよっ！　ズルい！」

が、イケメンのゴブリンや美丈夫のオーガよりおバカのようでした。まともなのいねーのかよ！

「おい、そこのおバカ。話があんなら下りてこいや」

「ボク、おバカじゃないモン！　チャーニーだモン！」

プンプン怒るおバカなサキュバス。ほんと、どんな進化論なんだよ……。

折れそうな心を奮《ふる》い立たせ、おバカを睨《にら》んだ。

「モンキーだかチャイニーズだか知らないが――」

「――チャーニーだモン！」

ゴメン。オレ、もう死んでもイイかな？

なんて思うくらい、精神的ダメージを負ったぜ……。

なんなの？　なんだっていうの？　こんなの前世を含めて見たことないよ。ほんと、マジつらたんだぜ。

「……あ、あー、そのチャーニーさんは、なにしにここへ？」

来世の根性を前借りしておバカに尋ねた。

「そーだよ。君のせいで忘れてたよ！」

うん。こいつ泣かす。メッチャ泣かしてやるヨ☆

「バリアルを返してよ！」

バリアル？　誰だそれ？

なんてバカな問いは、このおバカでお腹一杯です。

「なんで返さなきゃいけないんだよ。アレはオレが捕まえた獲物だぜ？」

「バリアルは獲物じゃないモン！　ボクらの仲間だモン！　返してよ！」

仲間、ね。珍妙なイキモンにも仲間意識はあんだ。うん？　仲間？

なにか、とてつもない不吉な連想が次々と浮かび、とてつもない嫌な答えを脳裏に映し出した。

……いや、そんな、まさか。んなワケねーよ……。

だが、どんなに否定しても、最後に出たイヤなものがどうしても消えてくれない。それどころか、トラウマになりそうなくらい頭ん中で膨《ふく》れ上がってきてるぜ……。

イケメンのゴブリンに美丈夫のオーガ。そんでおバカなサキュバス。

なかなか珍妙な組合せだが、共通するものがある。それは、三匹とも美形ということだ。

偶然だといわれたらその通りだし、こじつけもイイところだと、罵倒《ばとう》してくれても構わない。

それで事実が変わるなら甘んじて受け入れるさ。

だが、こーゆーときのオレの勘はムダにイイ。嬉しくはないがな……。

「……その服、カワイイな」

オカン、ごめん。オレ、今無茶なことしてます。

「え？　そー思うぅ？　エへへ。イイでしょう。マスターがボクのために造ってくれたんだぁ～！」

ごめん、オカン。無茶じゃなかったわ。おバカだったわ……。

来世の、そのまた来世の根性をさらに前借りして、崩れ落ちそうな心を奮《ふる》い立たせた。

「そ、そーなんか。イイ趣味してんだな」

「そーなんだよ！　マスター、スッゴく趣味イイんだから！」

「ほ、他にも服はあんのか？」

「うん！　いっぱいあるよ！　ゴシックとかミニとか、いーっぱい！　ぜーんぶ、マスターが造ってくれたのー！」

「そりゃスゲーな」

「うん！　マスター、スゲーのー！」

「でも、なんで女もんなんだ？」

「ボクがカワイイからだって！　エヘへ。テレちゃうよねー！」

はい、決定です。

このおバカなサキュバス、男の娘でした。

っざけんなっ！

なんかもう無理。いろいろ省略させてもらいます。

問答無用でおバカなサキュバス……あれ？　男はインキュバスだっけか？　でも、こいつ男の娘だし、あれ？　性別を超越《ちょうえつ》したヤツはなんていうんだ？

って、なに悩んでんだ、オレは！　んなもんどっちでもイイわっ！

「はーなーせー！　犯されるー！」

「うっせいわ！　このイン子が！」

はい、命名しました。今日からこのおバカなインキュバスはイン子です。夜露死苦《よろしく》っ！

イン子の罵倒《ばとう》を右から左に受け流し、オーガと同じ基地（土蔵？）に放り込んでやった。

「そこで人生の在り方を語り合え、クソどもが！」

ほんと、なんなの、こいつら？　人生どころか進化論に謝れよ。もうビッグバンからやり直せよ！　もうボク、おうちに帰る！

歩いて帰るのもおっくうなので、空飛ぶ結界を出して家に帰った。

「おや、べー。もう帰ってきたのかい？」

うちのちっさい牧草地で山羊《やぎ》用の飼料を刈っていたオカンが、一時間もしないで帰ってきたオレに気が付き、声をかけてきた。

「なんかもう、人生に疲れたから帰ってきたよ」

「……はあ？　なんだい、いったい……？」

「オレ、もう寝る。夕食はいらんから」

オカンには悪いが、しゃべるのもおっくうで、なにもしたくないんだよ。

いつもの寝室ではなく、自分の部屋のベッドに潜り込み、安らかな夢の世界に逃げ込んだ。

「――あんちゃん、起きて！」

が、世の中とは非情なもの。安らぎなんてすぐに破られんだよな。せっかくイイ夢（なにかはいいません。なんか死を予感するから）を見てたのによ……。

　布団から抜け出すと、なぜか矢を持ったサプルがいた。

「……なんだサプル。弓の練習か？」

　つーか、今何時だ？　暗いから夜か？　弓の練習なら明るいうちにやれよ、危ないから……。

「ちゃんと起きてよ！　トータが帰ってこないの！」

　一瞬で覚醒《かくせい》し、ベッドから飛び出した。

「暗くなってどんくらいだ？」

「だいたい一時間くらいだよ」

　サプルには日時計で時間を教えてあり、一日を二十四時間で区切れるように仕込んであるのだ。

「で、なにかあったのか？」

　別に暗くなっても帰ってこないからといって、別段騒ぐことではない。トータも集中すると止まらなくなる性格。暗くなっても帰ってこなかったのなんてよくあること。なんでちゃんと備えと保険は持たせてある。それはサプルも知っている。それがこれだけ騒ぐのだ、なにかあったと見るべきだろう。

「これが隣んちに刺さってて」

　なんで隣と突っ込まれそうだが、うちには強力な防御結界を施してある。矢どころかドラゴンのブレスでも防ぐので、隣んちに刺したんだろう。

　もうそれだけで、あのクソども関連ってことが見えてくるぜ……。

矢に結ばれていただろう手紙を開いた。

「……フフ。だったら喜んで招待されてやんよ……」

中身？　んなもん勝手に想像しろや。くだらなすぎてしゃべる気にもならんわ。

手紙を握り潰し、燃やしてやった。

ズボンの右ポケットから、連結結界の片割れを取り出した。

「トータにオープン」

トータに仕かけた連結結界の片割れと繋いだ。

「トータ、聞こえるか？」

「──あんちゃん！」

どうやら無事のようだな。って、まあ、どうにかできる結界じゃないがな。

「周りに誰かいるか？」

「ううん、いない」

「そこがどこかわかるか？」

「なんか地下の部屋で狭いとこ」

「わかった。迎えにいくからゆっくり寝てろ。あと、捕まるのも勉強だ。自分がなぜ捕まったか、そこはどこで周りになにがあるか、脱出するためにはどうするか、今後捕まらないようにするにはどうするかを考えておけ」

「……わかった……」

声だけだが、怯《おび》えているのがよくわかった。

「一人で寂しいかもしれんが、耐えるのも勉強だ。あんちゃんがいくまで一人がどんだけ心細いかしっかり学んでおけ」

連結を解除し、ベッドに腰を下ろした。

「……あんちゃん……」

不安そうなサプルに笑顔を見せて安心させてやる。

「心配すんな。すんなら相手を心配してやれ。これから悪夢を見るクソどもにな……」

人の弟に手を出して、幸せな人生を送れると思うなよ。フフ。

27 ✴ 訪問者

取りあえず、マ〇ダムタイムといきましょう。

はぁ、なにいってんのとの突っ込みはノーサンキュー。

この怒れる感情を静めないと、世界を滅ぼしかねないからな。まあ、クールタイムってことだ。

「あんちゃん、夕食だよ」

いつもの暖炉《だんろ》前の席でコーヒー（モドキ）を飲んでいると、不安そうなサプルが肉まんを持ってきてくれた。

「ありがとな」

あんま食いたくないが、サプルの心遣い。食わねば兄が廃るってもんだ。

「そーいやぁ、ねーちゃんたちは帰ってきたのか？」

冒険者に規則正しい生活を求めるほうが間違っている。食事の用意以外はねーちゃんたちに任せてある。離れに、だいたい必要なものは揃ってるしな。

「ううん、まだだよ」

「そっか。ならしゃーない」

いるんなら頼りてーとこだが、いないのなら諦《あきら》めるしかない。まあ、心の支え的な存在でいて欲しかっただけだしな。

「べー。トータは大丈夫なのかい？」

不安そうな顔はしているが、騒いだりはしないオカン。さすが冒険者の嫁だっただけはある。

それに比べてオレはダメだな。大丈夫だとわかっていながら、心が騒いで落ち着いてらんないよ。

だが、オレがドンと構えてなけりゃ、オカンやサプルが心配する。この家はオレがオトンから託された大切な場所だ。毅然《きぜん》と顔を上げて、前を向けだ。

「全然問題ないよ。やろうと思えばすぐに助け出せる。これはトータへの教訓と訓練だ。一人前になるためのな」

いや、それは自分へのセリフだな。

万全といいながらトータを拐《かどわ》かされ、こんなにも動揺している。まったくもって情けないぜ。しっかりしろや、オレ！

「心配すんなってのは無理な話だが、なんの問題もないよ。つーかオレがさせんわ」

結界が繋がっている限り、トータに手は出させないし、したら最後、その一帯一〇〇年は草も生えないようにしてやんよ。

「まあ、今日は休みな。明日、トータを迎えにいくからよ」

まだ夜の八時くらいだが、なにかをする気にもなれんだろうし、寝るのが一番だ。

オカンもサプルも不満そうだったが、片付けをして寝室に下がった。

オレはその場に止まり、コーヒー（モドキ）を飲みながら心を静めていた。

四杯目を飲み干した頃、戸を叩く音が響いた。

すぐに応えることはせず、深呼吸を三回して気持ちを切り替えた。

「……開いてるよ。入ってきな」

「では、お邪魔させていただきます」

外から、なんともイケメンなイイボイスが返ってきた。

……さて。今度はどんな珍妙なのが出てくるやら……。

戸が開かれ、声の主が入ってきた。

ガシャン！

知らずに、手にしていたカップを落としてしまった。

「初めまして。わたし、バンベルと申します」

すみません。ちょっと叫びます。

「──ふざけんなっっ！」

あんまりだろう、いくらなんでもよっ！

なんだよ！　なんなんだよっ！　なんだっていうんだよ！　ふざけんなよ！　もはや進化論とか生命の神秘とか超越《ちようえつ》しちゃってるじゃないかよ。ほんと、なんなの？　もはや生命に対する侮《ぶ》辱《じよく》だよ。なんでもかんでも、ファンタジーで片付けられると思うなよ、こん畜生《ちくしよう》がよ！

「……あ、あの、いかがなされましたか？」

あ、うん。ちょっと待ってね～。今、この理不尽《りふじん》と戦ってるからさっ。

知らず知らずのうちに地に付けていた両手を握り締め、事態をなんとか飲み込もうとする。

ガンバレ、オレ。理不尽《りふじん》なんて、あって当たり前。上手くいかないのが人生だ。

ましてや、こんななんでもありの世界じゃないか。こんなことで負けてんじゃないよ、オレ！

「……す、すまない。みっともないとこ見せてよ……」

なんとか事態を飲み込み、脱力した体を根性で立ち上がらせた。

椅子へと腰を下ろし、ポットからコーヒー（モドキ）をカップに注いで一息入れた。

ふ～。よし、落ち着いたぜ。

「ワリーな。客を立たせ……いや、ほっといて。座ってくれ」

「いえ、お構いなく。無理をいってるのはこちらですから。ですが、立ち話も無作法なので座らせていただきます」

「…………」

もう突っ込みたくてしかたがないが、今突っ込んだら負けだ。二度と立ち上がれない自信があるぜ。

「あーなんつーか、いろいろ衝撃《しょうげき》があり過ぎていろいろ忘れちっまったんで、最初からやり直してイイかな？」

椅子から立ち上がり、客……と対峙《たいじ》する。

「わかりました。では」

たぶん、背筋（?）を伸ばしてんだろう、気持ち、姿勢（?）がよくなった。

「わたし、バンベルと申します。マスターの身の回りを任されている執事でございます。どうかお見知り置きを」

突っ込みてー！　もう感情のままに突っ込みてーよ！　なんだよ、これ。なんの拷問《ごうもん》だよっ！

もういっそのこと殺してくれだよ！

歯を食いしばり、必死に堪える。

「オ、オレはベー。まあ、愛称だが、長いし、いいづらいからベーでイイよ。もはやベー以外で呼ばれても違和感しかないからな」

「はい。では、ベーさまと呼ばせていただきます」

「呼び捨てで構わんよ。オレはただの村人なんだからよ」

「とんでもございません。強者に敬意を払うのは、弱者の義務。ましてやこちらはお願いする身。敬意なくして語ることはできません」

「……あーうん、そう。まあ、そっちがイイなら勝手にしな……」

なんといってイイかわかんねーよ、ほんと。

「はい。ベーさまのご寛大《かんだい》な心に感謝を」

「…………」

もう、なにがなんだかわかんなくなってきたよ。

「あ、そーいやぁ、お茶を出してなかったな。飲めないもんあるかい?」

いやオレ、なにいってんだ？　え？　壊れたか、オレの頭よ？

「大丈夫でございます。大抵のものは口にできます」

「……あ、ああ、そう。う、うん、そりゃよかったよ……」

壊れたのか麻痺《まひ》したのかわかんないが、体が勝手に動いてくれ、来客用のカップにコーヒー（モドキ）を注いでやり、バンベルの前に置いてやった。

「では、いただきます」

あ、うん、飲むんだ。そして、そーゆー飲み方なんだ。いやもう、大爆笑してーよ。

「なかなかよい味のお茶でございますな。なんというお茶なので？」

「……便宜《べんぎ》上、コーヒーって呼んでるよ。まあ、本物には遠く及ばない味だがな」

「そうでございますか。わたしとしては充分過ぎるほど美味でしたが」

「……あ、あーうん、そりゃよかった……」

カップをテーブルに戻したバンベルは、真っすぐオレを見た。うん、考えるな、感じるんだ的なもんだけどな。

「我々に、お願いをする資格がないことは、重々承知してます。ですが、あえてお願いいたします」

「――その前に、ちょっとイイか？」

ごめん。もう無理。そろそろ精神的に限界だよ。だからこれだけはいわせてくれ。突っ込ませてくれ。叫ばせてください。

「はい、なんでございましょう？」

深呼吸を三回して気を落ち着かせ、そして——

「——なんでスライムなんだよっっ！」


叫んだら幾分か気持ちが安らいだ。

まったく、これほどストレスが溜まったのなんて、今世じゃ初めてだぜ。

やっぱ、ちょくちょく発散させないと、前世みたいに腐っちまうな。気を付けろよ、オレ。

「……あ、あの、ベーさま……？」

「あ、ああ。何度もワリーな。あんたの存在を受け止めんのに、オレのなにかが抵抗してたよ、感情が制御できなかったんだわ。だが、なんとか受け止めたから大丈夫だ」

そうだ。目の前に真実があるんだ、抵抗しても無駄なこと。さっさと受け入れて楽になれ、だ。

「このような醜《みにく》い姿で現れたこと、深く謝罪いたします」

「いや、イイよ、謝らなくても。別に姿がどうこうとか、種族がどうこういってるわけじゃないからよ。ただ、しゃべるスライムとか初めて見たからな、びっくりしちまっただけさ」

初見で素直に受け入れたヤツを、オレは正気と認めないぞ。

「そうでしたか。確かにわたしは下等なスライム。当然でした」

いや、あんたを下等といったら人間なんてミジンコ以下だよ。

「では——」

というと、ゲル状の体が蠢《うごめ》き、人型へとチェンジした。

「なれんのかいっ！」

つーか人化だよ、もはや。燕尾服《えんびふく》に蝶《ちょう》ネクタイって、執事じゃねーか。あ、いや、執事だったっけ。ぐおーっ！　なんか納得できねー！

「はい。ですが、どうもこの形は不便でして。お見苦しいところがあればご容赦《ようしゃ》を」

ま、まあ、人間だってスライムにチェンジしたら動きづらいだろうし、せっかく人化してくれたんだから、多少のことには目を瞑るよ。

「しかし、スライムってなんでもありだな。そんな進化ができるって知らんかったよ」

そんなこと、魔物図鑑にも載ってなかったぞ。

「いえ、わたしの場合は、マスターの力によるものです」

あ、そーいやぁ、マスターの話だったっけな。イン子のことですっかり忘れてたよ。

「まあ、そのことはイイや。話を進めようぜ」

気分が安らいだとはいえ、まだショックから抜けきれてない。今は、マスターなるものまで面倒みきれないよ。

「単刀直入に申します。バリアルとチャーニーを解放してください」

オレはなにも答えず、黙ってスライム――バンベルを見る。

「もちろん、非はこちらにあります。無茶をいってるのも理解しております。お詫《わ》びはいかようにもいたします。どうか解放をお願いいたします」

頭を下げるバンベル。だが、オレはなにもいわない。だって、本当に無茶いってんだもん、こいつ。

だがまあ、このまま黙っててもただ時間を消費するだけ。なんの解決にもならん。

「なあ、バンベルさんよ。それが問題解決に繋がってると、本当に思ってんのか？」

だったら本当にあんたは下等なイキモンになるぞ。

「いいえ。まったく思っていません。ただ、誠意を見せたくて頭を下げました。ご不快に感じたら、さらに謝罪いたします」

「わかってんならイイよ。誠意は受け取った」

ほんと、スライムを超越《ちょうえつ》してんな、こいつは。どう進化すればこうなんだ？

「感謝を」

まったくもって、誠心誠意を感じさせる見事な謝罪である。

「まあ、誠意は受け取ったが、あいつらはオレを殺そうとしたし、うちの弟にも同じことをした。それを許さねーとはいわない。こんな世界だ、生きるため、食うため、己のため、生き物を殺すことが当たり前だ。それをやってるオレに、あんたを責める資格はないからな。だが、それが当たり前だからこそ、あいつらの命はオレのものだ。オレが手に入れたものだ。それを返せとは、筋が違うだろうがよ」

それが弱肉強食。これが現世。明日は我が身だからこそ、命の価値は高いのだ。前世で読んだ本に、『命を軽く見る者の命は軽い』とあった。この世界に生まれて確かに、と実感する。

だからオレは命を大切にする。どんなゲス野郎でも、無駄に命を奪ったりはしない。必ず有効利用ができるかを考える。

オトンを殺したオークの群れでさえ、ちゃんと有効利用した。その命に感謝をした。

ここでバンベルに二人（？）を返すのは簡単だし、別にただで返したところで懐は痛まない。なんの不利にもならないからな。

「返して欲しけりゃ、対価を出しな。それであんたの本心が見えるってもんだ」

まあ、本心というよりは思惑だがな。

「……正直、あなたを見るまでは金貨や魔道具を用意すればと、軽く見ていました。ですが、あなたと対峙《たいじ》して、あなたと話をして、わからなくなりました。あなたは金や物では動きそうもない。ましてや脅《おど》しに屈する方ではない」

スライムなのによく人を見てんな、こいつは。

「だから、借りを作らせてください。あなたが我々を必要と思われるとき、その借りを払わせていただきたい」

そーきたか。ほんと、スライムかよ、こいつはよ。

「わかった。それでイイよ」

その言葉に、バンベルがちょっと驚いた顔になる。器用だな、お前さんは。

「不思議かい？」

「はい。正直いって」

「だろうな。だがまあ、簡単にいえばあんたが気に入ったってことだ」

まあ、いろいろ突っ込みてー存在ではあるが、おもしろい存在でもある。オレの今世の経験上、そんなヤツと友達になっておくと吉になる。

「わたしがスライムでも、ですか？」

「ああ。スライムでも、だ」

友達に姿形、身分なんて関係ない。気に入ったか気に入らないかだ。

お互い、大切な者を交換することに了承した。

「ありがとうございます」

「別に感謝することはないさ。こんな世界で生きてりゃ、殺し合いなんて珍しくもない。弱けりゃ死ぬ。運が悪けりゃ死ぬ。クソったれな世界だが、絶望しかない地獄ってわけじゃない。出会いは最悪だったが、その後も最悪でいる必要はないさ。仲よくやれんなら仲よくしたほうが生きやすいってもんだ」

まあ、理想をいえば、だがな。

「……やはり、べーさましかおりません……」

はん？　なんだい突然？

「べーさまに、折り入ってお願いしたいことがあります」

なにやら真剣な表情を見せるバンベル。どこまでも器用だな、ほんと。

声には出さず、目で先を促《うなが》した。

「べーさまは、ダンジョンをご存じでしょうか？」

「まあ、冒険譚《たん》を聞くのが趣味だから、あるってのは知ってるが、よくは知らないぞ」

知っているのは、なにかの古代遺跡や古の魔導師の研究所、はたまた魔神を封印した地とかに魔物が住み着いたところを、ダンジョンと呼ぶ、ってぐらいだ。

「我らがマスターは、ダンジョンマスターと呼ばれる存在であります」

はぁ？　ダンジョンマスター？　なんだそりゃ？

「……ワ、ワリー、それがどんなもんか、まったくわからんのだが……」

ダンジョンの主《ヌシ》とか、管理者的なもんか？

「簡単にいってしまえば、種族の名です」

「……種族？　ダンジョンマスターが種族？　って、イキモンなのか？」

「どうたとえてよいかわかりませんが、マスターの説明によると非有機生命体であり、ゴーレムに近いとのことです」

まったくもってさっぱりワカリマセーン。

「申し訳ありません。実のところ我々、いえ、マスター自身もよくわかっていないのです。ですが、人でいうところの体がダンジョンであり、生命エネルギーを糧《かて》に生きていることは確かなのです」

……なんつーか、珍妙なもんを従えるヤツはさらに珍妙なイキモンつうこと、なのか……？

「ま、まあ、イイや、その辺のことは。その、ダンジョンマスターがなんだっていうんだ？」

「どうか、我らがマスターをお救いください」

と、頭を下げられても、こちらは『はぁ?』である。これで理解できるヤツがいるなら、そいつは変態だ。

「……な、なんか意味不明すぎて頭が回らんのだが、なんでオレにいうんだ? 普通じゃない力があんのは認めるが、オレはただの村人。ただのガキだぞ。まあ、腹へったから、なんか食わしてくれってぐらいなら腹一杯食わしてやるが、そのいい方からして、そんなチンケなもんじゃないんだろう? いったいなにを救え、っていうんだ?」

んなもん、勇者か英雄にいえよ。村人にいうなよ。

「無理をいっているのは承知しております。ですが、我々を殺さず、こうして向かい合い、語り合ってくださる方は、他にはいらっしゃいません」

「別に殺す必要がないから殺さなかっただけだし、しゃべれんならしゃべったほうが話が早いと思ったからだ」

本能のままに行動する魔物じゃないんだ、しゃべりましょうといわれたらしゃべるのが賢い人間のすること。人間の強みだ。

「そういう考えができる方だからこそ、お願いしているのです」

「友達の頼みを断るのはオレの主義に反するが、できないことをできるといえるほど傲慢《ごうまん》じゃないぞ、オレは。それに、そんな説明ではなんにもわからんよ」

大雑把《おおざっぱ》にもほどがあんぞ、まったく。

「では一度、マスターにお会いください。マスターと話してください。お願いいたします」

なんかスゲーメンドクセーことになりそうな予感がするが、ダチを見捨てるのも気分がよくない。

「わかったよ。そのマスターに会ってやるよ」

「ありがとうございます！　ベーさま！」

まったく、なにやってんだろうな、オレは……。


次の日、伐り場へと向かった。

「ん？」

なにやら基地（土蔵）の前に水色のぷよぷよしたものが揺れていた。

「……随分《ずいぶん》と早いんだな。待たせたか？」

なんと表現してイイかわからない感情が涌き出てきたが、あえて無視してバンベルに話しかけた。

「いえ、大丈夫です」

表情はまったくもってわからんが、声音から相当待ったことが感じられた。

「もしかして、昨日から待ってたのか？」

「ベーさまには敵いませんな。はい、帰るのも手間なだけですから、ここで待たせていただきました」

「そりゃ気が付かなくて悪かったな。春とはいえ、夜はまだ寒いだろう。大丈夫なのか？」

「お気遣い、ありがとうございます。ですが、ご心配に及びません。この体は熱や寒さに強い上に、睡眠を必要としませんので」

……スライム、どんだけ高性能なイキモンなんだよ……。

「そ、そうか、うん、まあ、丈夫な体でなによりだな……」

ほんと、よーわからん生き物だ。

「んじゃまあ、約束通り解放するが、手綱《たづな》はしっかり握ってくれよな。握れん場合はどうなっても知らんからな」

「はい、承知しております」

ぷるぷると震えるバンベル。もしかして、スライム流の頷きなのか、ソレは？

「基地開放」

その言葉と同時に、結界解除の念を飛ばした。

不思議パワーを、魔法か魔術と思わせるためのフェイクだ。友達とはいえ、結界はオレの最重要能力だからな。

「――このクソがぁあぁぁぁっ‼」

解除とともに美丈夫なオーガがこちらへと突っ込んできた。元が赤いから、怒ってんのかわからんな。

「やめなさい」

バンベルの言葉に、美丈夫なオーガがピタリと停止。ぷるぷる震えるバンベルを見て、青くなる。

ぷぷっ。赤なのに……じゃなくて！

美丈夫なオーガが一言で停止し、青くなるって、どんだけバンベルは強いんだよ？

魔力感知で魔力がバカ高いのはわかるし、高性能なのはわかるが、バンベルの強さがどれだけのものかは、オレにはわからん。が、美丈夫なオーガの反応からして、相当どころかドラゴンに匹敵するくらいの強さなのかもな……。

「チャーニーもです。ベーさまに手を上げることはわたしが許しません」

イン子は、バカっぷりがどこかに消え、まるで鬼ババアを前にした子供のように震えていた。

もうなんとでもしてくれだよ……。

「申し訳ありませんでした。この者たちには、厳しくいっておきますのでご容赦《ようしゃ》を」

「命拾いしてなによりだな」

「……？」

オレの言葉になにかを感じ取ったのか、ぷるぷるが首を傾げたように見えた。

「オレも謝っておくよ。一人でって話だったのに、余計なもんまで連れてきちまってよ」

肩を竦《すく》め、周りに目を向けた。

「まさか、そーゆー使われ方をするとは思わんかったわ。さすがだよ」

と、美丈夫なオーガとバンベルの横の風景が歪《ゆが》み、『闇夜の光』が現れた。

「……よく、わかったわね」

呆れ半分警戒半分の顔で、騎士系ねーちゃんが真っ先に口を開いた。

「ソレを造ったの、オレだぜ。わからないわけねーだろう」

「まったく、非常識にもほどがあるわ」

「ほんと、呆れてなにもいえないよ」

魔術師系ねーちゃんと斥候系ねーちゃんが肩を竦《すく》め、珍妙なものを見るかのような目でオレを見ていた。失礼な！

「にしてもよくわかったな？　ねーちゃんら、昨日帰ってこなかったのに」

朝もいなかったのに、なんでここにいんだよ？

「これだけ森で騒いでたら、嫌でもわかるわよ。まるで黒竜が現れたくらいに魔物たちが怯《おび》えているんだもの」

アリテラの目がバンベルへと注がれていた。まるで親のかたきのような目付きでな。

「説明してくれるかしら？」

騎士系ねーちゃんの目も鋭い。魔力に至っては臨戦態勢を突き破り、いつでも戦闘開始状態になっていた。

「説明っていわれてもオレにもわからんよ。これからそれを聞きにいくんだからよ。だから、家で待っててくれや」

「そういわれて待っていると思うの？」

アリテラの返しに、オレは肩を竦《すく》めて見せた。まったく思ってませんってな。

「バンベル。ワリーんだけど、ねーちゃんらも連れてってイイか？　もちろん、あんたらの仲間に手は出させないからよ」

「構いません。ベーさまがいる限り、四人増えたところで大差はありませんので」

「随分《ずいぶん》とオレを買ってくれてるが、オレは村人で、戦いに関しては素人《しろうと》だぜ」

「わたしは執事ではありますが、マスターの剣であり、盾でもあります。守護者としての勘がいってます。あなたとは絶対に戦うなと」

まあ、その勘は正しいのだろう。戦いは素人《しろうと》でも、殺戮《さつりく》方法なら軽く十八は持ってんだからな。

「まあ、仲よくしようや」

「はい。仲よくさせていただきます」

28　突っ込みてー！

ダンジョンとマンションって似てるよねっ。

…………。

…………。

……。

──いや、そうだけど、似てるけど、なんか違くね？　いや、まったく違うわ、ボケが！

それともオレの聞き違いか？　ダンジョンじゃなくマンションだったのか？　マンションマスターなら納得──しねーよ！　できねーわ！　なんだよマンションマスターって？　なんかの御当地検定的なもんなのか？　意味不明だわ、こん畜生《ちくしょう》がっ！

ほんと、なんなの？　なんだっていうの？　ボケてんの？　おちょくってるの？　死ぬの？

いやもう死んでよ。オレの前から消えてよ。これ以上、オレのスローなライフを賑やかにしないでよぉっ……。

「──ちょ、べー！　どうしたの⁉」

「べーになにをしたの⁉」

「い、いえ、わたしはなにもいたしておりません！」

なんかねーちゃんらが騒いでるが、今のオレにはどーでもイイ。いやもう、すべてのことがどーでもイイよ……。

「ボク、おうちに帰る……」

帰って寝るんだ。暖かくて気持ちイイ毛布にくるまって、安らな夢を見るんだぁ。

「ちょっとべー、正気に戻りなさい！」

もぉ、なんだよ。くすぐったいじゃないか。これから寝るんだから邪魔しないでよ。

「しょうがないわね！　ギア！」

「――フギャッ！」

なにか電気が走ったような痛みに体が捩れた。

「……な、なんだっていうんだ、畜生《ちくしょう》が……」

静電気にでも触ったのか？

「べー」

その声に意識を向けると、アリテラの顔が目の前にあった。なにやら不安そうだ。

「……なに……あれ？　オレ、なにしてたんだっけ？」

周りに目を向けると、ねーちゃんらやバンベル、美丈夫なオーガにイン子がオレを見ていた。

あーそういやぁ、バンベルのマスターとやらに会いにきたんだっけ。あまりのことに錯乱《さくらん》しちまったよーだ。

バンベルに連れられてきたところは、村から南に約十キロいったところにある、標高四〇〇メートルくらいの山の中腹だった。

中腹には岩の馬車一台が入れそうな裂け目があり、入ると奥に続くトンネルがあった。

オレも土魔法でトンネルを掘ったもんだが、ここまで鮮やかなトンネルを掘るなんてもはや職人の域だぜ。灯りとかもイイ具合に配置されているし、気温も湿気もちょうどよく保たれている。

だから気が付かなかった。疑問にも思わなかった。真っすぐ、一〇〇メートルも歩き、このマンションが目に入るまで、あれがダンジョンであることに……。

「ナメてんのかいっ！」

まったくもって、突っ込まずにはいられないよ。

クソがぁっ！　どこまでオレの精神（常識）を穿《うが》てば、気が済むんだよ、この珍妙なイキモンどもはよぉぉぉっ！

「……べ、べー……」

おっと、イカンイカン、また我を忘れちまったぜ。

クールだ。クールになれオレ。越えられない壁（非常識）はない。乗り越えろ、そして、飲み込め。いつだって非常識は常識に変わるもんなんだからな！

「あ、いや、ワリー。なんか驚きすぎて取り乱しちまった。けど、もう大丈夫だ」

ああ、乗り越えて飲み込んだ。もう、なんでもこいやっ！

落ち着いた（かどうかは聞かないのが優しさだからねっ）ところで、改めてマンションを見る。

うん、マンションだね。紛れもなくマンションですよ。

四階建ての、どこにでもある築三〇年級のマンションで、前世で住んでた地域では、家賃七万円くらいだろう。

可もなく不可もないマンションといってイイだろう。この世界じゃなければな……。

「にしても不思議な建物ね～。どこの国の様式かしら？」

「この大陸じゃ見ないわね」

「旧文明の遺跡かしら？」

「それにしては新しいわ。まるで、つい最近建ったみたいだよ」

な、なんだろう。ねーちゃんらから驚きがまったく感じられんのだが……。

「ね、ねーちゃんら、随分《ずいぶん》と冷静だな？」

いくら冒険者として各地を回っているとはいえ、これは常識外のことだよ。この世界で十五年しか生きてないオレでもびっくりな出来事だよ。

驚くでしょう。腰抜かすでしょう。なんでそんな冷静でいられんだよ。

「いや、君んちで慣れたし」

「ベーくんの交遊関係に驚いてたら、キリがないわ」

「もうなにが出ても驚きはしないわよ」

「ほんと、類は友を呼ぶって本当ね」

え？　いや、それだとオレが原因になってない？　オレ、前世の記憶があるだけで普通だよ。凡人だよ。スローライフな日々を願うただの村人だよ……。

「ベーさま」

と、バンベルに呼ばれて気が付く。マスターに会いにきたんだっけな。

「あ、ワリー。で、そのマスターやらはどこにいるんだ？」

いやまあ、そのマンションの中にいるんだろうけど、マンションってことは部屋がわかれているってことだよね。ってことは、どこかの一室にいるってことだ。

それとも、このマンションがダンジョンマスターなのか？

「マスターはご自分の部屋におります。こちらです」

バンベルはそういうと、マンションの中へと入っていった。

「どうするの、べー？」

「罠《わな》じゃないんだよね？」

「それはわからん。だが、このマ——じゃなくて、ダンジョンに入った時点で手遅れ。帰れないなら進むまでさ。まあ、万全の用意をしてきたから問題ないよ。それに、ねーちゃんらがさっき使った腕輪があれば、誰にも知られずに脱出できるよ。まあ、本格仕様じゃないが、魔力感知阻害機能があっから、探知系や魔術的な罠《わな》には引っかからない。だから、ヤバいと思ったら迷わず逃げろよ」

「べーも逃げるんでしょう？」

アリテラが、不安そうな目を向けてきた。

「当然だろう。ボヤボヤしてたら置いてくからな」

不敵に笑って見せた。

ま、必要がなければ逃げないがな。

「んじゃ、お邪魔しますか」

マンション――『一時館』へと入った。

ほんと、いろいろ突っ込みてーな、こん畜生《ちくしょう》が！


一時館（いっときかんって呼ぶんだとよ）なるマンションに入ると、一階部はエントランスホールとなっており、正面にエレベーターがあり、右手に郵便受け（どっからくんだよ！　誰が持ってくんだよ！　意味わからんわ！）があり、左手には受付窓（？）があり、見える限り管理人室っぽい内装だった。

「あら、バンベルさん。お帰りなさい」

と、受付窓から、黒髪の東洋系美女が顔を出した。

上半身（黄色いエプロンを装着してる）しか見えないが、豊満なお胸さまは女だと主張してる。が、イン子の例がある。女に見えても女じゃない可能性があるので、油断は禁物だ。

「女もいんだな」

カマをかけてみる。

「はい。マスターが管理人は女でないと、というもので」

思わず心の中で『わかってんじゃゃん』といってしまった自分が憎いぃ……。

「お客さまですか？」

「はい。マスターにお会いさせたくて、お越しいただきました。マスターに変わりはありませんでしたか？」

「ええ。まったくです」

なにやら呆れ顔で肩を竦《すく》める黒髪のお胸さま。なかなかエエ光景や〜。

「――ふげっ！」

突然、頭に衝撃《しょうげき》が生まれた。

なんなんだと振り返ると、アリテラが手刀を構えながらエエ笑顔を見せていた。なんなのいったい！

「なにすんだよ、いきなり？」

痛くはねーが、今の衝撃《しょうげき》からして、本気の一撃だったぞ！

「なんとなく？」

エエ笑顔のまま首を傾げるアリテラさん。ほんと、なんなのさっ！

「「ガンバレ」」

ハモんなよ。つーか、なんの応援だよ！　なにをがんばんだよ！　意味わかんないけど、股間がキュッとするからやめろや！

「ベーさま」

「あ、ワリーな、何度も何度も。で、入んのになんか許可がいんのか？」

黒髪のお胸さまに目を向けた。他意はありませんぜ、ダンナ。

「いえ、必要ありません。キョーコさんはここの門番。無断で侵入する者を排除するのが役目。マスターかわたしが認めれば、問題ありません」

あらやだ奥さん。突っ込みはしませんわよ。ウフフ。

「あのねーちゃんは、なんの種族なんだ？　まあ、無理には答えんでもイイがよ」

「キョーコさんは、マスターが創りしホムンクルスです」

「ホ、ホムンクルスですって⁉」

魔術師系ねーちゃんが、びっくりして声を荒らげた。

「ホムンクルスって、確か人工生命体だったよな？」

「正確には、人工魔導生命体よ。まさか、伝説のホムンクルスがいるとは……凄《すご》い錬金術師のようね、ここの主は……」

まあ、ある意味、その評価は正しいんだろうが、オレには嫌な評価（予感）しかないよ。

バンベルに促《うなが》され、開かれたエレベーターへ入った。

ねーちゃんらは未知なるものに動揺しているようだが、平然としているオレを見て大丈夫と感じたのか、不用意な動きはしなかった。

エレベーターの表示が五階を指す。

もはや、四階建てのマンションが実は五階建てだろうと十階建てだろうと、驚きはしない。

あ、そっ、でスルーである。

チーンとベルが鳴り、扉が開かれる。

現れたのは通路ではなく、薄暗い大部屋だった。

広さはだいたいテニスコート一面分くらい。

なにかが、いや、薄い本が天井まで積み重ねられていたり、人形……というよりはフィギュアと称したほうがしっくりくるものが壁側のケース棚にぎっしりと飾られ、ところどころに抱き枕（美少年のアニメキャラが描かれている）が転がっていた。

大部屋の真ん中には長方形の炬燵《こたつ》と座椅子があり、テーブルの上には、ノートパソコンのようなものが鎮座していた。

「……なかなかの散らかりようだな……」

ゴミ屋敷ほどではないが、前世のオレの部屋より酷《ひど》い状況だな……。

「申し訳ありません。マスターは部屋をいじられるのを嫌うもので……」

「構わんさ。人それぞれの拘《こだわ》りがあるからな」

オレも、どちらかといえば散らかっているほうが落ち着くタイプだしな。まあ、片付け上手なサプルちゃんはそれを許してはくれませんがね。

「んで、そのマスターとやらはどこにいんだ？」

見える範囲にはそれらしいモンは見当たらんが？　便所にでもいってんのか？

「少々お待ちを」

といってバンベル（スライム形体のままね）が部屋の中へと入っていき、奇妙――じゃなくて器用に床のものを避けながら、オレから見て右斜め方向に進んでいった。

その先には、布団がもっこりと山積みとなっている。

「マスター。隠れてないで出てきてください」

山積みの布団がビクッと動いた。

「……いないっていって……」

中から女の声が発せられた。

「いるじゃん……」

ダメだよ、斥候系ねーちゃん。そこはスルーするのが人としての優しさだよ。

バンベルは、ため息を吐いたような感じの仕草をすると、山積みの布団に近付き、なにやら囁《ささや》いた。

「──なんですとっ！」

布団が撥《は》ね飛ばされ、ジャージにモコモコのどてらを羽織った、クルクルメガネなきょぬーなねーちゃんが現れた。

「──ぬををををっ‼　シュユネンキタァァァァァァッ‼」

奇声をあげたきょぬーなねーちゃんが、ヨダレを滴《たら》しながらこちらへと突進してくる。

オレは慌てず騒がず、ズボンのポケットから聖剣（釘バット）を静かに抜いた。

「アハハ。死んで☆」

えーとです。少々お待ちくださいな的な間がありましたが、なんとか場は鎮まり、双方、炬燵《こたつ》に入り茶を一服しております。

え、騒動は？　とのツッコミは全力でノーサンキュー。ただ、聖剣（釘バット）は没収されたとだけ語っておこう。チッ。

「あ～お茶がウメー」

久しぶりに飲んだ緑茶は心に染みるぜ。あ、煎餅《せんべい》食いたくなってきた。

「……べー。そろそろ現実に帰ってらっしゃい……」

せっかく現実逃避してたのに、アリテラが無理矢理現実へと引き戻した。

だがまあ、いつまで逃げてても話は進まないし、終わらない。とっとと終わらせて帰るか。やりたくねーけどよっ。

「――あんちゃん！」

と、エレベーターからトータが飛び出してきた。

よっぽど寂しかったのか、涙と鼻水を流しながら突進してくると、そのままの勢いでオレに抱き付いた。

「わぁぁあぁぁぁぁん！」

今までにないくらいにスゴい勢いで泣き出すトータを、よしよしと慰《なぐさ》める。

まあ、視界のすみで「ブラヅォー！」とか叫び悶《もだ》える変態は、全力で無視。シねばイイのに☆

しばらくして泣き疲れたのか、トータから力がなくなり、コトンといった感じで眠りについてしまった。よほど寂しかったらしく、オレの服をつかんだままだった。

引き剥がすのもなんだし、オレの力ならトータの体重などヌイグルミより軽い。なので、抱いたまま眠らせてやった。

……ほんと、視界の隅で悶《もだ》える汚物《おぶつ》、なんとかなんねーかな、畜生《ちくしょう》が……！

「で、その汚物《おぶつ》を助けてくれってことだが、いったいなにから救えってんだ？」

もしその性格ってんなら、速攻で殲滅《せんめつ》してやんぞ。

「……え、えーとですね、マスターを勇者から守って欲しいのです」

はぁ？　勇者？

意味がわからずバンベルを……見て表情なんてわからんので、ねーちゃんらを見た。

「勇者なんていんのか？」

まあ、ファンタジーな世界である。いても不思議じゃないがよ。

「自称勇者から国が認めた勇者まで、結構いるわね。今一番有名なのは帝国の勇者で、深紅の勇者ダルバインね」

いたんか、勇者。初耳だぜ……。

「つーことは、魔王もいんのか？」

「こっちは自称がほとんどだけど、結構いるわね。呼び名は違うけど、南の大陸にいる竜王と呼ばれる魔王が、もっとも有名かしら」

「竜王って魔王だったのか！　ラーシュの国、メチャクチャ大変だったんだな！」

手紙には、竜王軍が暴れて困ってるとは書いてあったが、まさか魔王と戦っていたとは夢にも思わんかったわ……。

「……ち、ちなみに、その竜王はどうなったの？」

「ラーシュが倒したってよ」

魔術師系ねーちゃんの問いに答えたら、全員が沈黙してしまった。どったの？

「……あ、うん、そ、そーね。ベーの友達だもんね、不思議じゃない、かな……？」

斥候系ねーちゃんが明るい声を出したが、なぜか最後は不安そうに疑問形になっていた。

「え、えーと、さ、ベー。その王子さまに、なにか竜王を倒す武器とかあげたの？」

「ああ。ねーちゃんたちに売った剣とか——じゃなく、魔法の鎧《よろい》、魔法の盾、投げナイフに各種薬草だな」

そう答えると、また全員が沈黙してしまった。

しょうがないので急須からお茶を茶碗に注ぎ、懐かしい緑茶を堪能《たんのう》する。あー、ザイラおばちゃんの漬け物食いてー。

「……あ、あの、ベーさま。その武具は我々にも売っていただけるのでしょうか？」

「まあ、欲しいってんなら売らないこともないが、別にお前らに必要ないだろう。勇者が攻めてくるわけじゃないいんだからよ」

オレとしては視界の隅で悶《もだ》える汚物《おぶつ》を退治して欲しいが、生きてるもんを、嫌だから殺してくれとは頼めんだろう。

「……あー、ベーくん。たぶん、だけど、この人……っていうか、こちらの方々、勇者に退治される存在かもよ……」

　と、騎士系ねーちゃん。

「はぁ？　なんで？　あ、魔物だからか」

　珍妙すぎて魔物であることを忘れてたよ。

「あ、いや、そうじゃなくて、いや、そうなんだけど、たぶん、そこのお――じゃなく、彼女、リッチよ」

「リッチ？　って、あの不死人のリッチか？　でも、そこの汚物《おぶつ》――じゃなくてこの変態、ダンジョンマスターって種族だって、バンベルがいってたぞ」

「え？　いい直す意味がわからんでござる！」

　なんか聞こえた人は、耳鼻科にいくか精神科にいってください。きっとなにかの病気です。

「……ま、まあ、そこら辺の線引きは曖昧《あいまい》だし、ダンジョンマスターなるものがなんなのかわからないけど、彼女の気配、まったく感じられないわ」

「それに、魔力に陰を帯びている。これは、不死系の魔物の特徴で、赤い瞳《ひとみ》はリッチの証しよ」

「しかもこの魔力からして王級だわ。たぶん、この腕輪をしてなかったら、発狂してるか命を吸いとられてるわ」

　ねーちゃんたちが口々に言った。

「そーなん？」

　オレはバンベルに問うた。

「確かに、マスターはリッチでありダンジョンマスターでもあります。これは、たんに想像なのですが、誰かに干渉《かんしょう》されたからだと、わたしは見ています」

そのいい方に、神（?）と邂逅《かいこう》したときのことを思い出した。

――強い力だと、こちらの神に介入《かいにゅう》されるかもよ。

確か、そんなことをいっていた気がする。

「あー、ねーちゃんら。ワリーがそこの変態――じゃなくて、そこの汚物《おぶつ》と腹を割って話したいから、席を外してくれるか?」

「――いい直す意味がわからんでござるよ!」

黙れ、この腐死人がっ!


「わかるように最初から話しやがれ」

ねーちゃんらがエレベーターに消えると同時に、切り出した。

「……あ、あの、ちょっといいでござるか?」

向かいに座った汚物《おぶつ》がおずおずと手を上げた。

「なんだい?」

「え、えーと、拙者《せっしゃ》、名をシゲモチエリナと申します。あ、こっちだとエリナシゲモチでござった。エリナと呼んでくだされ」

「どっちでもイイよ。たぶん、汚物《おぶつ》と同じ世界から、転生してきたもんだからな」

「え、あの、エリナでござるよ」

「ああ、わかってるよ。だからそう呼んでるだろうが」

あいにくと、しゃべり言葉にルビは付けられんがな。

「え？　汚物《おぶつ》と聞こえたでござるが！」

「気のせいだろう」

バッサリと切り捨てる。

「オレはべーだ」

「べーどのでござるか？」

首を傾げる汚物《エリナ》。なにか問題があんのか？

「あ、いや、すっかりこちらの人間になっているのでござるな？」

「当たり前だろうが。いくら前世の記憶があろうと、この世界に生まれた時点でオレはオレだ。ヴィベルファクフィニーだ」

「ヴィベルファクフィニー？」

「オレの本当の名前だ。誰も発音できないし、長いからべーって呼ばれてんだよ。つーか、一回聞いただけでよくいえたな？」

久しぶりに自分のフルネームをいわれたよ。意外といえるもんだな、そんなことにびっくりだよ。

「オホホホッ！　貴腐人のたしなみでしてよ！」

なんだろうな。貴婦人が貴腐人に聞こえたオレは、もう汚物《おぶつ》に汚染されてしまったのだろうか……。

「あれ？　ツッコミはなしでござるか！」

「いちいち突っ込んでられっかよ！　もうメンドクセーわ！」

「寂しいでござる……」

しゅんとなる汚物《おぶつ》。オレは漫才しにきてんじゃねーぞ、こん畜生《ちくしょう》が！

「マスター。そろそろ本題に入ってください」

ぷるぷるな体から怒気《どき》を発しながら先を促《うなが》すバンベルさん。ほんと、器用なスライムだ。

「あ、え、すまぬでござる。バンベルは怒ると怖いのでござる」

突っ込んだら負けな気がするから突っ込んだりはしないが、そのしゃべり、なんとかならんのか？　うっとーしくてたまらんよ。

「……え、えーとでござる。ヴィどの——とお呼びしてよかろうか？」

「好きなように呼べよ」

別に名前にこだわりはないし、ベーもヴィも大して変わんないよ。

「はい、ヴィどの！」

なんでそこで喜ぶんだよ。意味不明だよ、まったく。

んで、話を戻して、だ。汚物《おぶつ》が話し始めたのは神（？）との邂逅《かいこう》からだった。

オレもなぜか、神（？）との邂逅《かいこう》は今でもはっきりと覚えている。まあ、なぜかは知らんがな。

「三つの能力は、汚物《おぶつ》の命に関わることだ。いいたくないのならいわなくてもイイが、いってくれんとわからんから、ぼかしていいえよ」

　バンベルの頼みとはいえ、まだ助けられるかどうかもわかんないのだ、秘密を聞く気はない。

まあ、今さらって感じだがな……。

「大丈夫でござる。バンベルが信じたのなら、拙者《せっしゃ》もヴィどのを信じるでござる」

「あんまり期待されてもな～。オレはただの村人で、ただのガキだぞ」

「前世を含めれば、拙者《せっしゃ》より年上でござろう。それに、リックスたちを殺さずにいてくれもうした」

「バンベルにもいったが、別に殺す必要がなかったから、殺さなかっただけだ。必要なら殺すぞ」

　その言葉のどこに、微笑《ほほえ》む要素があったんだ？

「ヴィどのは、優しくてお人好しでござるが、ちゃんと計算もできて覚悟もあるでござる。信じるに値します」

　前半の汚物《おぶつ》っぷりはどこへやら。後半はまるで慈愛に満ちた聖母ばりの笑みを見せた。

「……エリナ――」

「――はいっ！」

　エリナの返事になにをいおうとしたのかわからなくなり、なぜか照れ臭くてお茶に逃げた。

「拙者《せっしゃ》が望んだのは、このままの姿で転生させてくれることと、引きこもれる場所の製作能力。

そして、部下製作能力でござる」

　なんつーアホことをといいたいが、オレも願った身だ。他人にどうこういえる身分じゃないか。

それどころか、今さらながらにして三つの能力に恐怖を覚えたぜ……。

オレには前世の記憶があり、両親に恵まれ、環境に助けられた。

どれか一つでも欠けていたら、オレの人生真っ黒。よくて前世と同じ灰色だったことだろうよ。

「……なんかもう悪意しか感じないな……」

神（？）かと思ってたが、悪魔だったかもな、アレは。

「ヴィどのもそうお思いでござるか。前世の神も神なら、今世の神も神でござる。もはや神々の暇潰しに使われてるとしか、感じんでござるよ！」

だな。完全に介入《かいにゅう》ありきのお詫《わ》びじゃないか。もう悪意しか感じないぜ……。

「まあ、なっちまったもんはしかたがない。これからどうするかだ」

「ヴィどのは前向きでござるな。拙者《せっしゃ》、直視できんでござる」

「今世のオレの目標は、『イイ人生だった』っていって死ぬことなんでな」

前世じゃわからなかった生きる意味を、今世で知った。ならば、後悔している暇《ひま》はないわ。

「話を戻すが、このままの姿で転生って、死んだまま転生ってことでイイのか？」

「……不本意ながらそうでござる……」

まあ、そういってしまう心情はわからなくはないが、なんともアホなことをいっちまったもんだな、ほんと。

「しかしまあ、リッチなだけマシと思うしかないな。これがスケルトンとかゾンビだったら目も当てられないよ。つーか、太陽の下に出れんのか？」

「無理でござる。消滅でござる。一度出て、あやうく灰になるところだったでござる」

難儀なこっちゃな～。

「リッチになったのは理解した。で、引きこもる場所の製作能力によって、ダンジョンマスターになったってことか？」

「不本意ながらそうでござる……」

「その手のゲームは、ドラサンしかやったことないからわかんないが、ダンジョンって簡単に造れるもんなのか？」

オレの土魔法も多少の魔力を使うが、それほど体に負担は感じない。まさに絵本の中の魔法使いのように簡単に使うことができる。が、理を理解しないと使えないんだよ。

たとえば知らん金属は集められないし、土をどう動かすか明確なビジョンがないと、上手く動いてくれないとかな。

「魔力があれば、簡単でござる」

「……つまり、その魔力が問題ってことか？」

「そうでござる……」

まあ、そんなこったろーよ。

「マスターの魔力は生命力を得て変換したもの。死して命とは矛盾しておりますが、マスターが生きるには、生命力を摂取《せっしゅ》しなければならないのです」

「厄介《やっかい》この上ないな」

いや、生きるなら他の命を摂取《せっしゅ》するのは当然のことだし、そういう摂理《せつり》で生きてんだから悪いことじゃない。

が、人間至上主義のアホどもには通じない摂理《せつり》だ。人間の敵。悪としか見ないだろう。なるほど、勇者に狙われもするわな。

「その摂取《せっしゅ》とやらは普通の、つーか、人としての食事ではダメなのか？」

「ダメではござらんが、お茶を一口飲んだくらいの栄養にしかならんでござる。ダンジョン内でいただかないと栄養にならんでござる。ちなみに、人間一人の生命力で、ちょっとした家を建てられるくらいの魔力を得られるでござさる」

それが多いのか少ないのかはわからんが、食べるよりダンジョン内補食のほうが効率がイイってのは、理解したよ。

「そんで、部下製作能力か。なるべくしてなった、ってな感じだな……」

この世界の神（？）に介入《かいにゅう》されたのは間違いねーが、八割以上はエリナの自業自得だぞ……。

「ベーさま。マスターのダンジョン製作能力は万能に近く、部下製作能力も高いです。ですが、すべては魔力があってこそ。生命力を得られなければマスターは非力です。現状を維持するのも困難です。未熟な我々ではマスターを守りきれません。我々は一度、風の勇者に敗れ、この地に逃げて参りました。お願いいたします。どうかマスターにお力をお貸しくださいませ！」

「……わかった。力を貸すよ……」

ほんと、ノーといえない自分が憎いよ。

番外編 バーボンド・バジバドル

「はぁ～」

今日、何度目かのため息を吐いた。

……いや、違うな。ベーと出会ってから何百回目のため息だな……。

だが、気の重いため息ではない。どちらかといえば、呆れてものがいえない類のため息だ。

まあ、どちらにしろ精神は疲労するがな。フフ。

「どうしたい、ため息なんぞ吐いて？　幸せが逃げんぞ」

船の補修を終えたベーが、船内から出てきた。

自分よりも五〇近く下であり、小柄な体なのに、その立ち振る舞いは自分に匹敵するくらいどころか、老成を感じるくらい、存在感がハンパなかった。

いや、なによりもその知識や技術、人脈の多さは大商人といわれる自分を遥かに凌駕《りょうが》していた。

どこの世界に、南の大陸で最大の勢力国家といわれる皇子と友達の村人がいる？

人魚と繋がりのある村人がいる？

A級の冒険者と交友関係を持つ村人がいる？

すべてを聞いたわけじゃないが、この分では、他にも大物が出てきそうだわ。

というか、大商人と友達の村人ってなんだよ？　我ながら意味わからんわ！

……や、やめよう。考えるだけアホらしいわい……。

ベーのセリフではないが、結果オーライだ。いやまあ、意味はわからんがな……。

「そうだな。出会えたことに感謝しよう」

「はあ？　なにいってんだい？」

「なんでもねーよ」

もうダチとなったからには、見た目や年など関係ない。あるがままに受け入れ、あるがままに付き合うだけだ。

それに、商人として人脈も味方も多い自分だが、対等な友達などいない。いや、昔はいた。だが今は、子供時代の懐かしい記憶の中にしかいない。こうして素っ気なく、だが感情のままに話せる相手は貴重だ。

この自分が、商人として生きてきた自分が、金では買えないものを手に入れたのだ、その幸せは離してなるものか、だ。

「すまんな、助かったよ」

船を補修してくれたことに感謝して頭を下げた。

「気にすんな。だがまあ、ありがたく受け取っておくよ」

体格は小さいクセにデカイ度量をしやがって。それ以上なにもいえねーだろうがよ……。

「もう荷物を積んでも大丈夫か？」

ベーとの友情も大切だが、商人としての誇りや義務を蔑《ないがし》ろにはできん。時間は有用に使え、だ。

「ああ、構わんよ。でも、もう陽が沈むぞ？」

「なに、灯りを点ければ問題ないさ。いつもやっていることだからな」

「まあ、会長さんがそういうなら止めはしないが、別に会長さんが指揮するわけじゃないんだろう？」

「いやまあ、そうだが、なんでだ？」

「ちょっと話があんだが、付き合ってもらえたら助かる。今積むってことは、朝には出んだろう？」

まったく、村人とは思えねー思考力だな。

「ああ。名残惜しいが、急ぎの仕事なんでな。わかった。ちょっと待ってろ」

その場を離れ、ラージエルに指示を出してすぐに戻ってきた。

「秘密事か？」

その問いにベーは黙って頷いたので、わしの部屋に移動した。

「へ〜。結構、豪華にできてんだな」

中を見回すベーが、感心した声を上げげた。

「お前んちに比べたら、家畜小屋にも劣るわ」

あの充実した部屋を知った今、もはや我が部屋がとってもみすぼらしく、不潔なのがよくわかる。あの宿泊した部屋は、聖女様のお部屋ですといわれても素直に信じられるくらいだわ。

「そうか？　あんま華美にならんように造ったんだがな」

「……い、いやまあ、もうなんでもいいわ。で、話とは？」

椅子に座らせ、棚にしまっていた酒を出そうとして、ベーが飲めないことに気が付いた。

「すまん。今なんか飲み物を持ってくるわ」

なにか茶はあったかなと部屋を出ようとしたら、ベーに呼び止められた。

「飲みもんならあるから、イイよ」

振り向けば、テーブルにポットとカップが二つ、置いてあった。

「……え、えーと、どっから出た……？」

「鞄《かばん》から出した。これ、収納の魔術をかけてるからな」
ア、ウン、ソーデスカ。ソレハスゴイデスネー。
心の中で応え、椅子に座りなおして湯気の立つコーヒーをいただいた。

あーコーヒーがうめー。

現実逃避していると、ベーが下げている鞄《かばん》から小箱を取り出し、テーブルに置いた。

その目が、開けろといっているので、いう通りにした。

「…………」

もはやなんといってよいかわからん。いや、思考停止して頭が真っ白だわ。

それでも商人として生きてきた意地と誇りがある。どこかに飛んで行った意識を無理矢理引き戻し、中身に意識を向けた。

——真珠。

そう、真珠だ。それも、幻といわれる虹色真珠であった。

「……素晴らしい……」

我知らず呟《つぶや》いてしまった。

これまでいろんな宝石を見てきたが、これほどの逸品は初めてである。

「真珠は人魚の金と聞いたことがある。これを地上の金に換金したらいくらになるのだ？」

「そだな。一つ金貨一枚、くらいかな？　まあ、人魚の世界では上から三番目といってたがな」

「………」

もはや言葉にもならんわ……。

「会長さんにやる。アホを排除する資金に使ってくれ」

いろいろいいたいことも、叫びたいこともあったが、爵位持ちを引きずり下ろすには金がいるし、いくらあっても困らない。正直、船の修理代で赤字になるだろうから、これは助かるのだ。

「で、だ。会長さんに更なる頼みがあんだわ。会長さんの伝《つて》で、薬草を集めてくれや。依頼はこれで頼むわ」

と、また鞄《かばん》から小箱を取り出した。

受け取り、中を見ると、普通の真珠が入っていた。いや、これも高価なんだろうが、虹色真珠を見たあとでは普通としか感じんわい。

す、すまねー。ちょっと心の整理をする時間をわしにくれ。さすがのわしも着いていけねーよ！

「――よしこい！」

「なにがだよ？」

なにいってんだ、こいつは。

「話の続きに決まってんだろうが！」

それ以外なにがあんだよ。それこそ意味わからんわ！

「……なんか納得できんが、まあ、イイよ」

納得できねーのはこっちだわ！　とか突っ込みたいが、突っ込みどころが多過ぎて訳わかんなくなってきたよ、もう……。

「それで薬草を、正確にはザクラの実やカズラグ草とかいった、この辺では採れないものを頼むわ。詳しいことはこれに書いてあるからよ。あ、無理しない程度にな」

と、今度はポケットに手を突っ込み、本……ではなく、革張りの手帳を取り出すとか、頭痛いわ。そんなもの持ってるの、高位貴族でもなかなかいねーよ！

「……こ、これは？」

「薬草の一覧表だな」

中を見ると、薬草の絵と特徴、生息地が記されていた――つーか、実物がそのまま貼り付けられたような絵ってなんだよ。どんだけ精巧《せいこう》なんだよ。宮廷画家でも不可能だよっ！

「……あ、うん、スゴいね～」

もうそれしかいえんわ、こん畜生《ちくしょう》がよぉ……。

「まあ、魔術的手法で描いたからな、まんまで載せられんだよ」

アーウン。ソーデスカ。ソレハスゴイデスネー。

「さすがに外国のは苦労したよ。調べるだけでも金貨三〇枚も使ったわ」

また手帳に目を向けてページを何枚か捲ると、帝国でしか咲かないアイサムが載っていた。どんだけだよ！

「し、しかし、いいのか？　こんな重要なものを渡したりして？　これだけで金貨一〇〇枚の価値はあるぞ」

もはや秘伝とか極秘に入るものだぞ、これは……。

「構わんよ。その手帳は会長さんか、会長さんが許可した者しか開けないようにしてあるからな」

ハイハイ、ベーですもんねっ。

「わかった。引き受けよう。お前には世話になりっぱなしだからな」

「ワリーな、無理いって」

「気にすんな。だがまあ、ありがたくもらっておくよ」

そんなわしの返事に驚くことはせず、ベーは十五のガキとは思えない老成した笑みを浮かべていた。

……まったく、こいつには敵わねぇよ……。

「そういえば、サプルに聞いたんだが、お前、帝都にもいったことがあるんだって？」

「ああ。何回かな。まあ、日帰りなんでマルハカの市とサラエニ通りぐらいしか知らんけどよ」

マルハカの市はわしも聞いたことがある。帝都最大の市との話だ。だが、サラエニ通りは聞かんな。まあ、帝都の通りとなれば何百何千とあるがよ。

「お前がいくくらいだから、有名な通りなのか？」

べーのことだ、なにかあるからいっているのだろう。

「まあ、有名っちゃ有名かな？　裏のヤツには、だが」

裏とはすなわち……いや、裏でしかねーよ！　他になにがあんだよ！

「……お前、なにやってんの……？」

村人がいくとこじゃねーだろう。いや、帝都もだけどよ……。

「情報屋から情報を買ったまでさ。なかなか優秀なヤツがいてよ」

「……お前の顔の広さ、ハンパねーよ……」

その年で帝国の情報屋と知り合うとか、意味わかんねーわ！

「出会い運がイイからな、オレは」

「なんだよ、出会い運って？　初めて聞いたわ！」

「オレも初めていったわ。アハハ」

あーもーほんと、わしん中の常識が音を立てて崩れていくよ……。

「そーいやぁ会長さんって、何屋なんだ？」

ああ、確かにそーいやぁ、だな。

「わしは貿易商だ。主に帝国やとカムラから貴金属を仕入れておる。まあ、他にも細々とやってるがな」

「ふ〜ん」

と、考える素振りを見せてはいるが、それ以上はなにもいわなかった。多分、積まれているもののことを考えているのだろう。

……まったく、それで村人だといい張る理屈がわからんよ……。

「なら、鍛冶師《かじ》に伝《つて》はあるよな？」

またポケットに手を突っ込み、銀色の板を取り出してテーブルにおいた。銀か？

手に取ってみた。そして、それがなんなのか理解して絶句した。

――聖銀じゃねーか！

叫ばなかったのが不思議なくらいの希少物であった。

べーを見るが、上手く言葉にできない。いや、できるわけがねぇ。

聖銀など金属を扱うわしですら滅多に見られるものじゃない。出てくるのが希で、出てきたら国の管理下に置かれるものだ。他国が知ったら攻めてくるぞ。

「あ、いっておくが、出所は海だからな。採りにいくときは気を付けろよ」

平然とした顔でいっているが、わしの勘は違うといっていた。多分、この近くで採れたものだ。

だが、それはべーだから採れたのだろう。まず普通の山師では不可能なはずだ。なら、追求しても無駄なこと。ここはなにも聞かず、べーの企みに乗るのが賢い選択だろうよ。

「ま、まあ、伝《つて》はあるが、それが？」

「これで剣と槍を一本ずつ作ってくんないかな？　この金属、なんかクセが強くてオレじゃ扱い切れないんだよ」

もういろいろと突っ込みどころ満載だが、根性出して流せや、わし！　突っ込んだら負けだぞ！

いやまあ、なにに負けるかわしにもわからんが、精神的に凹みそうだからやらねーんだよ。まったく、ため息で溺《おぼ》れそうだわ……。

「……剣や槍に、ってことは、それだけの量があるってこと……か？」

「どんくらいあったっけな？」

と、鞄《かばん》から同じくらいの鞄《かばん》を取り出した。うん。意味わからんわ。

「こん中に入ってるよ。余ったら買い取ってくれや。あ、期限は問わないよ。できたら預かっといてくれ。そのうち遊びにいくからよ」

屈託なく笑うべーに、わしは苦笑で応えた。

ああ。きたら歓迎するよ、まったく……。

Mノベルス

村人転生　最強のスローライフ

2015年8月2日　第1刷発行

著　者　タカハシあん

カバーデザイン　オグエタマムシ（ムシカゴグラフィクス）

発行者　赤坂了生

発行所　株式会社双葉社

〒162-8540　東京都新宿区東五軒町3番28号

［電話］03-5261-4818（営業）　03-5261-4851（編集）

http://www.futabasha.co.jp/（双葉社の書籍・コミック・ムックが買えます）

印刷・製本所　三晃印刷株式会社

［電話］03-5261-4822（製作部）

ISBN 978-4-575-23901-0 C0093